中公文庫

ブラック・ムーン

逢坂　剛

中央公論新社

目次

ブラック・ムーン　7
書き下ろし短篇　死者の手札　333

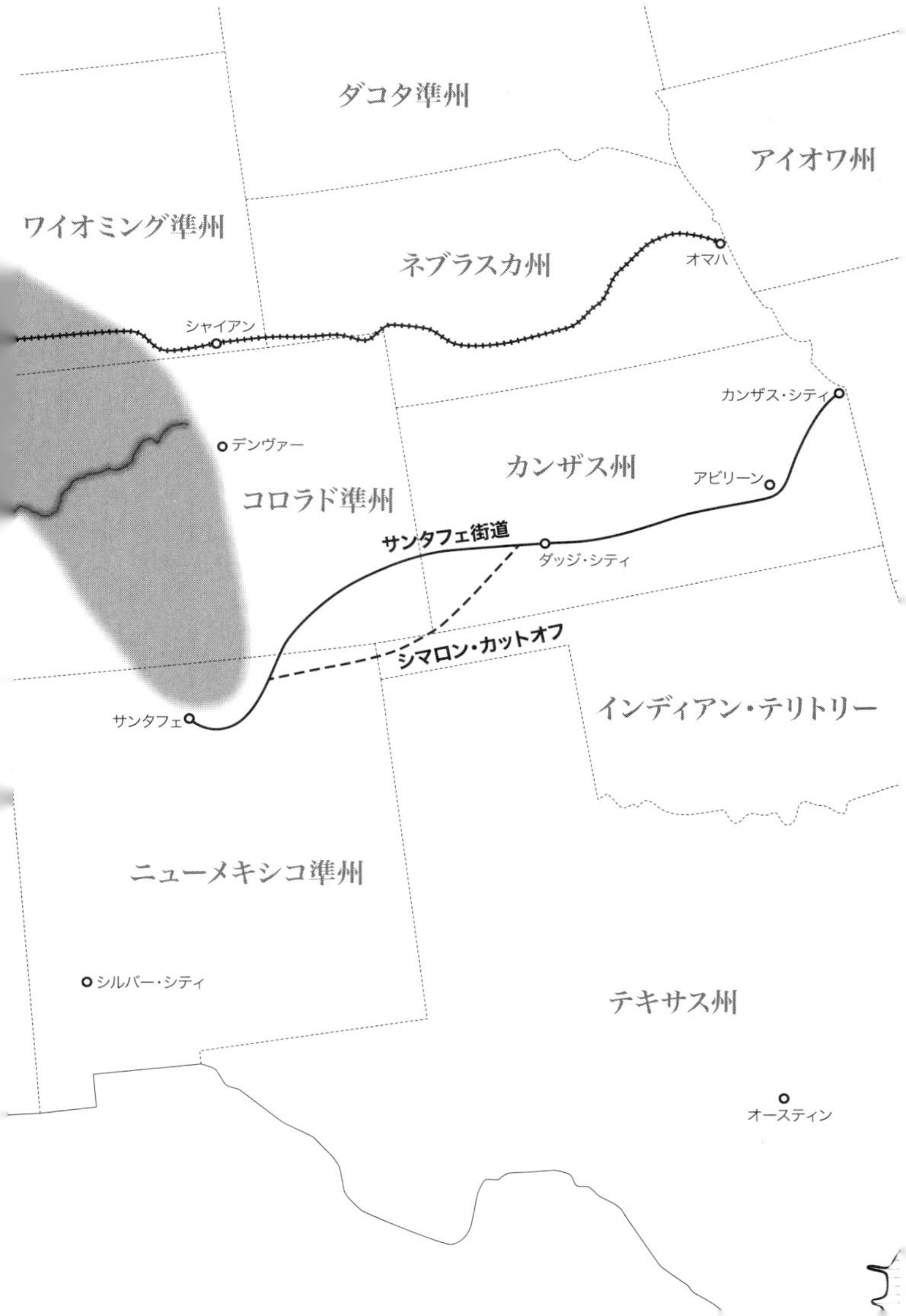

ダコタ準州
アイオワ州
ワイオミング準州
ネブラスカ州
オマハ
シャイアン
カンザス・シティ
デンヴァー
カンザス州
アビリーン
コロラド準州
サンタフェ街道
ダッジ・シティ
シマロン・カットオフ
インディアン・テリトリー
サンタフェ
ニューメキシコ準州
シルバー・シティ
テキサス州
オースティン

『ブラック・ムーン』の世界
オレゴン州
アイダホ準州
ロッキー山脈
大陸横断鉄道
Transcontinental Railroad
ソルトレイクシティ
リーノウ
サクラメント
ユタ準州
ベルモント
ネヴァダ州
サンフランシスコ
デス・バレー
ビーティ
グランド・
キャニオン
エル・ドラド
ウィロウ・グローブ
カリフォルニア州
コロラド川
アリゾナ準州
ロサンジェルス
フェニクス
トゥサン
N
0
500
km

主な登場人物

土方歳三 …………………… 元新選組副長。記憶を無くした状態で米国へ渡る。変名内藤隼人。

時枝ゆら …………………… 武州石田村生まれの土方の幼馴染み。土方とともに旅をしていた。

高脇正作 …………………… 元伊勢奥松家下士で新選組隊士。土方との決闘後、消息不明。

時枝新一郎 ……………… ゆらの兄。岩倉使節団に同行し、米国へ渡る。

ピンキー …………………… 商船セント・ポール号の給仕兼雑用係。土方、ゆらと共に旅をしていた。

ビル・マーフィ ………… 同甲板員。土方とゆらを追う。

ダニエル・ティルマン … 土方を追っていた連邦保安官・マット・ティルマンの娘。保安官補。

クリント・ボナー ……… 賞金稼ぎ。姉のクレアはセント・ポール号の看護師。

トウオムア ……………… コマンチ族族長の妻。本名ダイアナ・ブラックマン。

トシタベ …………………… コマンチ族族長。トウオムアの夫。

サモナサ …………………… トウオムアの息子。五歳。

ブラック・ムーン

プロローグ

水の流れが速い。

気がついたときは、流木にしがみついていた。

いつ、どこでつかまったのか、覚えていない。つかまっていなければ、溺《おぼ》れ死んでいただろう。

体全体が重く、鈍い痛みがある。ことに、左腕の上から肩にかけてが、ひどく痛む。

しかし、なんとか動かすことができるので、骨は折れていないようだ。

空は晴れているが、上流で大雨が降りでもしたのか、水量が多い。川幅もかなり広く、容易に川岸に寄りつけない。

徐々に、記憶がよみがえる。

時枝《ときえだ》ゆら。

ピンキー。

マット・ティルマンの娘、ダニエル。

クリント・ボナーという、賞金稼ぎ。

船乗りで、ダニエルの使い走りをしている、ビル・マーフィ。

そして、日本の北にある蝦夷地《えぞち》とやらで、ともに新政府軍と戦ったという、高脇正作《たかわきしょうさく》。

そうした人びとの、顔と名前は思い出せる。

しかし、旧知というゆらと正作に関するかぎり、会う以前にどのような交渉があったのか、すべて記憶が欠落している。

ゆらには最初トシゾウ、正作にはヒジカタと呼びかけられたが、ヒジカタトシゾウという呼び名に、心当たりはない。

とはいえ、それが日本にいたころの自分の名前であることは、間違いなさそうだ。

ゆらは今、その呼び方ではなくハヤト、ナイトウハヤトという名で、呼びかけてくる。

その名前も、胸の奥で何か響くものを感じたが、それだけで終わった。

内藤隼人《ないとうはやと》も土方歳三《ひじかたとしぞう》も、字づらこそ思い浮かぶものの、どこかで耳にしたことのある名前、という程度の感慨しかわかない。

ともかく、アメリカへ渡って来るより前の記憶が、すべて消えてしまっているのだ。

徳川幕府、新政府、江戸、蝦夷地、五稜郭《ごりょうかく》といった断片的な名称に、聞き覚えがあるような気はする。

ただ、それが実体として何を意味するかは、おぼろげなままだ。思い出そうとすると、頭の芯《しん》に靄《もや》がかかってしまう。

高脇正作と、目もくらむような円形の岩盤の上で、剣を交えたのは一時《いっとき》前だったか。

それとも、一日前か。

いや、十日前のことか。

思い出せないというよりも、どれくらい時がたったのかが、分からなかった。

ぼんやりとまぶたの裏に、その光景がよみがえる。

正作の居合は、さすがに鋭かった。

とっさに体を回し、相手の刃《やいば》を半分抜いた刀の鍔際《つばぎわ》で、からくも受け止めた。その衝撃で、正作の小太刀《こだち》は真二つに折れ、刃は半ばから先が吹き飛んだ。

それで勝負はついた、と思った。

しかし正作は、一歩も引かずに折れた刀を構え直し、突進して来た。

あらためて、刀を抜き直すいとまはなかった。かろうじてその突きをかわし、正作の右手をつかむのが、やっとだった。

そのまま、崖際《がけぎわ》まで押し詰められた。

それからあとは、よく覚えていない。正作が手をもぎ離し、折れた刀を振りかざしたとき、銃声がとどろいた。

立ち会い人のダニエル・ティルマンが、すでに勝負はついたと判断して、正作の刀を撃ち飛ばしたに相違ない。

正作の手から、折れた小太刀が宙に舞い飛ぶのを、わずかに目の隅でとらえた。それでも、正作の勢いは止まらなかった。まともに体が激突し、二人ながらもつれ合ったまま、崖から真っ逆さまに転落した。

生い茂った木の枝に、何度かぶつかって勢いが弱まりながら、川に沿った砂地に落ちたらしい。

意識がもどったとき、そばに正作も倒れ伏していたような気もするが、定かではない。にわかに、水の流れる音が耳に届いて、反射的に喉《のど》の渇きを覚えた。無我夢中で、そちらの方向に這《は》い進んだ。

それからまた、記憶がはっきりしなくなった。

そのまま、川の中に這い込んで水を飲んだようだが、いつ流木に取りついたのか、覚えていない。

頭の中はもうろうとしていたが、つかまった流木だけは離さなかった。

なぜか、まぶたの裏で風にはためく、旗を見た。だんだら染めの旗で、色がついていたかどうかは、覚えていない。ただ、中ほどに〈誠〉という字が、一つだけ書いてあった。

旗は動いているのに、その字だけは微動だにしなかった。誠、か。それが何を意味するのか、思い出せない。思い出せないまま、その字は水と一緒に流れ去った。

どれほど流されたかは、見当もつかない。

ただ、少しずつ意識がはっきりしてくると、いつの間にか川の流れが速まったことに、気がついた。

もはや、流木につかまり続ける力も、失われつつあった。この先、滝壺《たきつぼ》でも待ちかまえていようものなら、間違いなく溺れ死ぬと思った。

必死になって、両岸を見渡した。右岸の方が近いようだった。

流木を、押し引きしてあやつりながら、斜め右に方向を変えた。

さらに五、六十間ほども流されたあと、ようやく木の枝が張り出した右岸に、流れ着いた。

同時に、川底に足が触れた。

流木を押しやり、自力で張り出した枝に手をかけて、川岸によじのぼった。

しばらく、砂地に身を横たえていたが、さらに川の水かさが増したらしく、足の先がまた濡れ始めた。

力を振り絞って、小高い土手の下の草地まで、這いずって行く。

息が整うまで、そこでしばらく体を休めた。

どこかで、木の枝が折れるような、乾いた音がした。

1

草むらを、すかして見る。

トウオムアは、息子のサモナサを体の下に押さえつけ、息を殺して気配をうかがった。

土手の下に横たわった男は、少し前に川から這い上がって来たのだ。

そのまま、立ち上がれないところをみると、長い距離を流されて来るかして、体力を消耗《しょうもう》しきったのだろう。とにかく、まだ息はあるようだ。

焦げ茶色に日焼けした顔に、濡れそぼった鹿皮服《しかがわふく》を身につけた姿からも、ペイル・フェイス（白人）ではないようだった。風体を見るかぎりでは、メキシコ人らしい気もする。

あるいは、コマンチと同じく平原を移動して暮らす、シャイアンかスーの一族かもしれない。

少なくとも、ジョシュア・ブラックマンの、手の者ではないだろう。

トウオムアことダイアナは、ジョシュア・ブラックマンの娘だった。れっきとした白人の家系で、もともとはアイルランド系移民の血筋だ、と承知している。

ダイアナ・ブラックマンは、ニューメキシコ準州の南西端の、シルバー・シティという町に近い、ブラックマン牧場で育った。十五歳のとき、食糧や馬を求めて牧場を襲った、コマンチの一族にさらわれた。

さらったのは一族の族長の息子で、トシタベという精悍《せいかん》な若者だった。トシタベは、英語でホワイト・サン（白い太陽）を意味する、とあとで知った。

集落へ連れて行かれたあと、ダイアナは当然のようにトシタベの、妻の座に据えられた。いやも応もない、問答無用の婚姻だった。

トシタベは、妻の英語名のダイアナが〈月〉をあらわし、ブラックマンが〈黒い人〉を意味すると知って、コマンチ名をトウオムア（ブラック・ムーン）と名付けた。

一緒に暮らし始めてから、白人の娘を妻にするのはインディアンにとって、特別なことを意味すると分かった。

敵対する白人社会の女を捕らえ、妻にして奴隷《どれい》のように支配するインディアンは、それだけでいちだん高い存在に見られるのだ。

ダイアナはそれに耐えられず、しばらくのあいだは夜昼となく、脱走の機会をうかがった。

しかし、トシタベや周囲の監視の目は厳しく、なかなか機が巡ってこない。

やがて、一族とともにバファロー狩りで、あちこち平原を移動するうちに、一人で脱出しても助かる見込みはない、と悟った。

地図もなく、方角も道筋も水場の場所も知らず、食べ物を手に入れるすべもない。

そんな状態で、無人の草原や砂漠をあてもなくさまよっても、もとの牧場にもどれるわけがなかった。遅かれ早かれ、どこかでみじめにのたれ死にして、コヨーテのえじきになるのが、関の山だろう。

それよりは、とりあえずコマンチとの生活に順応して、様子をみるのが得策だと考え直した。そうしているうちにも、脱走する機会が訪れるかもしれない。

そのためには、まず夫のトシタべに対する態度を、変える必要がある。

夫につかえて、一日中よく働き、いっさい口答えをせず、あくまで柔順な妻として、振る舞わなければならない。

ダイアナの名を捨て、自分はトウオムアだと言い聞かせた。

実際、そうすることでダイアナ、いやトウオムアにも、生き甲斐がもどった。

そうした変化に気づいたのか、トシタべもだんだんとトウオムアに、やさしく接するようになった。

それどころか、ほかのコマンチの男たちと違って、妻をだいじに扱い始めた。

ことに、族長が死んでトシタべがその座を引き継ぐと、仲間の者たちもトウオムアに対する態度を、あらためるようになった。

意外にも、トシタべを含めて一族の中には白人の言葉、つまり英語を解する者が少なくなかった。白人の密売商人を相手に、バファローの毛皮を銃や酒と交換するなど、あれこれと取引をするうちに、自然に覚えたらしい。

それを知って、トウオムアもコマンチの言葉を覚えるかたわら、トシタベや一族の者たちに、英語を教えた。

五年ほど前に、息子が生まれてからはさらに状況が変わり、トウオムアに接する周囲の態度も、さらに温かみを増した。

ちなみに、物作りが巧みなコマンチの女は、珍重される。

生まれつき、トウオムアは手先が器用だった。

トラヴォイ（曳行架《えいこうか》＝馬に引かせる搬送用具）や、幼児を入れる保育器の組み立て、あるいはティピ（三角錐《さんかくすい》の住居用テント）用の毛皮の裁断、縫製などを巧みにこなした。それを知って、女たちのトウオムアを見る目も、大いに変わった。

それだけではない。

牧場育ちで、生来運動神経の発達したトウオムアは、男の戦士に交じって乗馬、弓や棍棒《こんぼう》の扱いを覚えた。また、子供のころからなじんでいた銃の扱いにも、抜群の腕を発揮した。実戦の経験はないが、いまやコマンチの戦士とやり合っても、対等に戦う自信がある。

そのため、女だけでなく男たちのあいだでも、一目置かれるようになった。

息子のサモナサ（テン・スターズ＝十の星）が生まれてから、あまり荒っぽいまねはできなくなったが、それでもわざが衰えないように、戦闘の訓練は怠らなかった。どこで、どう役に立つか、分からないからだ。

コマンチと暮らし始めてから、すでに十年がたつ。

ブラックマン牧場での、父親や使用人に囲まれた窮屈な生活も、すっかり遠いものになってしまった。

今では、父親のジョシュアにこき使われたあげく、若くして死んだ母親アンの苦労を思い出すと、トシタベ、サモナサを含むコマンチとの生活の方が、よほどしあわせに感じられる。

父親は何がなんでも、母親アンに跡継ぎの息子を産ませようと、やっきになっていた。

しかし、母親はダイアナを生んだあと、子供のできない体になったらしく、その後妊娠する気配がなかった。

業《ごう》を煮やした父親は、牧場からいちばん近いシルバー・シティに行き、酒場女に息子を産ませようとさえした。

十三歳で母親と死に別れ、父親との生活にいやけが差していたこともあって、トウオムアは年をへるとともに、コマンチから逃げたいという気持ちを、失ってしまった。

それが、まさか今度のようなかたちで、コマンチの集落を出ることになろうとは、予想もしていなかった。

しかしそれも、いっときのことだ。いや、そうであってほしい。

ふと、土手の下に横たわった男の手足が、わずかに動いたことに気づく。

体を起こそうとしているようだ。

それを見て、不安になる。ここでもし、男が土手の上によじのぼったりすると、父親が差し向けた追っ手たちの、目に留まる恐れがある。

追っ手は、少なくとも三人いた。

男に気づいて、連中がこちらへやって来れば、自分たち母子《ははこ》も見つかってしまう。

トウオムアは、体の下にいるサモナサの耳に、ささやきかけた。

「ここで、じっとしていなさい。声を出すんじゃないよ」

サモナサがうなずくのを確かめ、トウオムアは岸辺の木の茂みを忍び出ると、男のそばへ這い進んだ。

夕方とはいえまだ明るく、夏の日差しは焼けるように熱い。乾いていた汗が噴き出し、ほとんど間をおくことなく、すぐに蒸発していく。

草地に伏せた男が、トウオムアの這い寄る気配を察したのか、顔を上げてこちらを向いた。

そのとき、土手の向こうでかすかに二つ、三つと蹄《ひづめ》の音がした。

トウオムアは、しっと唇から小さく合図の息を漏らして、人差し指を立てた。

男はそのまま、ゆっくりと横顔を草の上に落とした。瞳だけは動かさず、トウオムアを見返してくる。

その目の光から、こちらを警戒しているものの、敵意はないと分かる。

「そのまま、動かないで」

短く、コマンチの言葉でささやくと、男は理解できないというようにまばたきして、小さく首を振った。

今度は同じことを、英語で繰り返す。

それを聞くと、男は唇をわずかに動かした。

「分かった。土手の向こうに、だれかいる。蹄の音からして、二人か三人だろう」

かたことではあるが、男が英語を理解すると分かって、ほっとする。

それよりも驚いたのは、土手の向こう側で馬の気配がしたのを、男が指摘したことだった。ふつうの人間には、よほど注意を集中しなければ察知できない、微妙な気配なのだ。

それを鋭く感じ取ったとすれば、この男はただ者ではない。やはり聴覚の鋭い、インディアンなのか。

見たところ、自分よりだいぶ年上だ。十歳近く、離れているだろう。

男がささやく。

「追われているのか」

トウオムアは、ためらった。

相手の男の目は、鋭く強い光を放っているが、どこか澄んだものを感じさせる。なぜか分からないが、信頼できそうな気がした。

トウオムアは、うなずいた。

「ええ。息子と二人で、逃げる途中なの。息子は後ろの、木の茂みに隠れているわ」

そう応じると、男は軽く眉《まゆ》をひそめて、ささやき返した。

「追っ手が、これほど近い距離のうちにいるなら、こちらの気配に気づかぬことはあるまい。機先を制した方が」

言い終わらぬうちに、背後でかん高い叫び声が起きる。

「マミー、ナアベア（母さん）」

トウオムアは跳ね起き、とっさに腰のベルトに差した拳銃を、引き抜いた。身をかがめたまま、背後に向き直る。

向かいの茂みががさがさと揺れて、手足をばたばたさせるサモナサの姿が、ちらりとのぞいた。

その胴を後ろから抱きかかえる、手首に黒革のカフをした男の腕が、見え隠れする。

「撃てるものなら、撃つがいいぜ。この小僧を死なせたくなかったら、拳銃をこっちへほうり投げろ」

茂みの中から男が言い、それを追うように土手の上から、別の声がかかる。

「言われたとおりにしろ、ダイアナ。あんたを、撃ちたくねえからな」

見上げると、別の男が二人並んで拳銃を構え、土手から半身をのぞかせていた。

一人は、口髭《くちひげ》を唇の脇まで長く垂らした、顔の長い男。

もう一人は、左の耳がちぎれたようになくなった、丸顔の男だ。

背筋に、緊張と絶望の信号が、鋭く走る。数週間前にキャンプへやって来た、三人組だった。

トウオムアは躊躇《ちゅうちょ》したものの、しかたなく拳銃を木の茂みへ投げ捨てた。見知らぬ、鹿皮服の男に気を取られたせいで、先手を取られてしまった。

後ろで、その男が草地から体を起こして、立ち上がる気配がする。

土手上の髭面《ひげづら》の男が、すばやくトウオムアの背後に、銃口を巡らした。

「動くんじゃねえ。おまえはだれだ。この女の仲間か」

「違う。ついさっき、ここを通りがかっただけだ。というか、ここに流れ着いただけだ」

男の、かたことの口調はさっきと変わらず、落ち着いている。

トウオムアは、男をちらりと振り向いた。

男が、襟元《えりもと》の手を口元に上げ、唇を動かすのが見える。

「拳銃を捨てろ」

片耳の、もう一人の追っ手が言うと、背後の男は唇をほとんど閉じたまま、くぐもった声で応じた。

「拳銃は、持ってない。見れば分かるだろう」

「腰に差しているのはなんだ」

「サーベルだ」

そのやりとりのさなかに、茂みの中の男がサモナサの胴を抱え上げ、土手をのぼり始める。

サモナサは、手足をばたばたさせて暴れたが、男はかまわず土手をのぼり続けた。

トウオムアが、反射的にあとを追おうと踏み出すと、土手の上から口髭の男が、拳銃を向け直す。

「おっと、待ちな。撃ちたくはねえが、めんどうを起こすつもりなら、遠慮しねえぞ」

小さくののしって、トウオムアは足を止めた。

命は惜しくないが、ここで死ねばサモナサを助け出すことが、できなくなる。

ここはひとまず、あきらめるしかないだろう。生きてさえいれば、サモナサを取りもどす機会は、かならず巡ってくる。

口髭の男が、トウオムアに銃口を向けたまま、サモナサを運び上げる男に呼びかけた。

「ソルティ。その小僧を馬に乗せたら、ザップと一緒に一足先に行け。おれはすぐに、あとを追う」

並んでいた、ザップと思われる片耳の男が、拳銃を引く。

「オーケー、マックス。おまえの馬は、用意しておくぜ」

ソルティというらしいカフの男が、サモナサを土手の上に引きずり上げた。

サモナサは、トウオムアに目を据えたまま、もう叫ばなかった。五歳とはいえ、誇り高いコマンチの男なのだ。いつまでもじたばたして、助けを求めたりはしない。

かならず助けてあげる。

その思いを込めて、トウオムアはサモナサに、うなずいてみせた。サモナサも、うなずき返す。

マックス、と呼ばれた口髭の男は、用心深く拳銃を構え直して、トウオムアを見た。

「悪く思うなよ、ダイアナ。おまえの息子を、無事にブラックマン牧場へ連れて帰りゃ、ミスタ・ブラックマンから千五百ドルの金が、もらえるんだ。だれも殺さずに、一人当たり五百ドル手にはいるとなりゃ、願ってもねえ仕事だろうが」

トウオムアは、唇の内側を嚙《か》み締めた。

孫の誘拐に、たったの千五百ドルか。大金には違いないが、大牧場主の父親からすればただ同然の、はした金にすぎない。

土手の上からソルティ、ザップとサモナサの姿が消えて、マックスだけが残る。

ほどなく、馬をスタートさせる掛け声が空に響き、砂地を駆け去る蹄の足音が聞こえてきた。

マックスは、それからしばらくあいだをあけて、おもむろに口を開いた。

「二人とも、そこでちっとのあいだ、おとなしくしてるんだ。おれがいなくなる前に、土手の上へ顔を出したりしたら、容赦なく弾《たま》を食らわせるから、そのつもりでいろ」

マックスが後ろへさがり、姿が見えなくなる。

トウオムアは、さっきまで隠れていた茂みに飛び込み、投げ捨てた拳銃を拾い上げた。

土手に飛びついて、滑りながらも猛然と駆け上がる。

「待て」

背後で、鹿皮服の男がくぐもった声で言い、あとを追って来る気配がした。

トウオムアはかまわず、崩れかかる土手の斜面を、手足を使って必死に這いのぼった。

コマンチは、マックスの威《おど》しにあっさり乗るほど、おひとよしではない。

土手をのぼりきると、百フィートほど先にこんもりと茂る木立が見え、マックスはその中ほどの細い道に、馬を乗り入れようとするところだった。

「マックス」

トウオムアは呼びかけ、銃口を上げた。

マックスが体をねじり、手にした拳銃を向けてくる。

トウオムアは迷わず、引き金を引いた。

マックスの上着の左肩から、ぱっとほこりが舞い立った。マックスは声を上げ、そのまま横ざまに、馬から転落した。

しかし、マックスはまるで軽業師《かるわざし》のように体をひねり、足から砂地におり立った。くるりと向き直るなり、すばやく拳銃を構える。

トウオムアは撃鉄を起こし、マックスめがけて二発目を放った。しかし、ねらいがはずれた。

同時に、マックスの銃口が煙を吐いて、トウオムアは左の太ももの横に、衝撃を受けた。

よろめいたはずみに、拳銃を取り落とす。

マックスが、顔を真っ赤にして、わめいた。

「このあま。せっかく、生かしておいてやろうと思ったのに、もう容赦はしねえぞ」

トウオムアに向かって、また撃鉄を起こす。

とっさに、トウオムアは身をかがめて、拳銃を拾い上げようとした。しかし、傷の痛みに耐えかねて、膝《ひざ》をついた。

そのとき、背後にいた鹿皮服の男が、トウオムアの脇をすり抜けた。

マックスに向かって、猛然と走りだす。

虚をつかれたマックスは、あわてて鹿皮服の男に銃口を巡らし、引き金を引いた。

それより早く、男は頭から地面に飛び込んで一回転し、片膝をついて起き直った。マックスの銃弾は、男の頭上をはるかに飛び抜けたとみえて、背後の草むらに砂煙が上がる。

次弾を放とうと、撃鉄を上げた瞬間マックスは悲鳴を上げ、たたらを踏んだ。

銃口がそっぽを向いたまま、轟音《ごうおん》とともに煙を吐く。

マックスは左手で目を押さえ、わめきながらさらに撃鉄を起こして、立て続けに二発撃った。

しかし、弾はいずれもあらぬ方向に飛び去り、鹿皮服の男にもトウオムアにも、当たらなかった。

わけが分からなかったが、マックスに何か異変が起きたことは、確かだった。

トウオムアは、鹿皮服の男がすばやく体を起こして、一直線にマックスに駆け寄るのを見た。

マックスが、あわてて拳銃を男に振り向け、発砲する。

弾は、体を沈み込ませた男の頭上をかすめ、その背後でまた砂煙を巻き上げた。

男はマックスに突進すると、腰に差した鞘《さや》からサーベルを引き抜き、一閃《いっせん》させた。

トウオムアの目には、鋭い光が一瞬宙を走ったようにしか、見えなかった。

マックスはのけぞり、空に向かって立て続けに引き金を引いたが、すでに弾倉がからになっていたとみえ、すべてから撃ちに終わった。

間をおかず、マックスの喉もとから勢いよく血が噴き出し、砂地に飛び散る。

マックスは拳銃を握ったまま、その場にどうとうつ伏せに倒れた。

それきり、動かなくなる。

砂地がたちまち、血に染まり始めた。

トウオムアは、太ももの傷口を左手でしっかりと押さえ、耳をすました。

木立の中へ消えた、ソルティとザップの駆け去る音は、もう聞こえなかった。しかし、トウオムアとマックスが発砲した銃声は、二人の耳にも届いただろう。

もっとも二人は、それをトウオムアたちを始末した、マックス一人の発砲音、と受け取ったかもしれない。いや、そうであってほしい。

どちらにせよソルティもザップも、マックスが自分たちのあとを追って来るもの、と考えているはずだ。わざわざ、様子を見にもどることはあるまい。

マックスが、追いついて来れば、それでよし。

もし追いつかなければ、逆にマックスがやられたとみなして、二人ともそのまま逃げ去るだろう。マックスが死んで、追っ手がソルティとザップの二人に減れば、礼金の額がそれぞれ五割増し、という計算になるからだ。

鹿皮服の男は、トウオムアにもマックスの死体にも、目をくれなかった。

サーベルを腰の鞘に収め、先刻のすばやい動きとは打って変わった、いかにも重そうな足取りで、木立の中へ踏み込んで行く。

どうやら緊張が解けて、体の力が抜けたらしい。長時間、あの川を流されて来たとすれば、無理もないことだ。

それにしても、マックスを倒したときに見せた体の動きは、驚くべきスピードだった。どこへ行くのか、といぶかりながらもトウオムアは、それ以上男にかまわなかった。

太ももの出血はかなりひどく、早く手当てをしなければならない。

体を起こし、マックスに撃たれた左脚を引きずって、土手の上へもどる。

下をのぞき、木立に向かってキーマ、キーマと二度叫んだ。

しばらくすると、茂みを揺らしながら愛馬のキーマが姿を現し、土手を駆けのぼって来た。

先刻、母子で追っ手から姿を隠す前、念のため追い放っておいたのだ。

キーマは、コマンチの言葉でカム（来る）を意味し、それをそのまま名前にした。賢い馬で、キーマと呼べばたとえ遠く離れていても、かならず駆けもどって来る。

トウオムアは、土手に上がったキーマの鞍《くら》から、革袋を取ろうとした。

しかし、左ももの出血がひどくてしっかり立てず、縛った革紐《かわひも》がほどけない。

そのとき、背後で蹄の音が聞こえた。

はっとして振り向くと、馬に乗ったあの鹿皮服の男が、木立の中から姿を現すのが見えた。

それを見て、男がマックスの馬をつかまえに行ったのだ、と分かる。運よく馬は、遠くまで逃げなかったらしい。

そばまで来ると、男は鞍の上で体を寝かせるように傾け、地面に滑りおりた。

さっきの動きが嘘のように、足元をふらつかせている。気力はともかく、体力をかなり失ったようだ。

出血している様子はないが、顔や手に細かい擦り傷のようなものが、ちらほら見える。ともかく傷に関するかぎり、トウオムア自身よりひどくはないようだ。

「悪いけど、この革袋の紐をほどいて、おろしてくれない」

トウオムアが頼むと、男はのろのろした動きながら、言われたとおりにした。

中から、長めのバンダナを取り出して、革袋を男の手に渡す。

トウオムアは、バンダナで傷口の上をきつく縛り、とりあえず血止めをした。

それから、男に言う。

「馬に乗せてちょうだい。あそこの木立まで行くのよ。たぶんあの仲間たちは、もうもどって来ないから」

「だといいがね」

男は、疲れた声で応じ、そばに来た。

トウオムアを鞍に押し上げ、自分はマックスの馬の手綱《たづな》をひいて、ゆっくりと木立へ向かう。

中にはいると、日陰を探してトウオムアを抱きおろし、草地に横たえた。

トウオムアは、すぐに体を起こして、男を見守った。男の腕は力強く、見た目よりもしっかりしていた。

男は、手にした革袋をトウオムアに返し、腰からサーベルを鞘ごと引き抜いた。三ヤードほど離れた、別の場所にすわる。それから、次は何をすればいいかと問うように、トウオムアを見返した。

その目を意識しながら、トウオムアは黙ってバンダナをほどき、傷の手当てを始めた。さいわい弾は、太ももの肉をそいだだけで飛び抜け、中に残っていなかった。

思い切って、バックスキンのズボンの一部を、鉤形《かぎがた》に切り裂く。

革袋から、ニワトコを干した粉を取り出し、ていねいに傷口にまき散らす。その上に、干し草を編んだ薄い布を当てて、バンダナでしっかり縛った。

最初は、それをじっと見つめる男の目を、意識した。

むろん、素肌を見られたくはなかったので、背を向けることも考えた。しかし、万が一ということもあり、男を自分の視野に入れておかなければ、不安だった。

ただ手当ての途中で、男はそうした気配を察したとみえ、自分からすわったまま体を回して、トウオムアに背を向けた。

手当てを終えたあと、トウオムアはその背に声をかけた。

「あたしの名は、トウオムア。英語で言えば、ブラック・ムーンよ。あんたの名は」

男はゆっくりと向き直り、トウオムアをまっすぐに見た。

「ハヤト、と呼んでくれ」

耳慣れぬ名前だ。

「あんたはインディアン、それともメキシカンかい」

「ジャパニーズだ」

知らない部族だった。土地の名前だとしても、聞いたことがない。

男が口を開いた。

「あんたは、インディアンか」

聞き返されて、一瞬言葉に詰まる。

顔の色や髪形は、確かにインディアンだ。しかし、目鼻立ちはインディアンではなく、髪はアイルランド系で赤みがかり、瞳の色は緑に近い青だった。

少し迷ったあげく、正直に答える。

「もともとは白人だけど、十年前にコマンチにさらわれて、今は九十九パーセント、インディアンさ」

ハヤトと名乗った男は、何も言わずに目で先をうながした。

トウオムアは続けた。

「さらわれたのは、十五のときだった。今じゃ族長の妻で、すっかりコマンチになじんでしまった。もう、もとにはもどれない」

ハヤトは、軽く口をすぼめたものの、すぐに冷静な目でトウオムアを見返した。

「さっきの男たちは、何者だ。あんたと子供を、連れもどしに来たらしいな。つまり、白人の社会に」

「そのようだね」

「あんたは、連れもどされたくないようだったな」

トウオムアは、少し考えた。

理由は分からないが、この男ならわけを話してもだいじょうぶだ、という気がした。

正直に打ち明ける。

「あたしの父親は、ニューメキシコのシルバー・シティの近くで、牧場をやってるんだ。名前は、ジョシュア・ブラックマン。あたしはその娘で、もとの名前はダイアナ。さっきの男たちは、確かに父親に金で雇われて、あたしたちを連れもどしに来たのさ。正確に言えば、あたしたちじゃなくて、サモナサ一人を」

「サモナサ」

「あの男たちが奪って行った、あたしの息子のことよ。父親からすれば、サモナサは自分の血を受け継ぐ、たった一人の孫なのさ。つまり、血のつながっただいじな跡継ぎ、ということになる。あたしは一人娘だったし、跡を継ぐ男の兄弟がいないからね」

「なぜ孫だけさらって、あんたを一緒に連れて行かないんだ」

トウオムアは、唇をゆがめた。

「父親は、あたしがうとましいんだよ。母親を、手ひどく扱って死なせたことで、あたしに負い目があるからね。そのために、あたしにひどく憎まれていることを、よく承知してるのさ」

ハヤトが何も言わないので、トウオムアは続けた。

「それに、十年もコマンチのあいだで暮らしていれば、あたしはもう白人の世界にもどれないだろうと、父親はそう判断したに違いないよ」

ハヤトは、首をかしげた。

「そうとも、かぎるまい」

「あんたは、父親を知らないのさ。ただ、血を分けた娘には違いないから、あえて殺す必要はないが、連れもどさなくていいと、あいつらに指示したんだろう。つまり、それがせめてものお情け、というわけさ」

ハヤトが思慮深い目で、トウオムアを見返す。

「自分で思っているほど、あんたはコマンチになりきっていない、という気がするがね」

「どうして」

「あんたの英語は、おれが耳にするほかのアメリカ人の英語と、さほど変わらないように聞こえる。少なくとも、おれが話すあやしい英語よりは、ずっと達者だ。白人と、十年も離れて暮らしていれば、もっと言葉を忘れても不思議はないと思うが」

「それには、わけがあるのさ。コマンチと一緒に暮らし始めてから、彼らの言葉を教わるのと引き換えに、英語を教えてやったからね。コマンチが、白人の密売商人と取引するとき、だまされないようにするためさ」

ハヤトはうなずいたが、すぐに言葉を継いだ。

「見たところ、あんたの息子の父親は、コマンチだろう」

トウオムアは肩をすくめ、それが長いことしなかった白人のしぐさだ、ということを思い出した。

「そのとおりさ」

「あんたの父親は、あんたがコマンチの子供を産んだとか、どこで暮らしているかとかいうことを、どうやって知ったんだ。追っ手の三人が、たまたまあんたたちを見つけた、というわけじゃあるまい」

それについては、トウオムアもあれこれと、考えてみたものだ。

「父親はたぶん、今言った白人の密売商人たちから、あたしたち母子のことや居場所を、聞いたんだろう。闇取引をするときに、あたしたちはそういうやつらと、何度も顔を合わせたからね」

ハヤトが、また思慮深い顔をして、話をサモナサにもどす。

「あんたと同じで、あんたの息子もいきなり白人の世界にはいって、うまくやっていけるかどうか、分からんだろう」

この男の言うとおり、父親のジョシュアも当然そのことを、考えたはずだ。

「それは、なんとも言えないね。ただ、サモナサはあたしと違って、まだ五歳になったばかりだ。今ならまだ、白人の世界に同化できる可能性が、十分にあるだろう。あたしの父親は、そうにらんだんじゃないかね」

トウオムアが口を閉じると、ハヤトは無意識のように左の肩口を、右手で押さえた。

それを見て、この男も負傷しているらしいことを、思い出す。

「あんた、血はあまり出てないようだけど、どこか怪我をしてるんじゃないのかい」

そう確かめると、ハヤトは途方に暮れたように、眉根を寄せた。

「崖の上から、下の砂地に落ちるまでに、何度も木の枝にぶつかった。そのせいで、打ち身がひどいことは、間違いない。もっとも、そのおかげで死なずにすんだ、ともいえるがね」

トウオムアは、黙って考えた。

迷ったものの、太ももにひどい銃創《じゅうそう》を負ったまま、ソルティたちのあとを追って、サモナサを取り返すのはむずかしい、と考えざるをえない。

ハヤトにしても、食べ物や水筒を持っている様子がなく、このままでは行き倒れになるだけだ。

当面は一緒に行動して、互いに力を貸し合うのがよさそうだ、と判断する。

トウオムアは、声をかけた。

「こっちへおいでよ、ハヤト。傷を見てあげるから」

ハヤトは、すぐには動かなかった。

やがて、おもむろに腰を上げると、トウオムアのそばに移って来た。

トウオムアはハヤトに手を貸し、上着とシャツを脱がしてやった。

長時間、水につかっていたとみえて、どちらもくしゃくしゃだった。ただし、暑い日差しを浴びたせいで、すでに乾いている。

上半身を裸にすると、顔や手に比べて肌はさほど日焼けしておらず、引き締まった筋肉が目につく。骨格はコマンチの戦士にも、ひけを取らないように見えた。

ただ、左の肩が赤黒く内出血しており、ほかの背中や胸元のあちこちにも、あざができている。かなり高いところから、転落したようだ。

そうだとすれば、まだ傷が少ない方かもしれない。

おそらく、下半身も同じ状態に違いないが、ズボンを脱がせるわけにはいかない。

トウオムアは、革袋から自分が使った薬草と、バファローの脂《あぶら》を取り出した。

二つを練り合わせて、自分のと同じ布にまんべんなく塗り、赤黒い左肩の患部に貼りつける。

そのほかの打撲《だぼく》した箇所には、同じ練りものを自分で塗るように、ハヤトに言った。

ハヤトが処置をすませるのを待って、トウオムアは気にかかっていたことを、口に出した。

「一つだけ、教えてくれないか、ハヤト」

ハヤトは、シャツと上着をきちんと着込み、トウオムアを見た。

「何が知りたいんだ」

「さっきあんたが、マックスを斬り倒したサーベルのわざは、どこで身につけたんだ」

「おれが生まれたところさ。ジャパンという国だ」

「ジャパン。それであんたは、ジャパニーズというわけか」

「そうだ。だれも知らぬ国だから、説明しても分からんだろう」

「ついでに聞くけど、あんたがサーベルで斬り倒すまえに、マックスが左の目を押さえたのが見えた。蜂《はち》か何かが、飛び込んだみたいだった。ひょっとして、あれもあんたのしわざじゃないのか」

トウオムアの問いに、ハヤトはかすかな笑みを口元に浮かべ、鹿皮服の襟元に指を走らせた。

その指先に、細い針のようなものが、現れる。コマンチが使う縫い針より、はるかに短く、細く、鋭い針だった。

ハヤトは、それをゆっくりと口元へ持っていき、頭上の木の茂みに向かって、ふっと息を吹きつけた。

葉ずれの音が、一瞬やんだような気がする。

次の瞬間、幅二インチほどの葉が一枚、ひらひらと舞い落ちてきた。

トウオムアは、思わず笑った。

「すごいわざだね。コマンチにも、ブロウパイプ（吹き矢）という武器があるけど、あんたのわざの方が効き目がありそうだ」

土手の下で、ハヤトが鹿皮服の襟に指先を触れ、口元へ持って行くのを見た。おそらくそこに、針が仕込んであるのだろう。

ハヤトは表情を緩めず、話をもとにもどした。

「あんたは、これから追っ手の二人と息子のあとを、追うつもりか」

トウオムアも、頰《ほお》を引き締めた。

「ああ、そのつもりだよ」

ハヤトは、眉を曇らせた。

「その怪我では、すぐにあとを追うのは、無理だろう。たとえ、コマンチの薬で出血が止まっても、動き回れば傷口がふさがらない。やつらと出会ったところで、後れを取るだけだぞ」

　それは、もっともな指摘だった。

「あんたもその体じゃ、あまり無理ができそうにないね。そもそも、だれも連れはいないのかい。たった一人で、崖から落ちたとでも」

　ハヤトが答えるまでに、少し間があく。

「連れは何人もいたが、今どこにいるのか見当がつかない。川に沿って引き返しても、もとの場所にたどり着くまで、どれくらいかかるか」

　そこで、言葉を途切らせる。

「あんたの連れも、上流から下流に向かって、探しに来るだろう。そうすれば、途中で出会えるんじゃないか」

　ハヤトは目を伏せ、トウオムアの太ももにうなずきかける。

「その傷は、医者の手当てを受けた方がいい。コマンチの薬だけでは、もたないだろう。この川を、もうしばらくくだったところに、ビーティという小さな町があるはずだ。そこへ行けば、医者がいると思う。おれがあんたを、送って行く。おれもついでに、診《み》てもらおう」

　トウオムアは、ハヤトをじっと見た。

「このあたりに、詳しいようだね」

2

ハヤトも、トウオムアをまじろぎもせず、見返してくる。

おもむろに言った。

「別に詳しくはないが、おれたち一行は、わけがあって、ビーティからこの川の上流の、峡谷《きょうこく》に行ったのだ。おれの仲間も、ビーティへ様子を見に、もどるかもしれぬ。この近くには、ほかに町がないようだからな」

「その町を出たのは、いつのことだい」

トウオムアが聞き返すと、ハヤトは少し考えた。

「まだ、記憶がはっきりしないが、二日か三日くらい前だ、と思う。ところで、今日は何年何月の、何日だろうな。こちらの暦《こよみ》でだが」

「白人の暦で、一八七〇年の六月二十六日だ。時間はたぶん、午後六時前後だろう」

ハヤトが、目を上へ向ける。

「すると、おれがビーティの町を出たのは、きのうの朝だったわけだ。そして、崖から転落したのは、きょうの昼過ぎだった。だとすれば、ざっと六時間ほどあの川を、流されたことになる」

独り言のような口調だ。

トウオムアは、いくらか迷いながらも、正直に告げた。

「実は、あたしたち母子もおととい、ビーティの町のそばを通り過ぎたんだ」

それを聞くと、ハヤトは思慮深い表情になり、目をもどした。

さりげない口調で、慎重に言葉を選びながら言う。

「あの三人が、あんたの父親に雇われて、息子を連れもどしに来たことは、さっきのやりとりで、分かった。どうやって、あんたの居場所を、突きとめたのかも、なんとなく理解できた。しかしあんたは、連中の言いなりにならずに、逃げ出したわけだろう。あんたの、コマンチの夫は、それを黙って、見ていたのか」

トウオムアは、首を振った。

「見ていたら、こうはならなかったよ。あたしの夫は、一族の戦士たちを引き連れて、バファロー狩りに出ていた。だから、あの三人があたしを捜し当てたことも、あたしがキャンプを離れたことも、知らずにいたんだ。たぶん、今ごろは狩りからもどって、あたしが消えたことを、知ったと思う」

「それなら、追ってくるんじゃないのか」

「白人が、あたしを連れもどしに来た、と分かればね。でも、あたしが自分の勝手な考えで、キャンプを逃げ出したと思ったら、追ってはこないだろう。逃げた女を追うのは、コマンチの誇りが許さないからね。だけど、どこかで出会うことがあったら、間違いなくあたしを殺すよ」

ハヤトは、立てた膝のあいだに首を垂れ、しばらく考えていた。

やがて顔を上げ、落ち着いた口調で言う。

「あんたは、さっきの連中を出し抜いて、息子とキャンプから脱出した、というわけか」

「そういうことになるね」

また少し考えてから、ハヤトはおもむろに言った。

「そのとき、どんなふうにして、連中の手を逃れたんだ。差し支えなければ、聞かせてくれ」

「それを知って、どうするのさ」

「別に、どうもしない。ただ、おれの国でよく言われることだが、こうしてたまたま出会ったのは、前世からの因縁があるからだそうだ。おれはなんとなく、あんたをこのまま、ほうってはおけない、という気がしてきた。もちろん、役に立てるかどうか、自分でも分からない。しかし話だけは、聞いてみたい」

トウオムアは、まじまじとハヤトを見返した。

冗談を言っているようには見えないし、まして何か下心があるというわけでも、なさそうだ。

「だけど、あんたには連れがいるんだろう。あたしにかかずらっていたら、それだけその人たちと巡り会うのが、遅くなるよ」

「あんたが、心配する必要はない。連れの中には、あまり顔を合わせたくない人間が、いるしな」

さりげない返事の中に、どことなく苦渋の色がにじんでいる。

「そいつとは、仲が悪いわけか」

「そういうわけじゃないが、会うとどちらかが、死ぬことになる。そういう相手が、二人もいるのさ」

驚いて、ハヤトの顔を見直す。

「一人で、二人を相手にするのかい」

「同時に、ではないがね。詳しくは、聞かないでもらいたい。ともかく、しばらくは会わないでいた方がいい、という気がする。そのあいだに、あんたに手を貸すことができるなら、それはそれで意味があるだろう」

その、きまじめな口調からすると、ただの暇つぶしに手を貸そう、というわけでもなさそうだ。

それに、この男の今の体調を見るかぎり、命をかけてだれかと戦う状態ではない、という気がする。

そして、自分もまた同じ状況、といえるだろう。少しのあいだ、互いに助け合うのも、悪くないかもしれない。

トウオムアは、体の緊張を解いた。

「それじゃ、あの三人組がやって来たときのことを、話してあげよう。あたしにすれば、上出来の対応だったと思うけど」

ハヤトはうなずき、目で先をうながした。

得体の知れない男だが、その表情の動きや立ち居振るまいから、確かに信頼できそうな人間だ、とあらためて思う。

この男は少なくとも、コマンチを含むインディアンの存在を、理由もなく恐れたり憎んだりする、傲慢《ごうまん》で分からず屋の白人とは、異なっている。

ふんぎりをつけて、トウオムアは話し始めた。

「今から六、七週間前のことだけど、あたしたちコマンチの一族は、アリゾナ準州の南部の草原地帯で、キャンプを張っていた。年寄りを除いて、男たちはみんなバファロー狩りで、遠征に出てしまった。そういうときに、あの三人組の追っ手がキャンプに、やって来たんだ」

三人の男は、キャンプの近くで薬草をつんでいた、トウオムアと息子のサモナサに、さりげなく近づいて来た。

薬草探しに熱中するあまり、トウオムアは三人がすぐそばに来るまで、気がつかずにいた。男たちは、愛想よくトウオムアに挨拶《あいさつ》したあと、もしかしてジョシュア・ブラックマンの娘の、ダイアナではないかと尋ねた。

相手はいかにも無法者、流れ者らしい風体に見えたが、口調や態度物腰は妙に丁重だった。おそらく、トウオムアを警戒させまい、としたのだろう。

ダイアナことトウオムアは、なりかたちこそインディアンだが、アイルランド系の赤みがかった髪や、澄んだ緑青色《ろくしょういろ》の目を見れば、白人だということはいやでも、見当がつく。トウオムアは、十年ぶりに父親の名前を耳にして、内心強い警戒心を抱いた。しかし、それをおもてに出さぬだけの分別は、ついていた。

白人だと知れた以上、へたに隠しだてしない方がいいと判断し、確かにダイアナ・ブラックマンだ、と認めた。

三人の男たちは、わざとらしいほど満面に笑みを浮かべ、口ぐちに説明した。

自分たちは、ミスタ・ブラックマンに頼まれて、ダイアナ母子を助け出しに来たこと。しばらくのあいだ、離れたところから様子をうかがい、白人の母子と確信したので、声をかけたこと。

ほかにも、捜索のために雇われた者が何人かいるが、自分たちが最初に見つけたのは、まったく運がよかったこと、などなど。

そんないきさつを、男たちは代わるがわる、口にした。

無理やり連れ去ろうとせず、丁重にわけを説明してみせたのは、キャンプにいるコマンチの仲間に、気づかれるのを恐れたのだろう。

実のところ、戦うのに必要な男たちは狩りのために、すべて出払っていたのだが。

父親は牧畜という仕事がら、あちこちに情報網を持っている。それを頼りに、さらわれたダイアナの消息を、長年尋ね続けてきたのだろう。

その結果ダイアナが、コマンチ族の男の妻になり果て、さらにサモナサを生んだことまで、突きとめたとみえる。

ちなみに、一族が白人の密売商人と取引するとき、トウオムアもしばしば通訳として、その場に臨んでいた。族長の夫、トシタベが白人にだまされるのを嫌って、トウオムアを帯同したのだ。

そんなとき、トウオムアはサモナサを背負って行くので、それを目にした白人たちの口から、自分の消息が父親の耳に伝わった、と思われる。

ひとことでコマンチといっても、その下にケワツァナ、コーサイ、クワハディなど、いろいろな部族があり、広い西部のあちこちに散らばっている。それも、ほとんど一カ所に定住することがなく、不定期に移動して生活する。

そこで父親は、ダイアナ母子の居場所を突きとめるため、人を雇って二人がいそうな地域を、しらみつぶしに捜し回らせたのだろう。

三人の話を聞いて、トウオムアは父親がどういう目的で、自分たちを連れもどそうとするのか、直感的に見抜いた。

父親は、みずからの牧場の後継者を、求めているのだ。

そして、それはダイアナ本人ではなく、自分の血を引く息子のサモナサに、違いなかった。父親が、何がなんでも跡継ぎになる息子を産めと、いつも母親のアンを責め立てていたのを、決して忘れはしない。

トウオムアは、忙《せわ》しく頭を働かせた。

男たちの目的を阻止しようにも、キャンプには年寄りと女子供しか、残っていない。

もし自分が、ここで騒ぎ立てたり抵抗したりすれば、キャンプの人びとがそれに気づいて、争いになるのは間違いない。

たとえ相手は三人でも、男の戦士のいない一族の劣勢は明らかで、死人や怪我人が続出するだろう。男たちの、すさんだ人相や風体からして、目的のためには手段を選ばぬ、冷酷な連中であることは、一目瞭然《いちもくりょうぜん》だ。

戦いのどさくさに紛《まぎ》れ、サモナサを連れて逃げることも、不可能ではないだろう。しかし、そのために無力な一族の人びとを、犠牲にするわけにはいかない。

すぐに肚《はら》を決め、トウオムアは男たちに、こう持ちかけた。

ひとまず、身の回りのものを取りに、自分と息子は一度キャンプへもどる。その上で、ほかのコマンチたちに怪しまれないように、息子と二人でこっそり抜け出して来る。

三人とも、一族の者に見つかる危険を避けるため、キャンプから離れた東側の川のほとりで、自分たちを待っていてほしい。

そう頼み込んだ。

そのたくらみを、トウオムアはことさら目を輝かせ、口元から唾《つば》を飛ばさぬばかりにして、述べ立てた。つまり、父親の救いの手が十年ぶりに、ようやく自分たちに届いたことを、思い切り喜ぶふりをしてみせたのだった。

それが真に迫っていたのか、あるいはよけいな騒ぎを避けたかったのか、男たちはトウオムアの申し出に、こころよく応じた。

三人は指示されたとおり、おとなしく川の方へ馬首を向けた。

トウオムアは、サモナサを連れて自分のティピにもどり、大急ぎで逃走に必要なものを、革袋に詰め込んだ。

トシタベの年老いた母親には、狩りに出た夫のところへ、食べ物や薬草を届けに行く、と告げた。

それから、集落の西側にある馬の囲い場に向かい、愛馬キーマを引き出した。

そして息子とともに、キーマに乗って静かに集落を離れ、男たちと反対の方角へ逃走した、という次第だった。

「あたしは、バファロー狩りをしている夫のところへ、なんとか逃げ延びようとしたの。でも追っ手の三人は、思ったより抜け目のないやつらでね。間なしに、あたしと息子が逃げたことに、気づいたらしい。それですぐさま、あとを追って来たのさ」

馬の扱いに関するかぎり、コマンチはほかのどの種族よりも、たけている。

父親も、そのことをよく承知していたとみえ、ことさら乗馬に優れた追っ手を選んで、雇ったようだった。

コマンチ仕込みの、トウオムアのわざと経験をもってしても、追っ手の男たちを振り切ることは、できなかった。追跡をかわしながら、休まずに延々と逃げ続けるのが、精一杯だった。

そのあいだにも、狩りをしているトシタべたちを捜したが、出会うことはかなわなかった。あてもなく捜すには、西部の大草原は広すぎた。

逃げ続ければ、そのうち追っ手もあきらめるだろう、とひそかに願った。しかし、かなりの礼金を約束されたとみえて、追跡は執拗《しつよう》に続いた。

見晴らしのいい平原では、何マイルも距離が離れていながら、追って来る連中の姿を認めることも、しばしばだった。

町に立ち寄ると、多かれ少なかれ追って来た連中に、噂《うわさ》が届いてしまう。

そのため、どうしても買い物が必要なとき以外は、町には近づかなかった。

手元には、多少のドル金貨と銀貨のほか、これまでに作りためた手芸品や、アクセサリーがある。それで、ほしいものをあがなったり、交換したりした。

町に行くと、インディアンの母子は目につきやすく、じゃけんに扱われることが多い。トウオムアの、髪や目の色で白人と見当がついても、かえってうさんくさい目で見返され、居心地の悪くなることがしばしばだった。

白人の、密売商人との闇取引で貯めたドルを、五十ドルほど持っている。

それを示したところで、あまりいい顔はされなかったが、金貨と銀貨はそこそこに通用した。

しかし紙幣は、めったに喜ばれなかった。いつなんどき、紙切れに変わるか分からないからだろう。

ともかく、食べ物や衣類、日用品など、必要な買い物があるとき以外は、町に立ち入らないようにした。

追っ手に、足跡をたどられないようにするには、せいぜい町から離れた崖や森、丘の陰などを探して野営するしか、方法がない。

そんなわけで、トウオムアはビーティの町にも、立ち寄らなかったのだ。

ところが、町から離れた草原で野営した翌朝、遠くの丘の上で見張っていた、あの連中に見つかってしまった。あいにく、そこは見晴らしのいい平原だったから、身を隠して馬を走らせることが、できなかった。

もっとも、まだ二マイルくらい距離があったので、とりあえずいちばん近い岩山まで走り、そこから方角を変えた。馬の後ろに枯れ枝の束を結びつけ、蹄のあとを消しながら逃げ続けた。

しかしその努力もむなしく、この日の夕方先刻の川にぶつかり、行く手をふさがれてしまった。川沿いに走れば、あとをたどられやすい。

やむなく、木立の中に身を隠したものの、結局見つかってしまったのだった。

「サモナサは奪われたけど、あんたのおかげであたしは助かった。まだ、息子を取り返す機会は、残っている。とりあえず、あたしをビーティの町まで、連れて行ってもらえないかしら。もし、あの二人が町にいたら、そこでけりをつけてやるから」

トウオムアが話を締めくくると、ハヤトは首を振って反対の意を示した。

「その傷では、戦うのは無理だ。ビーティの、近くまでは連れて行くが、あんたは町にはいらない方がいい。まずは、おれ一人で行く。何より、あんたのその脚の傷を、医者に診てもらう必要がある」

聞き取りにくい英語だが、言っていることはまともだし、よく理解できる。

「話をもどすけど、あんたの連れは、どうするんだい。向こうもきっと、あんたのことを捜しているよ。ほうっておくわけには、いかないだろう」

「おれの連れも、ビーティへ向かったかもしれぬ。もし町にいたら、わけを話して、あんたに手を貸すよう、頼んでみる」

「連れの中には、あんたとやり合う相手が二人も、いるんじゃないのかい」

ハヤトは、少し考えた。

「その一件は、先延ばしにしてもらう。もし、連中が町にいなければ、あんたのことはおれ一人で、なんとかする」

じっとハヤトを見つめる。

「一つだけ、聞かせてほしい。どうして、初めて会ったばかりのあたしに、手を貸してくれるんだい」

ハヤトは、小さく笑った。

「おれの方にも、あんたの手を借りることが、あるかもしれんだろう」

トウオムアは首を振り、笑い返した。

「好きにするさ。ところで、あんたのお仲間とつなぎをつけるのに、何か方法はないのかい」

「ないことはない。サンフランシスコに、お互いに連絡を取り合う場所がある。サンフランシスコは分かるか」

「行ったことはないけど、聞いたことはある。西海岸の、大きな町だろう」

「そうだ。その町の、グロリアズ・ロッジという下宿屋が、連絡場所になっている。そこを通じて、いつかは会うことができる。あわてることはない」

「信用できる下宿屋かい」

「だと思う。おれと連れの一人が、そこで世話になったことがある」

その口ぶりに迷いはなく、気休めを言っているわけではない、と分かる。

トウオムアは、久しぶりに頼りになりそうな男に、出会った気がした。

3

ようやく、日が傾いてくる。

まだ明るい空を背に、禿鷲《はげわし》の群れがゆっくりと輪を描くのが、木陰から見てとれた。何をねらっているのか。

そのとたん、トウオムアは思い出した。

砂地に、ハヤトに斬り倒された追っ手の一人、マックスの死体が転がっているのだ。禿鷲のねらいは、それだろう。

ハヤトも、禿鷲に気づいたらしく、やおら腰を上げた。

マックスの馬を引き、ゆっくりと森を出て行く。

その、力強くはないがしっかりした足取りに、トウオムアはつい声をかけそびれた。

何をするのか見ていると、ハヤトはマックスの死体を馬にかつぎ上げ、土手の方へ運んで行った。

川っぷちに姿を消したが、ほどなく馬だけ引いてもどって来る。

「川に捨てたのかい」

トウオムアが聞くと、ハヤトは眉根を寄せた。

「そうだ」

「あんなやつは、禿鷲のえさにしてやればいいのに」

「たとえあんな悪党でも、親兄弟がいるだろう。禿鷲のえさには、したくない」

「川に流しても、魚のえさになるじゃないか」

「川の魚は、人を食わない。少なくとも、おれの国では」

トウオムアは、口をつぐんだ。

あらためて聞く。

「あんたの国では、悪党にも情けをかけるのかい」

「人にもよる。とにかく、おれは禿鷲が人を食うのを、見たくない」

ハヤトは、怒ったようにそう言って、馬から鞍を下ろした。

次いで、くくりつけてあった毛布を、ほどき始める。寝床の用意をするつもりらしい。

ほどきながら、あとを続ける。

「これが終わったら、あんたの寝床も作ってやる」

トウオムアは、苦笑した。

野営するとき、白人の男ならまず女の寝床を作り、それから自分の方に取りかかるだろう。

コマンチの場合は、妻がはじめに夫の寝床を作り、そのあと自分の寝床を作るのが、習いになっている。

ハヤトの手順は、それよりはましかもしれない。

鞍と毛布をセットし、寝床の準備がすむのを待って、トウオムアはハヤトに火をおこすように頼んだ。

それから、撃たれた脚を投げ出したままで、バファローの干し肉と豆をいため、二人分の食事をこしらえる。

闇取引で買った、食後のコーヒーを飲みながら、トウオムアは言った。

「来たときから逆算すると、ビーティの町はここから南へ、ざっと五十マイルという見当になる。あしたの朝早く出発して、ほぼ川沿いにくだって行けば、夕方までには着けるだろう」

「もう一度言うが、ひとまずおれだけ町にはいって、医者を探す。見つけたら、あんたのところへもどって、人目につかぬように、医者のところへ運ぶ。それでいいだろうな」

ハヤトが、しつこく繰り返す。

余儀なく、トウオムアは同意した。ハヤトは、よほどこの太ももの傷が、気になるらしい。それとも、ハヤトの国の男たちはみながみな、女は弱いものと決め込んでいるのだろうか。確かに、決して軽い傷とはいえないが、これくらいでへこたれていたのでは、とうていサモナサを取り返すことはできない。

万一に備えて、トウオムアは毛布を固く体に巻きつけ、手元に拳銃を置いて眠りについた。

翌朝。

日の出前、空が明るくなるとともに、トウオムアは起き出して、焚《た》き火の用意をした。

コーヒーをいれにかかる。夫のトシタベは、どんなにすすめても飲まないが、トウオムアは子供のころから、それなしではすまされなかった。

豆は、石臼《いしうす》で挽《ひ》いて粉にしたものを、持ち歩く。やはり、粗挽きになってしまうが、トウオムアはそれが好きだった。

コーヒーのにおいで、ハヤトも目を覚ましたようだ。

手早く朝食をすませ、日の出と同時に野営を畳んで、出発する。

トウオムアは、前日サモナサを連れ去った、追っ手のザップとソルティの、馬の足跡をたどった。

足跡はしばらく、川の流れと同じ方向に続いたが、やがて広い草原に差しかかったところで、途切れてしまった。

草原の端は、例の川のほとりまで達している。

もしかすると、二人の男は草原の中で方向を変え、どこかで川を渡ったかもしれない。ニューメキシコへ向かうとすれば、とにかく東を目指さねばならないから、その選択は十分にありうる。

ネヴァダ州南東部の、インディアン・スプリングスの峡谷を抜け、州境を越えればアリゾナ準州にはいる。

しかし、その先にはインディアンも避ける、大峡谷（グランド・キャニオン）が控えており、そこをたどるのは容易なことではない。

二人はビーティをへて、南東の方角へ斜めに長く延びた、カリフォルニアとの州境の近くまで、南下するのではないか。

そこで進路を東に変え、アリゾナとの州境を流れるコロラド川を渡る、というのが順当な道筋に思える。

とはいえ、追跡に慣れた二人のことだから、こちらの裏をかく恐れもある。

どちらにせよ、怪我さえしていなければ勘を頼りに、このまま東へ向かうところだ。しかし、行く先は分かっているのだから、焦ることはない。ザップたちが、ニューメキシコに達するまでに追いつけば、それでいいのだ。

　そのころには、太ももの傷も治っているだろう。

　ビーティを望む、町に近い北側の岩山に到着したのは、まだ日差しの強い午後四時過ぎだった。互いの怪我や体力を考慮して、まめに休憩を入れたわりには、早く着いたといえよう。

　ありがたいことに、近ごろ大雨が降りでもしたのか、岩のくぼみに水がたまっているのを、見つけた。顔を洗ったり、体をふくくらいの量は、十分にある。

　そのあたりは、いくらか高台になっており、ビーティの町全体を見渡せる、好位置だった。町の入り口まで、ざっと二マイルから三マイル、というところだ。

　それくらい離れていれば、町から裸眼でこちらを視認することは、まず無理だろう。

　張り出した岩陰に馬を休め、トウオムアとハヤトは一息入れた。

　十五分とたたぬうちに、ハヤトが立ち上がる。

「これから、町へ行ってくる。一回りして、あの二人やおれの連れが見当たらなければ、医者を探す。ここまで、連れて来られればいいんだが、断わられるかもしれない。そうしたら、もどって来てあんたを町へ、連れて行く」

　あらためて、律義に説明するハヤトの姿に、トウオムアは胸が温かくなった。

「分かった。ありがとうね」

すわったまま、町へ馬を走らせて行くハヤトに、手を振る。

＊

近いようでも、それなりに距離がある。

ビーティまで行き着くのに、小半時（三十分）ほどかかった。最初の三分の一を並足、次の三分の一を速足、最後の三分の一をまた並足で走る。

もとは追っ手の一人、マックスが乗っていた馬だが、乗り手の性根を映したものか、疳《かん》の強いたちだった。手綱を引き締めるのに、だいぶ苦労させられた。

それでも、鞍には輪になったロープが掛けられ、長い革鞘《かわざや》にはライフル銃が収まっている。使い方はよく分からないが、トウオムアなら使いこなせるだろう。

町へはいる前に、いつも腹に巻いているさらしから、油紙の包みを取り出す。中に、吹き針と一緒にドル紙幣が、しまってあるのだ。

長い時間川を流されたが、水は染み込んでいなかった。

その紙幣は、六月の初めにエル・ドラドで、高脇正作とやり合って昏倒させたとき、持ち金の中から失敬したものだ。かなりの額を持っていたが、金貨や銀貨には手をつけなかったから、正作も文句を言うまい。

紙幣を、何枚かポケットに移して、油紙をしまう。

ビーティをつらぬいて、南北に長く延びる中心の通りに、北側の入り口からはいった。

通りの幅は、板張り歩道を入れておよそ五間（九メートル）、長さはせいぜい五十間ほどしかなく、あまり活気があるとはいえない。夕方ではあるが、まだまだ日差しが強く、宵が迫る気配はない。

三日前に泊まった、ラルストン・ホテル。

その並びに、レストランの〈オールドマン・ビーティ〉や、保安官事務所がある。

それを過ぎて、しばらく馬を進めると、サルーン〈ネヴァダ・パレス〉の看板が、目に留まった。

馬を止め、駒留めにつないで、スイングドアを押す。

中のテーブル席は、酒を飲みながらおしゃべりする者、カードで賭け事をする者、女を膝に乗せてからかう者で、ほぼいっぱいだった。

順繰りに顔を確かめたが、ピンキーも時枝ゆらもおらず、ダニエル・ティルマンや高脇正作、クリント・ボナーも、いなかった。

ザップとソルティ、それにサモナサらしき子供の姿も、やはり見当たらない。

カウンターに目を向けると、例によって髪と口髭をきちんと固めた、バーテンダーのトム・フィンチの顔が見えた。

客はおらず、フィンチはカウンターに斜めにもたれて、新聞を読んでいた。

その前に行って、カウンターに手を置く。

フィンチは、顔を上げてこちらに目を向け、口元に笑みを浮かべた。

「やあ。元気かね」

例によって、愛想がよくも悪くもない、なれた口調だ。

カウンターに、一ドル紙幣を載せた。

「ウイスキーをくれ。この町には、医者がいるかね」

フィンチは笑みを消し、グラスを置いてウイスキーをついだ。

それから、こちらの体をじろじろと点検する。

「医者なら、一人だけいる。通りの南のはずれに、ドク・ワイマンの診療所があるよ」

「銃で撃たれた傷を、治せるかね」

「得意中の得意さ。こんな町でも、撃ち合いがときどきあるからな。しかし、あんたはどこも撃たれたように、見えないが」

「診てもらうのは、おれではない。ドク・ワイマンは、銃で撃たれた女のところまで、一緒に行ってくれるかな。町から少し、離れたところだが」

フィンチが、唇を引き締める。

「女だって。それじゃ、遠出は無理だな。かみさんに知れたら、おおごとになる。前にも何度か、そういうことがあった。今度ばれたら、ドクはかみさんに絞め殺されるだろう」

よく分からないが、連れ合いはかなりの焼き餅焼き、とみえる。

「こっちへ、女を連れて来る分には、かまわないかね」

ためしに聞くと、フィンチは瞳をくるりと回した。

「それなら、いいだろう。どっちみちかみさんが、ドクの手伝いをするんだ」

ウイスキーを、一口に飲み干す。

こちらの酒を、いつの間にか飲めるようになったが、喉が焼けるだけでうまくはない。

「ありがとう。助かったよ」

フィンチは、一ドル紙幣をつまみ上げた。

「銀貨なら十杯だが、紙幣でも五杯は飲ませる。もう少し、飲んだらどうだね」

「いや。かわりに、あんたが飲んでくれ」

フィンチは肩をすくめ、新しいグラスにウイスキーをつぐと、一息に飲んだ。

ついでに、尋ねてみる。

「もしかして、いかにも流れ者らしい二人組の男が、ここに立ち寄らなかったかね。きのうから、きょうにかけてだが」

フィンチは、グラスを置いた。

「流れ者の、二人組か」

「そうだ。一人は片方の耳、確か左の耳だったと思うが、ちぎれてなくなった男だ。もう一人は、手首に黒い革の帯のようなものを、つけていた。もしかすると、インディアンの子供を、連れていたかもしれない」

「片耳の男に、黒いカフの男。それに、インディアンの子供、とね」

フィンチはつぶやき、それから首を振った。

「いや。少なくとも、ここには立ち寄らなかったね」

「おれの友だちの黒人と、日本人の女はどうだ」

すぐにまた、首を振る。

「黒人は、三日前の夜あんたが顔を出した、あのときから見てないな」

三日前といえば、六十里（約百五十マイル）ほど離れた、ベルモントという町から馬を飛ばし、ここへ駆けつけて来た日だ。

あのとき、フィンチが目顔で知らせてくれたおかげで、店の裏口へ回ってピンキーと、話をすることができたのだった。

フィンチが、続けて聞く。

「あの二人が、来る予定なのか」

「いや、分からない。とにかく、ありがとう」

そう返事をして、サルーンを出た。

並びに、雑貨店があるのを見つけ、中にはいる。

男物の、普通の大きさと小さめの、シャツとチョッキ。

つばの広い、ステットソンの帽子の、大と小を一つずつ。自分の分は、その場でかぶった。

石鹼《せっけん》と手ぬぐい。

ヘヤブラシと呼ぶ、櫛《くし》や刷毛《はけ》によく似た、髪をすく道具。

それらを麻袋に詰め、馬からライフル銃を取って来て、それに合う銃弾も五十発買う。

ドク・ワイマンの診療所に寄って、一時間後に負傷した女を連れて来るから、診てもらいたいと頼んだ。

ドク・ワイマンは、豊かな口髭をたくわえた、初老の男だった。自分の妻を呼んで、こちらの言ったことをそのまま伝え、手を貸すように指示した。

フィンチの話から、どんなにきつい妻かと心配していたが、実際には驚くほど愛想のよい、美形の女だった。分からないものだ。

帰りに、ラルストン・ホテルに寄って二部屋予約し、トウオムアが待つ岩山へ馬を走らせた。

途中で不意に、また〈誠〉という字が頭にひらめき、一瞬手綱を離しそうになった。

しかしその字は、すぐに消えた。

着いたときは、すでに西側の山の端に、日が沈みかけていた。

薄闇の中で、トウオムアの顔が妙に白く、きれいに光るのが見える。

「たまり水を使ったのか」

「ええ。キャンティーンを、いっぱいにしたあとでね」

「キャンティーンとは」

「水を入れる筒のことよ。あんたの分もあるわ」

「そうか」

そんなやりとりのあと、町でのことを細大漏らさず、話して聞かせた。

例の二人組にも、こちらの連れにも出会わなかったと聞くと、トウオムアは少し残念そうな顔をした。

それにかまわず、買った物が詰まった袋を取り出し、トウオムアに渡した。

「その中に、新しい衣類とかヘヤブラシが、はいっている。着替えて、それなりに身づくろいをすれば、いくらかは白人の女にもどるだろう。ただし、あまり乱暴な口をきかなければ、だがね」

トウオムアは、珍しく目を輝かせて、礼を言った。

「いろいろと、ありがとう」

それにかまわず、立ち上がる。

「では、町へ行こう。ドクターが、待ちくたびれないうちにな」

＊

ザップは、考えながら言った。

「あの、サーベルを持った妙なやつは、おっつけ町へもどって来る。たぶん、あのダイアナがマックスに撃たれて、怪我をしたんだろうよ。町はずれの、診療所に立ち寄って、ホテルにはいるのもおれはこの目で見た。きっとあの女を連れて、もどって来る気だぞ」

ソルティが、うなずきながら応じる。

「その、サーベル野郎がぴんぴんしてるとなれば、マックスは返り討ちにあって殺された、と見ていいだろう。いくら待っても、追いついて来ないわけだ」

「それはそれで、いいじゃねえか。千五百ドルを三等分せずに、二人で山分けするとなりゃ、お互いに分け前は七百五十ドル、という勘定になる。悪くねえ話だぜ」

「そのとおりだ。ただし欲をこいて、一人ならまるまる千五百ドルになる、などと考えるなよ」

ザップは、いやな顔をした。

「冗談にもほどがあるぜ。そうならねえように、あの二人を今夜のうちに、片付けようじやねえか」

ソルティは、首を振った。

「いや。それより、あの女の傷が治らないうちに、先を急ぐ方がりこうだ。おれたちがここにいることには、まだ気づいてないだろう。今ならかなり距離を稼ぐことができる。やつらが追いつく前に、あの小僧をブラックマン牧場へ送り届けて、さっさと礼金を受け取るんだ。あとは、おさらばするだけさ。やつらに会うことは、二度とあるまいよ」

なるほど、とザップは思った。

やはりソルティは、頭がいい。

あえて危険を冒さず、大金を手にするにはそれがいちばんだ、と納得する。

「よし。二人が来ないうちに、ホテルへもどってあの小僧を、連れ出すことにしよう。あさってあたり、アリゾナへ抜けられるように、きょうあすのうちに距離を稼ごうぜ」

ザップとソルティは、小さなバーを出てホテルへ向かった。

4

ビーティの町。

すでに空は暗くなっていた。午後八時は回っただろう。

トウオムアはハヤトの手を借り、左脚をかばいながらそろそろと、馬からおりた。

診療所は、大通りの南の町はずれにあり、ドアに〈ドクター・ワイマン〉と書かれた、木の札がかかっていた。

ワイマンは、妻と思われる美しい女の手伝いで、トウオムアの太ももの傷を、てきぱきと手当てした。銃創と分かったはずだが、それについては何も質問しなかった。

終わったあと、今度はハヤトの体を診察した。

そのあいだ、トウオムアは待合室に出されたため、様子が分からなかった。

ハヤトが出て来たとき、刺激のある芳香が鼻をついたので、塗り薬か何かで手当てされた、と察しがついた。

トウオムアは、ハヤトが買った男物の仕事着を、きちんと身に着けて来たので、インディアンには見えなかったはずだ。むしろハヤトの方が、インディアンに近いいでたちだから、目立たなかったのかもしれない。

白人の医者に診てもらったのは、子供のとき以来のことだった。

治療代は二人で五ドルで、ハヤトがまとめて払った。塗り薬と、化膿《かのう》止めの薬の代金込みなので、それほど高くはないだろう。

もっとも紙幣は、長時間腹に巻いていたとかで、みんなしわくちゃだった。

ともかく、ハヤトがかなりの金を持っていると分かって、トウオムアは少し安心した。

二人でやり繰りすれば、しばらくはだいじょうぶだろう。ハヤトが、ずっと付き添ってくれる、と仮定しての話だが。

むろんそのときには、それ相応のお返しをするつもりだ。

診療所を出たあと、大通りを数十ヤードもどって、馬を厩舎《きゅうしゃ》に預けた。

愛馬キーマに着けた鞍は、夫トシタベが持ち帰った戦利品で、もともと白人のものだから、町でも不審を招く心配はない。

ただ弓と矢筒など、コマンチの武器類を入れた袋は離さず、金と貴重品のはいった革袋と一緒に、かついで出た。

ハヤトが予約した、というホテルに行って、チェックインする。

ハヤトは、とりあえず荷物をフロントに預け、並びのレストランで食事をしよう、と提案した。

トウオムアは、自分の荷物を手元から離したくないので、そのまま持って出た。

並びのレストランは、〈オールドマン・ビーティ〉といい、かなり込み合っていた。

久しぶりに、肉に血や筋のついていない、したがって血の味のしない、分厚いステーキを食べた。野生のバファローとは、かなり味が違った。

トウオムアは、ほとんど食事のマナーを、忘れていた。

ハヤトの、ナイフとフォークの使い方も、かなりぎこちなかったが、トウオムアよりはましだった。

コマンチはみんなで、バファローの肉の塊を勝手に切り取り、好きなように食べる。

トウオムアは、自分の肉をおおまかに切り分け、フォークで刺して食べた。

周囲のテーブルにいた客が、ちらちら自分を盗み見するのが分かったが、気にしないことにした。

デザートは、いちごとクリームのパンケーキで、これは文句なしにうまかった。子供のころ、母親が作ってくれたケーキを思い出して、少し感傷的な気分になった。

ホテルにもどると、ハヤトはフロントで荷物と鍵《かぎ》を二つ、受け取った。

客室は二階にあり、階段をのぼらなければならなかった。ハヤトが、二人分の荷物をかつぎ、トウオムアは手すりにつかまって、一足ずつのぼった。

ハヤトは鍵の一つを、トウオムアに差し出した。

トウオムアはそれを受け取り、ハヤトに言った。

「別に、二部屋取らなくても、よかったのに。むだなお金は、遣《つか》わない方がいいよ」

ハヤトは、おもしろくなさそうな顔で、きっぱりと応じた。

「男がひとの妻と、同じ部屋で過ごすことはない。おれの国ではな」

それは、コマンチも同様だが、時と場合による。

しかし、トウオムアは何も言わずに、自室にはいった。

ベッドの脇の、小さなテーブルに置かれた蠟燭《ろうそく》の灯が、ほのかに周囲を照らしている。あまり広い部屋ではない。

にもかかわらず、どこか雑然としたたたずまいがあって、いやな感じがした。

それは、十年にわたるコマンチとの生活で、自然に身についた勘のようなものだった。ホテルの使用人が、掃除をおこたったのかもしれない。

荷物を置き、脚をかばいながら部屋の中を、一回りしてみる。

子供のころ、牧場で過ごした時代のことを思い出すと、家具や調度はあまり上等とは言えなかった。慣れてしまえば、コマンチのティピの方がよほど、居心地がよさそうに思える。

ベッドに腰を下ろした。こうした、白人社会のベッドに寝るのは、十年ぶりだった。

しかし、最後に寝た牧場のベッドに比べて、ずいぶん固い。これなら、バファローの敷皮の方が、ずっと寝心地がいいだろう。

なにげなく床に目を落としたとき、何かがきらりと光った。

トウオムアは、太ももをかばいながら身をかがめ、それをつまみ上げた。

蠟燭に身を寄せ、あらためて目を近づける。

思わず、ぎくりとした。

それは、大豆ほどの大きさの、緑色のビーズ玉だった。息子の、サモナサの五歳の誕生日祝いに、自分が作って与えた首飾りの、ビーズ玉の一つに違いなかった。

それが、何を意味するかを考えると、にわかに動悸《どうき》が速まる。偶然落ちたのか、それとも自分が教えたとおりに、わざと落としたのか。

どちらにせよ、この部屋にサモナサがいたことは、間違いない。

トウオムアは、隣の部屋との境の板壁を、拳《こぶし》で三度叩《たた》いた。

十も数えないうちに、ハヤトがノックもせずにドアをあけ、顔をのぞかせた。

「なんだ」

相変わらず、ぶっきらぼうな口調だ。

トウオムアは、指先のビーズを灯にかざした。

「これを見て」

ハヤトは、ドアをあけたまま中にはいり、ビーズを見た。

「なんだ、これは」

「コマンチが、首飾りに使うビーズよ。これは今年の春、サモナサの五歳の誕生日に、あたしがプレゼントしたものだわ」

ハヤトは、トウオムアに目をもどした。

「この部屋にあったのか」

「そうよ。足元の床に、落ちていたの。つまり、サモナサがきのうかきょう、この部屋にいたということだわ。ここが、なんとなく雑然としているのは、きっと前の客が出て行ってから、それほど時間がたってないせいよ」

ハヤトは、トウオムアとビーズを見比べ、あらためて言った。

「間違いないか」

「ないわ。この色のビーズは、数が少ないのよ。去年、あたしが白人の密売商人から、買ったものに間違いないわ」

トウオムアが応じると、ハヤトも三秒以上は考えず、顎《あご》をしゃくった。

「フロントの男に、話を聞こう」

その結果、確かにこの部屋にザップとソルティともども、サモナサがいたことが明らかになった。

ザップたちは真夜中、つまりこの日の夜明け前にやって来て、フロントを叩き起こし、無理やり部屋をあけさせた、という。

間違いなく、インディアンらしい子供を、連れていた。

二人はベッドを入れ足し、トウオムアと同じこの部屋に、三人で泊まった。

疲れていたのか、子供ともどもまる十二時間閉じこもり、食事も部屋でとった。

その後、二人はフロントの男にチップを与え、子供を部屋に閉じ込めて出さないよう、念を押して外出した。

そして日が沈む直前、酒のにおいをさせてもどるなり、子供を連れてあわただしく出発した、というのだった。

トウオムアは、すぐにもあとを追おうと言いつのったが、ハヤトは頑強に反対した。焦るのは分かるが、負傷した体では無理がきかず、たとえ二人に追いついたところで、サモナサを取り返すのはむずかしい、というのだ。

確かにそのとおりなので、ハヤトの忠告を受け入れた。

翌朝、日の明けないうちに起きて、まずは薬を塗り替えた。すでに出血は止まり、痛みもだいぶ治まっていた。

ハヤトを起こそうと思ったら、ハヤトの方からノックしてきた。

宿泊代は前払いしたので、そのまま厩舎へ直行する。

ハヤトは、厩舎の中で寝ていた番人を叩き起こし、金を払って馬を引き出した。

通りを歩きだしたとき、ハヤトが言った。

「白人は、馬に乗るとき左側から乗るが、あんたはいつも右側から乗るな。コマンチの連中は、みんなそうなのか」

「そうよ。あたしも、牧場にいるころは左から乗ったけど、コマンチと暮らすようになってから、右乗りに変わった。どちらからでも、乗れるようにしておいた方が、万一のときに役に立つからね」

そう答えながら、ふと気づいて聞き返す。

「そういえば、あんたもあたしと同じように、いつも右から乗ってるじゃないか。どうしてなの」

ハヤトは、少し間をおいた。

「おれの場合は、初めてこちらの馬に乗ったときから、体がしぜんにそのように動いた。たぶん、あんたたちコマンチと同じで、おれの国でも右側から乗るのが、ふつうだったんだろう。左側から乗ろうとすると、このサーベルの柄《つか》がじゃまになるからな」

トウオムアは、それを聞きとがめた。

「たぶん、とはどういう意味」

今度はさらに、あいだがあく。

「一年前、おれは船で日本からこの国へ、密航して来たのだ。それより前、おれは自分の国の戦争で頭を撃たれて、記憶をなくしたらしい。だから、日本にいたころのことは、何も覚えていない」

いうべき言葉がなく、トウオムアは口をつぐんだ。

記憶喪失、という脳疾患があることはその昔、牧場時代に聞いたことがある。しかし、それを患う人間に出会ったのは、初めてだった。

あらためて言う。

「その病気は、何かの拍子に治ることも、あるらしいよ。気長に待つんだね」

ただの気休めと思ったのか、ハヤトはそれに答えなかった。

ただ、黙って馬に拍車を入れ、速度を上げる。

トウオムアは、比較的新しい蹄の跡を探して、南東の方角に向かった。

追跡の途中、道が大きく折れ曲がったり、二股に分かれた場所にぶつかるたびに、馬をおりて地面を調べる。

丹念に探すと、色とりどりのビーズが順に見つかり、追跡の道筋が正しいことが分かった。

ハヤトはそのたびに、感心した。

「五つの子供が、そんな教えを覚えているとは、思わなかった」

「あたしたちは、子供が三つになると身を守るすべを、いろいろと教えるのさ。病気のほかにも、怪我をしたり死んだりする危険は、あちこちにあるからね」

しかし、やがてビーズがなくなったとみえ、途中から道しるべが途絶えた。それでも、大体の道筋はニューメキシコへ向かっており、迷うことはなかった。

＊

ビーティを出てから、そのまま十日がたった。

ハヤトが、鐙《あぶみ》の上で脚をまっすぐに伸ばし、前方に目を向ける。

トウオムアは、含み笑いをした。

見渡すまでもなく、あたりは一面の大平原だ。インディアンか、白人でもすぐれた斥候《せっこう》以外に、自分のいる場所の見当がつく者は、いないだろう。

「連中は今、どのあたりにいるのだ」

ハヤトの問いに、トウオムアは正直に応じた。

「ザップとソルティは、険しい山道や水場のない砂漠を避けて、最短距離を走って来た。白人にしては、馬の扱いの上手な連中だ」

ハヤトは、鞍の上に腰をもどした。

「おれには、今おれたちがどこにいるのかさえ、見当がつかない。ここが、どのあたりなのか、教えてくれ」

「この十日間、ネヴァダからアリゾナを走り抜けて、今日の昼過ぎにニューメキシコの、北西部にはいった。そこから、少し南にくだったあたりに、いると思う」

ハヤトが苦笑する。

「そう言われても、おれにはさっぱり分からぬ。ここは、あんたの父親の牧場からどれくらい、離れているのだ」

トウオムアも笑った。

「そうだろうね。あたしだって、地図を見せられてもどこにいるのか、正確には指させないよ。ただ、ここから南へまっすぐくだれば、二百二、三十マイルのところに、牧場があることは確かさ」

「マイルで言われても、どれくらいの道のりなのか、おれにはさっぱりだ」

「まあ、これまでのペースで馬を走らせて、あと一週間ってとこだろうね。ほんとうは、途中で馬を取り替えたいとこだけど、キーマを手放したくないから」

「一週間か。すると、あまり余裕がないな。少し急いだ方がよかろう。あんたの傷に、差し障りがなければ、だが」

「あたしは、だいじょうぶ。あの、ワイマンという医者は、なかなかの名医だね」

実際、傷口はすでにふさがってかさぶたになり、痛みもほとんどなくなっている。

「おれもおおむね、もとの体にもどったようだ。これなら、あの二人と対等に、戦えるだろう」

それが事実なら、かなり心強いものがある。

これまでの追跡の過程で、先を行く二人組がならず者ながら、相当の腕ききだということは、理解していた。

そもそも、五歳の子供を連れて逃げるには、それなりの時間がかかる。

二人は、サモナサがまだ幼いとはいえ、すでに馬を乗りこなすことを、知らないに違いない。したがって、交替でサモナサを自分の馬に乗せ、相乗りで走っているはずだ。その分、当然速度は遅くなる。

それでも、まだ追いつけずにいるとすれば、二人をかなり手慣れた乗り手、とみなければならない。

そうした状況で、単身あの二人に立ち向かうことになれば、サモナサを取り返すどころか、自分が生きてもどることもむずかしいだろう。

少なくとも、ハヤトの助太刀がなければ、サモナサの奪還はまず不可能だ。

思い切って言う。

「今夜一晩、寝ないで馬を走らせれば、明日の明け方にはサモナサたちに、追いつけるかもしれない」

ハヤトが、鞍の上で振り向く。

「ほんとうか」

「ええ。というより、何がなんでも、追いついてみせるわ」

自分の勘を信じれば、たぶん不可能ではない。

「そうか。それならおれも、付き合おう」

あっさり応じたハヤトに、トウオムアはわれ知らず涙が込み上げ、あわててそっぽを向いた。

くやし涙はもちろん、うれし涙も何度か流したことがあるが、こういう涙には縁がなかった。なんともいえぬ、甘ずっぱい涙だった。

これが、幼いころ母親が読んでくれた本に出てきた、シヴァルリー（騎士道）というやつだろうか。

その日は夕暮れまで走り、早めの食事をして馬を休めるとともに、二時間ほど仮眠をとった。

日が落ちてほどなく、ふたたび追跡を開始する。

人間は、眠気さえ追い払えば、なんとか走り続けられる。しかし馬は、そういうわけにいかない。並足、駆け足を交互に繰り返し、四、五十分ごとに十分から十五分程度の、休憩を挟まなければならない。

馬という動物は、走らせれば走らせるだけ走り続け、最後にはへたばって倒れる。そのまま、息が絶えてしまうことも、珍しくないのだ。

5

曙光《しょこう》がぼんやりと、東の空を染め始めるころ。

暗い草原のかなたに、ぽつんとほの明るい場所が、かすかに見えた。

馬を止めたハヤトが、腰を上げてそれを見ながら、低い声で言った。

「焚き火のようだな」

トウオムアも、目を凝らす。

「ええ、たぶんそうだわ」

「ここから、どれくらいの距離かな」

「そう、ざっと半マイルね。つまり、ゆっくり歩いて十五分、というところかしら」

少し黙って、ハヤトが続ける。

「あんたの言うとおり、どうやら追いついたようだな」

感慨深げな口調だ。

思いは同じだった。

「そうだ。追いついた」

しばしの沈黙のあと、ハヤトが口を開く。

「あの焚き火は、けだものを近づけないためか」

「ふつうの旅なら、それもあるだろうね。でも、あたしたちに追われていることは、百も承知のはずだ。あの二人はたぶん、焚き火のそばにはいないよ」

「すると、あれは罠《わな》、ということか」

「そう考えた方がいいだろうね」

ハヤトが、低く笑う。

「なるほど、やつらにも考える頭が、あるらしいな」

「そうさ。ただ、あいつらの手の中には、サモナサがいる。いざとなったら、あいつらはサモナサを、盾に使うだろう。それをさせないためには、まずサモナサを助け出すことから、始めなきゃならないよ」

トウオムアが言うと、ハヤトはしばらく考えを巡らしていた。

やがて、さりげない口調で言う。

「では、おれがおとりになって、まっすぐ焚き火に向かう。あんたは、そのあいだに周囲の様子を見て、どちらの男が息子をつかまえているか、確かめるのだ」

トウオムアは、首を振った。

「いいえ。おとりには、あたしがなるよ。あんたは、焚き火がよく見えるあたりまで、忍んで行くんだ。それを確かめたら、あたしはキーマに拍車をくれて、焚き火に突っ込んで行く。そうすれば、ザップもソルティもあたしを目がけて、銃をぶっ放すだろう。そのときの火花で、二人がひそんでいる場所の、見当がつく。夜が明けないうちは、あたしたちの方が接近戦に向いている。あたしも、焚き火を飛び抜けたらキーマを捨てて、どちらかを片付ける。それで、いいだろうね」

ハヤトは、トウオムアの言うことを、じっと聞いていた。たぶん全部は、理解できなかったに違いない。

聞き返してくる。

「二人が、同じ場所に隠れているかどうか、分からぬだろう」

トウオムアは、うなずいた。

「そうだ。二手に分かれている可能性もある。あんたは、向かって左手を受け持ってちょうだい。あたしは、右手を引き受けるわ」

「分かった。支度をしてくれ」

ハヤトは自分の馬を、手近の灌木《かんぼく》の枝につないだ。

トウオムアは、キーマの背中に毛布を広げ、鞍を着ける。

腹帯を、いつもよりきつく、強く締めた。

鞍に縛りつけた袋をあけ、バファローの毛皮を重ねて作った、盾を取り出す。かなりの至近距離でないかぎり、銃弾をもとおさない強さがある。

さらに愛用の弓と、矢筒に矢を五本。

ロープを腰に巻きつけ、しっかりと縛りつける。それから、ロープの端に小さな輪をこしらえ、それをサドルホーン（鞍がしら）に引っかけた。

そのロープで体を支え、キーマの左右に身を振り替えつつ、馬首の下側から矢を射続ける。これは、コマンチしかできない、高度のわざだ。

トウオムアは武器を持って、キーマにまたがった。

ハヤトが、見上げてきた。

「銃は、使わないのか」

「弓の方が、使い勝手がいいのさ。ただし、矢がなくなったら、銃を使うよ」

ハヤトは、キーマの手綱を取った。

「行くぞ」

そう言って、歩きだす。

さいわい、空には厚い雲が一面にかかり、星明かり一つ漏れてこない。

それだけに、目印の焚き火はくっきりと見える一方、こちらの姿は見えないはずだ。だいいち、草原を埋め尽くす草は高さ五フィートに達し、ほとんど視界をさえぎっている。

トウオムアは、鞍の上に平たく体を伏せて、馬の頭より低い姿勢をとった。

ハヤトも、手綱をできるだけ低く、引き絞っている。

しだいに、焚き火との距離が縮まる。火の勢いは、だいぶ衰えているものの、暗闇の中ではまだ明るさを保っている。

あと百フィート、というあたりまで近づいたとき、キーマが突然つんのめるように、足元を乱した。

そのとたん、缶の中で石ころが転がるような、うるさい音が響き渡った。

しまった。クラッパー（鳴子）が、仕掛けてあったのだ。

その瞬間、草原のかなたにそびえる山の端から、太陽が顔をのぞかせたとみえて、あたり一帯に光の絨毯《じゅうたん》が、さっと広がった。

トウオムアは、とっさに馬上に体を伏せたまま、キーマの腹を蹴《け》った。同時に、ハヤトが握った手綱を放したので、キーマは犬が鎖を引きちぎったように、猛烈な勢いで駆け出した。

脚にからんだクラッパーが、やかましい音を立てる。

間をおかず、焚き火の右手から立て続けに、銃声が起こった。

そのときには、トウオムアは馬上で体を左に倒し、右手の弓に矢をつがえていた。

火薬がはじけた闇をめがけて、キーマの首の下からひょう、とばかり矢を射放つ。

同時に、反対側からも銃声が聞こえ、頭上を弾が飛び抜けていった。

トウオムアは、すばやく体を馬上にもどした。

回れ右をして矢をつがえ直し、一の矢を射込んだ草むらへ、突っ込んで行く。

なぎ倒された草むらから、男がよろよろと立ち上がった。その右肩に、トウオムアの放った矢が、深ぶかと突き立っている。

しかし、男の右腕にはナイフが握られており、その刃先は左腕に抱きかかえられた、サモナサの首に突きつけられていた。

サモナサは、腕ごとロープで縛り上げられ、蓑虫《みのむし》のような状態だった。猿ぐつわは、かまされていない。

それでも、うなり声一つ上げず、もがきもしなかった。

ただ、唇を真一文字に引き結び、強い目の光でトウオムアを、見返すばかりだ。

そこには、幼いながらコマンチの男の誇りが、こもっているようだった。

トウオムアは、無理やりサモナサから視線をそらし、男の顔に目をもどした。

曙光をまともに浴びて、男は怒りと苦痛に頬をゆがめ、わめいた。

「やってみろ。小僧の命はないぞ」

男の、両の手首に巻かれた黒いカフを見て、それがソルティだと察しがついた。

トウオムアは、矢を引き絞ったまま、じっとしていた。

ハヤトはどうしたのかと、一瞬不安が頭をよぎる。

ソルティの顔を、まともに射ぬくこともできたが、顎の下にサモナサの頭が埋まっており、わずかなためらいが生じた。

次の瞬間、つがえた矢は弓の弦《つる》を離れて、ソルティの頭上を飛び去った。

首を縮めたソルティが、一転してまぶしげに目を細め、トウオムアの背後を見据える。

自信ありげに、勝ち誇った声を上げる。

「やっちまえ、ザップ」

トウオムアは、ベルトに差した拳銃を抜く間もなく、あわてて振り向いた。

二ヤードと離れていない草むらに、黒い影がぬっと立っている。逆光のために、ザップの顔は分からなかった。ただ、右手に握られた拳銃の銃口が、ゆっくりと上げられるのが見えた。

しかし、それは途中まで上がったところで、ぴたりと止まった。

と見る間に、その手から拳銃が滑り落ち、黒い影は揺らぎながら前へ傾いて、踏みしだかれた草むらの上に、頭からどっと倒れ伏す。

その後ろに、ハヤトがのそりとばかり、立ちはだかった。右手には、例のサーベルが、握られていた。

どうやら、首尾よくザップのそばに忍び寄って、仕留めたに違いない。

ただ、格闘の際にやられたものか、ハヤトの口の回りは血だらけだった。

トウオムアは、愕然《がくぜん》として唾をのんだ。

これでは、ハヤトも例の吹き針の隠しわざを、繰り出せないかもしれない。

そう悟ったとたん、背筋に冷や汗が噴き出すのを感じる。

「くそ」

ソルティの罵声《ばせい》に、目をもどした。

ザップがやられたと知ってか、ソルティが怒り狂ったようにわめく。

「おまえの馬を、ここへ引いて来い。おれは、この小僧を連れて、ブラックマン牧場へ行く。金をもらったら、それでおさらばする。この小僧がほしけりゃ、おまえがあとでまた牧場から、連れ出せばいいだろう。何もここで、けりをつけることはあるまい」

むろん、ソルティの言うことにも、一理ある。

しかし、いったんサモナサが牧場に連れ込まれたら、父親は娘の自分を傷つけてでも、孫を手放さないだろう。

それを阻止しようとすれば、最後には父親と自分の殺し合いになる。

その修羅場を避けるためには、ここで何がなんでもソルティを倒し、サモナサを取りもどすしかない。

ソルティもまた、サモナサを生かしたまま牧場へ、連れて行かなければならない。ザップが死んだ今、ソルティは謝礼金の千五百ドルを、独り占めできるのだ。

いきなり、ハヤトがトウオムアの体を押しのけて、ソルティの前に立つ。

ソルティは、ぎくりとしてサモナサを引きつけ、ナイフを構え直した。

「そのサーベルを捨てろ」

ハヤトは、捨てなかった。

ソルティは、トウオムアに目を移した。

「サーベルを、捨てるように言え」

ハヤトが、例のわざを繰り出せるように祈りながら、ゆっくりと言う。

「そのサーベルを、捨ててちょうだい。息子のために、お願い」

ハヤトは、少しのあいだじっとしていたが、やおらサーベルを逆手に持ち直し、草むらに突き立てた。

ほっとしたように、ソルティが言う。

「この女の馬を、ここへ引いて来い」

「おまえたちの馬は、どうしたのだ」

「気づかれないように、離れた場所につないだんだ。連れもどしに行く暇はない」

トウオムアは、口を挟んだ。

「むだなことは、しなくていい。あたしが、馬を呼ぶから」

なんとかして、ハヤトにわざを繰り出すチャンスを、与えなければならない。

しかし、いまだにその気配を見せないのは、やはり口を怪我したせいだろうか。

やむなく、トウオムアは口の脇に右手を当てて、声を出した。

「キーマー」

そう叫ぶと、間をおかずにキーマのいななく声が、聞こえてきた。

三十秒としないうちに、草むらを掻《か》き分けるようにして、キーマが姿を現す。

ソルティが、ハヤトに言う。

「そいつを、ここへ引いて来い」

ハヤトは、動かなかった。

トウオムアは、拳を握り締めた。

吹き針ができるなら、もうとっくにやっているだろう。

やはりハヤトは、口が使えないのだ。

そのとき、突然ソルティにかかえられたサモナサが、大声で叫んだ。

「コーレ、トッテ」

とたんに、キーマが後ろ脚で立って前脚を躍らせ、鋭くいなないた。

はっとして、ソルティが一歩さがる。

一瞬、ハヤトの体が沈んだかと思うと、地面に突き立てられたサーベルが、天に向かってするどく伸びた。

その刃に、曙光が当たってきらりとひらめき、トウオムアは一瞬目がくらんだ。

何か、棒のようなものが宙を飛んで、くるりと舞う。

トウオムアは、目をみはった。

ソルティの、右肩のあたりから血がどっと噴き出し、恐ろしい悲鳴が上がった。

サモナサが、抱かれていたソルティの左腕を逃れ、ハヤトの足元に転がり込む。

それと同時に、ナイフを握ったままのソルティの右腕が、どさりと地に落ちた。

ソルティが、わめきながら草むらの中を、転げ回る。

それにかまわず、トウオムアはハヤトの足元に飛び込み、サモナササをしっかりと抱き締めた。

声も出せず、ただ泣くしかなかった。

ハヤトが、何ごともなかったように向き直り、サーベルを背後に隠す。

「サモナササは、キーマになんと声をかけたのだ」

くぐもった声で、そう問いかけてきたとき、口から血があふれ出た。

トウオムアは、サモナササを胸に抱いたまま、ハヤトを見上げた。

息を継ぎながら言う。

「コーレ、トッテと言ったの。立って踊れ、という意味よ。いつの間にキーマに、そんな芸を仕込んだのかしら」

そう言いながら、サモナササの体をいっそう強く、抱き締める。

キーマはすでに落ち着き、そのあたりの草をはんでいる。白人の馬は、枯れ草かまぐさしか食べないが、コマンチの馬は青い草でもなんでも食べる。

「それなら、サモナササは自分で自分の身を、守ったようなものだ。いいコマンチに、なるだろう」

ハヤトはそう言い捨て、体を回してソルティが倒れた草むらに、踏み込んで行った。

ほどなく出て来ると、サーベルを振って血糊《ちのり》を切り、背中の鞘に収める。

いつの間にか、ソルティのうめき声が、やんでいた。

トウオムアは、ハヤトがソルティに何をしたかを、すぐに察した。

コマンチなら、決して敵にほどこさない憐《あわ》れみを、かけてやったのだ。

さらに、ハヤトはザップの死体を引きずって、ソルティのそばに移した。

もどって来て言う。

「埋めてやりたいが、ここには掘る道具がないし、死体を流す川もない。おれの役目は終わった。あんたと息子は、また一族のところへもどればいい」

トウオムアは、ハヤトを見上げた。

「それより、あんたは口を怪我したようだね。だいじょうぶなの」

「ザップに一撃をくらって、口の中を切っただけだ。ほうっておいても治る」

ことなげに答える。

それ以上は言わず、トウオムアは話を変えた。

「あんたはこれから、どうするつもりなの」

「とりあえず、また西へもどる。大きな町があったら、そこからサンフランシスコへ、電報を打つ。おれの連れに、無事を知らせるのだ」

トウオムアは、首を振った。

「それから、サンフランシスコまで、行くのかい」

「ああ、そのつもりだ」

「どうやって行くのさ」

「この国の、東の端と西の端をつなぐ長い鉄道が、去年開通したはずだ。その、どこかの駅へたどり着けば、サンフランシスコに行けるだろう」

ハヤトの返事に、トウオムアは首を振った。

「あの、アイアン・ホース（鉄の馬＝汽車）が走ってるのは、ここからずっと北の方さ。行けたとしても、あんた一人じゃ何十日もかかるよ」

「何十日かかっても、おれはかまわぬ」

トウオムアは、考えを巡らした。

とりあえず自分は、最後に一族がキャンプを張った場所へ、もどってみよう。

「あたしはこれから、コマンチのキャンプにもどる。あんたも、一緒に来るんだ。夫のトシタベに、あたしとサモナサの無事を知らせたら、鉄道の駅まで送ってあげよう。借りはきちんと、返さないとね」

ハヤトはしばらく、考えていた。

ようやく、口を開く。

「分かった。あんたの亭主がどんな顔をするか、見てみたいからな。馬を連れて来る」

そう言い残して、自分の馬を留めた場所へもどって行くハヤトの背中を、トウオムアはじっと見守った。

サモナサの、温かい体の熱が伝わってきて、トウオムアはまた涙ぐんだ。

6

トウオムアは、コーヒーをぐいと飲んだ。

あまり飲みなれていないのか、ハヤトは一口飲んだだけで、やめてしまった。

ハヤトの助けを借りて、ソルティとザップの二人を倒し、首尾よく息子のサモナサを取りもどしてから、一週間がたつ。

そのあいだ、コマンチがバファロー狩りをしそうな地域や、移動したかもしれないキャンプを探して、あちこち馬を走らせた。

しかし、どちらにも巡り合えなかった。西部の大平原は、二人には広すぎる。

トシタベが、バファロー狩りからもどったかどうか、分からなかった。

もし、すでにキャンプにもどったとして、妻が息子とともに姿を消したと知れば、トシタベはどう思うだろうか。

トシタベの母親には、狩りをしている夫に食べ物や薬草を届ける、と嘘を言ってキャンプを脱出した。

トシタベも、それが嘘だと見抜くだろう。

トウオムアは、コマンチとの暮らしがいやになって、自分が留守のあいだに逃げ出したのだ、と思うかもしれない。

この上は、できるだけ早く現在のキャンプ地を、探し当てなければならない。トシタベが、キャンプにもどっているかどうかは、考えないことにする。いずれ再会したときに、正直にわけを話すしかない。

そのときは、ハヤトが証人になってくれるだろう。

サモナサは、矢筒を枕《まくら》に眠っている。

首には、追跡中に拾い集めた例のビーズ玉を、新たな紐でつなぎもどした首飾りが、つけ直してある。いつまたそれが、役に立つか分からない。

長時間、馬に乗って走り続けたために、サモナサは疲れているのだ。先を急ぎたいが、もう少し寝かせておいてやろう。

そう思ったとき、ハヤトが声をかけてきた。

「コマンチは、よくバファロー狩りに出かけるのか」

トウオムアはわれに返り、コーヒーを飲み干した。

「遠征が多くなったのは、ここ数年のことだわ。何年か前までは、別に遠くへ探しに行かなくても、バファローはあちこちにいたものだった。それが、今では見つけるのに苦労するくらい、数が減ってしまったの」

「どうしてだ。殺しすぎたんじゃないのか」

「そのとおりだけど、それはコマンチのせいじゃないわ。東部からやって来た、白人のハンターがこぞって、狩りをするようになったからよ」

ハヤトが、意外そうな顔をする。

「白人も、バファロー狩りをするのか」

「するようになったのさ。以前は、あたしたちがバファローの毛皮と交換に、白人から銃や酒や煙草《たばこ》を手に入れていた。肉はあたしたちの食糧だし、毛皮はティピや敷物、着るものになる。角や骨だって、日用の道具や武器を作るのに、役立つんだ。バファローに、むだなものは何一つない。バファローは今も昔も、コマンチのだいじな生活資源なのよ。ところが」

トウオムアは、言葉を切った。

むらむらと、怒りがわいてくる。

それに気づいたのか、ハヤトは眉を寄せて聞き返した。

「ところが、どうした」

「白人のハンターは、バファローの毛皮が金になると分かって、あたしたちのことなどこれっぽっちも考えずに、乱獲を始めたんだ。乱獲って、分かるかい。めったやたらに、殺すことさ」

「なんのために」

「もちろん、毛皮を手に入れるためさ。バファローの毛皮は、白人のあいだで高く売れるんだ。それから、舌をほしがる。バファローの舌を燻製《くんせい》にすると、東部のみんなが喜んで食べるらしいよ」

トウオムアは舌を出し、指でつついてみせた。

ハヤトが、ぞっとしない顔をする。

「しかし、バファロー狩りはコマンチの方が、うまいんじゃないのか」

「しばらく前までは、そうだった。でも、近ごろは白人が射程距離の長い、威力のある銃を開発してね。数百ヤードも離れた、岩陰や木の茂みからバファローを、ねらい撃ちするのさ。コマンチみたいに、巨大なバファローの群れの中に飛び込んで、槍《やり》で突いたり矢を射込んだり、命がけの危険を冒さなくてもすむ。ずっと楽に、仕留めることができるわけさ。たった一人で、一日に百頭以上も仕留めるハンターも、少なくないと聞いたよ」

「それならコマンチも、同じような銃を手に入れればいい」

トウオムアは、首を振った。

「そういう銃や弾薬は、数が少ない上に値段が高くて、手にはいらないのさ。それより腹が立つのは、連中がバファローを仕留めたあとの、ばかげた解体処理だ」

ハヤトが、興味を引かれたように、目を向けてくる。

「何をするんだ、連中は」

「信じないでしょうけど、ハンターについて来る皮はぎ屋が、仕留めたバファローの生皮を、その場ではぐのさ」

ハヤトは、眉をひそめた。

「ほんとうか」

「ほんとよ。さらに、はいだ生皮を地面に広げて、大釘《くぎ》でしっかり打ちつける。そのまま日に当てて、乾燥させるのさ。乾くまで、コマンチが横取りしに来ないように、交替で張り番をするんだ」

「肉はどうする」

「舌は、燻製にするために切り取るけど、それでおしまいさ。肉は放置して、コヨーテや禿鷲の餌《えさ》にするか、そのまま腐らせてしまうかの、どちらかだ。あたしたちの、だいじな命の糧をね」

ハヤトが、ごくりと喉を動かす。

コマンチなど、平原インディアンはバファローの肉を、常食としている。干し肉にすれば、もちろん保存食にもなる。

それを、白人は放置したまま動物の餌にしたり、腐らせたりする。

そうした、白人の理不尽な仕打ちを、トウオムアは許せなかった。その愚挙は、コマンチとともに暮らしてみなければ、一生分からずにいたことだろう。

この五年ほどのあいだに、草原に生息するバファローの数は、目に見えて減り始めた。それ以前は、遠出をしなくてもバファローを狩るのに、さほど不自由はしなかった。しかし今では、バファローの群れを探して、延々と長旅をすることも、珍しくなくなった。それどころか、政府がもくろんでいるように、インディアンを居留地に押し込む、という理不尽な政策がまかり通れば、コマンチはバファローを追って、大平原を好きに移動する自由を、失うことになる。

それは、コマンチにとって死活問題だった。政府からあてがわれる食糧や、支給品に頼ることになれば、ただ単に生きているというだけで、終わってしまう。

トウオムアは続けた。

「白人のハンターたちのせいで、バファローは減る一方なのさ。だから、コマンチの男たちはときどき、バファロー狩りをするために、遠出をしなければならなくなった。ときには、キャンプごと移動することもあるけど、それだと時間がかかりすぎて、狩りのチャンスを逃してしまう。いろいろな不都合が、コマンチの生活を圧迫してるんだ」

地面にすわったハヤトは、立てた膝に肘《ひじ》を乗せて、小さく首を振った。

「そうか。それが、どんなにたいへんなことなのか、おれにも分かる気がする」

へたな英語だったが、それを聞いてトウォムアは、少し心がなごんだ。この男は、白人でもインディアンでもないが、決して未開人などではない。

「今、この国の政府はすべてのインディアンを、勝手に特定の居留地に押し込めて、プラケーション（懐柔）政策をとろうとしている」

「プラケーション」

「つまり、野蛮な暮らしにおさらばして、文化的な生活を営めるようにする、という口実でインディアンを、管理下に置くつもりなのよ。もともと、インディアンのものだった土地へ、力ずくで押し入って来た連中が、あたしたちを手なずけようとして、必死になってるわけ」

それから、自分で含み笑いをする。

「そういうあたしも、もとはといえばその連中の、一人だけどね」

インディアンの中には、そんな政府の指示を受け入れる部族もいるが、コマンチやシャイアン、アパッチ、スーなどは、ごく一部の者たちを除いて、それに応じようとしない。ことに、バファロー狩りを生活の基盤とするコマンチは、大多数がその方針に強く反発した。中でも、コマンチの支族の一つクワハディ族は、もともと戦闘的な気質の部族だけに、最大の反対勢力といわれている。

ともかく、コマンチは昔ながらの狩りのやり方で、いくらか多めのバファローを仕留めて、余分の毛皮と引き換えに、白人から生活物資を手に入れてきた。バファローは神聖な動物であり、必要以上の乱獲は決してしなかった。

そもそも、槍と弓矢と殺傷力の小さい鉄砲では、バファローを数多く仕留めること自体が、不可能だったのだ。

このままでは、バファローは白人のハンターに蹂躙《じゅうりん》されて、ますます減る一方だろう。なんとかしなければならないが、どの部族もそのための対抗策を持っておらず、白人の言うままになりつつあった。

ふとわれに返って、トウオムアは木の間《こま》越しに、空を見上げた。

日の高さからみて、そろそろ正午になるころだ。これからまだまだ、気温が上がる。あまり、のんびりはしていられない。

たき火を消し、サモナサを起こした。

馬に鞍を載せ、まっすぐ東を目指す。

ロッキー山脈の南端の、広い山裾を回って視界が開けたとき、はるかかなたの東の空に立ちのぼる、黒灰色の煙が見えた。

その色から、雲でも霧でもなく、もちろん砂嵐でもないことが、すぐに分かる。

いやな予感がした。

ただのキャンプなら、あれほど高く煙が上がることはない。

おそらくは、毛皮か何かが燃えるときに出る、強いにおいの煙だ。そして、ティピの天幕は、バファローの毛皮でできている。

隣の馬に乗った、息子のサモナサが不安げな顔で、見上げてくる。

過去の経験から、サモナサはあの煙が何を意味するか、察したに違いない。わずか五歳とはいえ、何度も経験した白人との戦いの中から、息子は多くのことを学んだのだ。

馬を走らせながら、いちばん後ろにいるハヤトが、声をかけてくる。

「あの煙は、なんだと思う」

トウオムアは、少し考えた。

「だれかが何かに、火をつけたんだろうね」

返事にならない返事をする。

ハヤトが、真ん中を走るサモナサを追い越し、馬を並べてきた。

「何かというのは、コマンチのキャンプという意味か」

「分からない。でも、何かが燃えていることは、確かね。コマンチかどうかはともかく、インディアンのキャンプが燃えている可能性が、高いかもしれない。もちろん、騎兵隊の駐屯地《ちゅうとんち》とか、大規模な幌《ほろ》馬車隊ということも、ありうるけど」

ハヤトとサモナサ、というより自分自身の不安を取りのぞこうと、いろいろな可能性を挙げてみせる。

「インディアンのキャンプだとしたら、だれのしわざだろうな」

「騎兵隊かもしれないし、ほかの部族のインディアンかもしれない。あるいは、白人の自警団とか、インディアン討伐隊とかも、考えられるわ」

トウオムアは口をつぐみ、忙しく考えを巡らせた。

ソルティたちの話によると、自分の父親ジョシュア・ブラックマンは、サモナサをコマンチから引きさらい、自分の牧場へ連れて来させるために、複数の追っ手や捜索隊を雇ったそうだ。

その中で、サモナサを最初に連れて来た者へ、多額の賞金を払うという話だった。

ソルティとザップは、もう少しでそれを手に入れるところだったが、トウオムアとハヤトに追いつかれて、目的を達しそこなったわけだ。

しかし、サモナサを捜す賞金稼ぎが、ほかにもまだいるとすれば、安心するわけにはいかない。どこでまた、賞金目当てのならず者や、ガンマンと遭遇するか、予断を許さないからだ。子連れのインディアンは、ただでさえ目につきやすいから、なおさら油断はできない。

行く手の煙の原因も、そうした一団のしわざでないとは、言いきれないだろう。

その意味でも、ハヤトという道連れがいることは、心強かった。

キャンプへもどったら、サモナサを夫のトシタべの手に託し、大陸横断鉄道のしかるべき駅まで、ハヤトを送り届けるつもりだ。

ハヤトの助力に報いるためにも、その約束だけは果たさなければならない。

それもあって、はるかかなたに立ちのぼる煙が、コマンチのキャンプと関わりのないことを、祈らずにはいられなかった。

ハヤトが、ずばりと聞いてくる。

「あの煙が、あんたたちのキャンプ、ということはないのか」

すぐには答えず、トウオムアは空を見上げた。日の高さからして、午後二時を回ったころだろう。

目に届くとはいえ、ざっと見ても煙の立つ場所まで、十マイルはあるに違いない。

幼いながらサモナサは、おとな並みに馬を乗りこなす。休みやすみ走らせても、あの煙の立つ場所まで二時間足らずで、行き着くことができよう。

トウオムアは答えた。

「そうかもしれないし、そうでないかもしれない。コマンチでなくても、インディアンのキャンプが襲われた、という可能性が高いと思う。どちらにしても、行ってみるしかないわ。それも、大急ぎでね」

馬の腹を蹴って、真っ先に走り出す。

ハヤトは、すぐにはついて来なかった。サモナサを先に行かせて、またしんがりを務めるつもりらしい。

そのあたりの対応からして、ハヤトはやはり並みの男ではない。

三人は、途中二度の休憩を入れたほかは、ひたすら走り続けた。

走るうちに、遠くに立ちのぼっていた煙が、少しずつ薄くなるのが分かる。

それを見るだけで、トウオムアの胸騒ぎはどんどん、ふくれ上がっていった。

7

空に漂う煙が、さらに薄くなった。

そのすぐ下あたりに、小高い岩山が立ちふさがっている。さほど険しくはないが、裾野が長く南北に広がった、独特の形の岩山だ。

トウオムアは、馬をおりた。

「あんたはサモナサと一緒に、ここで待っていてちょうだい。あたしは、この岩山の上から向こう側の様子を、確かめてくるわ」

ハヤトに手綱を預け、念のためライフルを鞍から抜き取って、南側から岩山に向かう。

かなり傾斜がきつく、のぼりにくい岩山だった。太ももの傷が、かすかにうずいた。

ところどころに、枯れかかった灌木が生えており、それに慎重につかまりながら、のぼって行く。

百フィートほどものぼると、岩と岩のあいだに隙間《すきま》のある場所に、たどり着いた。

トウオムアは、念のためライフルを両手で持ち、岩のあいだから眼下に広がる草原を、見下ろした。

悪い予感が当たって、ぎくりとする。

果てしなく続く大草原の、すぐ手前に当たる岩山の斜め下に、キャンプが見えた。正確には、キャンプの残骸《ざんがい》、というべきだろう。

多くのティピが、焼き打ちにあって原型をとどめず、くすぶり続けている。

トウオムアは、歯を食いしばった。

燃え残った天幕に描かれた、赤黒い記号が目に飛び込んできたのだ。

その、X十字を円で囲んだ記号は、バファローの血で描かれたコマンチの、それもトシタベの一族の目印だった。

襲われたのは、自分たちのキャンプだと分かって、体中の力が抜けた。

ティピのほとんどは焼かれて、きちんと残っているのは一つ、二つにすぎない。危惧《きぐ》したとおり、白人の集団に襲撃されたあげく、火をかけられたのだ。

その証拠に、つば広の帽子をかぶって、拳銃を腰に着けた男たちが、ティピのあいだを動き回る姿が、よく見える。

およそ十人ほどの数で、何かを探しているようだ。

もしかすると、襲った連中は父親に雇われた、追跡隊の男たちかもしれない。いや、そうに違いない。

草や砂の上、ティピとティピのあいだに、コマンチの女の死体らしきものが、いくつか見える。中には、年寄りの男の死体も、交じっているようだ。

ただし、その数はそれほど多くなく、ことに子供と男の戦士らしき死体は、一つも見当たらない。

バファロー狩りに出た、トシタベをはじめとする戦士たちは、まだキャンプにもどっていないのだ。

馬囲いに、一頭も馬が残っていないところを見ると、無事に逃げた者もかなりいることが、うかがわれた。

逃げ遅れて殺されたのは、年寄りと病気の女たちだろう。

どちらにせよ、これは問答無用の殺戮《さつりく》だ。バファロー狩りで、戦士たちが不在だったのが不運、としか言いようがない。

トウオムアは、怒りのあまり岩角に体を押しつけ、ライフルを強く握り締めた。

歩き回る男たちを、ねらい撃ちしたくなる衝動にかられたが、かろうじてこらえる。

何人かは撃ち殺せるだろうが、なにしろ相手の数が多すぎる。結局は逆襲されて、自分はもちろんサモナサもハヤトも、やられてしまう。

キャンプが襲われたのは、おそらく午前中のことだ。連中はひとしきり、キャンプの中や周辺を捜し回ったあげく、サモナサがいないと分かれば、すぐにも逃げたコマンチを追って、大草原を北へ向かうに違いない。

とにかく、トシタベたちがバファロー狩りから、もどっていないことは確かだ。

トウオムアが、二カ月ほど前に脱出したときは、キャンプはアリゾナ準州の南部に、設けられていた。

その後遠征隊から、なんらかの知らせがあったかして、狩場に近い場所へ移ることにしたのだろう。それで、年寄りと女子供だけの集団が移動して、ここに新たなキャンプを設営した、と思われる。

それにしても、遠いアリゾナ準州の南部の草原から、ここニューメキシコ準州の北部までは、そうとうの距離がある。おそらく、四百マイルは離れているに違いなく、かなりきつい移動だったはずだ。

むろん、逃げ遅れた者たちはかわいそうだが、インディアンと白人との戦いは、きのうきょう始まったわけではない。また、これで終わりということでもない。これからも、当分続くはずだから、覚悟しておかなければならない。

ふと気がついて、トウオムアはあたりに目を向けた。

注意して眺めると、足跡らしきものがついた土や砂、踏みしだかれた枯れ草や欠けた岩角など、人がのぼりおりした痕跡がある。

どうやら、襲撃者たちはこの岩山の上から、眼下のキャンプの様子をうかがい、隙を見て急襲をかけたらしい。

しかし、コマンチならその危険があることに、気がつかないはずがない。どこかに、というよりこの岩山にこそ、見張りを立ててしかるべきだ。

トウオムアは、キャンプの男たちに気づかれないよう、そっと岩のあいだから下をのぞいてみた。

果たして、五ヤードほど離れた真下の岩棚に、うつぶせに倒れたコマンチの男の姿が、目にはいった。

そのねじれた横顔から、一族のトワシという若者だ、と分かる。

トワシの背中、心臓の後ろ側に当たる部分に深ぶかと、ナイフが突き立っていた。

トワシは、子供のころ崖から転げ落ちて、片足が不自由になった。そのため、バファロー狩りの際は見張り役として、女子供と一緒にキャンプに残ることが多い。

この日も、ここで見張りをしているあいだに、襲われたのだろう。

おそらく、襲撃者のうちで刃物の扱いに慣れた者が、背後からナイフを投げて仕留めたに違いない。

トワシは、サモナサをかわいがり、よく遊んでくれた。それを思うと、強い怒りを覚える。

トウオムアは、一度ぎゅっと唇を引き締めてから、コマンチの追悼《ついとう》の言葉をつぶやき、トワシの冥福《めいふく》を祈った。このかたきは、かならず取ってやる。

あらためて、眼下のキャンプを見下ろした。

燃え残った、ティピのあいだを歩き回る男たちを数えると、正確には十一人いることが分かった。その数からして、とてもハヤトと二人だけで、戦える相手ではない。

どうしようかと迷ったとき、突然そばの岩に何かが当たって砕け、破片が顔に降りかかった。

驚いて首をすくめるより早く、わずかに遅れて下の方から、乾いた銃声が耳に届いた。

あわてて、岩陰から身を引く。考えごとをしているうちに、一味のだれかが岩山の人影に気づき、発砲してきたのだろう。

それをきっかけに、にわかにキャンプの動きが、あわただしくなった。

トウオムアは、大急ぎで斜面を滑りおり、ハヤトのところへもどった。

「気づかれてしまった。すぐに逃げよう」

そう言って、サモナサを馬に投げ上げる。

ハヤトが、鞍にまたがるトウオムアに、声をかけた。

「どうする。もとの方角へもどるか」

瞬時に判断する。

「だめ。すぐに追いつかれる。岩山を、逆方向に回るのよ」

言うなり、サモナサの馬の手綱を取って、馬腹を蹴る。

山裾に沿って、一目散に北へ向かった。

ハヤトも、あとに続く。

どうやら、欠けた岩の破片で額が切れたらしく、血が目にはいって視野が赤くなった。

それを、バンダナでぬぐいながら、トウオムアは馬腹を蹴り続けた。

一マイルほど疾走すると、南側から回って来た襲撃者の一団が、背後から銃を撃ちかけてきた。

反射的に首をすくめたが、馬で走りながらライフルを撃っても、この距離ではまず当たることはない。拳銃で撃つなど論外で、弾のむだ遣いにすぎない。ただ、威しをかけているだけなのだ。

トウオムアは首だけ振り向け、サモナサに声をかけた。

「しっかり、つかまってるのよ。もうすぐ、草原に突っ込むからね」

「分かった」

幼いながら、けなげな返事に、胸が詰まる。

北側の山裾を回ると、そこに長く続く岩山のあいだに、細い裂け目があった。そのあいだを抜ければ、草原に出られることが分かる。

トウオムアは、キーマの腹を蹴り続けた。

裂け目を駆け抜けると、目の前に見渡す限りの大草原が、広がっていた。

トウオムアは、サモナサの馬の手綱をしっかりと握り締め、躊躇なくそこへ突っ込んで行った。何も言わなくても、ハヤトはついて来るだろう。

ただしはぐれないように、気をつけなければならない。

草はいわゆるトールグラスで、トウオムアやハヤトの背を超えているが、馬に乗ると胸から上が出てしまう。体を低く、伏せるしかない。

ただしそうした条件は、追っ手の側も変わりがない。

むしろ、このような深い草原の中では、逃げる側が逆に待ち伏せして、反撃できるメリットが生じるので、有利になることもある。

ただ、馬も草で視界をさえぎられる上、へたをすると葉先で目をつぶされるから、拍車を入れすぎるわけにいかない。

体を起こし、背後に目を向けた。

背を伏せたハヤトの、百ヤードほど後ろで草原が大きく揺れ、追って来る男たちの上半身が、見え隠れしている。

さすがに今度は、銃を撃ちかけてこない。発砲するとしても、五十ヤードくらいに迫ってからだろう。

どちらにせよ、これだけ人数に差があると、待ち伏せして反撃するのも、得策とはいえない。

なんとか、深い草原の波にまぎれて、追っ手をまくしかない。

しばらく走り続けると、百ヤードほど先に幹の太い大木が、まるでそれだけ取り残されたように、ぽつんと立っているのが見えた。

そのとき、どこからともなくかすかな、ごろごろという音が聞こえてきた。

一瞬、雷かと思って目を上げたが、空はよく晴れている。遠雷かもしれないが、どこを見渡してもそれらしい雲は、目にはいらなかった。

ほとんど間なしに、馬の足並みが乱れ始めるのが、腰に伝わってくる。

速度を落とすと、雷に似た腹に響く不思議な音とともに、草におおわれた大地がかすかに揺れるのを、馬を通じて感じ取ることができた。

キーマが、にわかに四本の脚を突っ張らせて、走るのをやめる。同時に、前脚を振り上げて大きくいななき、飛び跳ねようとする。

トウオムアは手綱を引き絞り、その場で馬の向きを真後ろに変えた。

すると、サモナサとハヤトの馬も同じように、飛び跳ねている。

サモナサもハヤトも、振り落とされまいとして必死に、鞍がしらにしがみつく。

トウオムアは、自分とサモナサの馬の手綱を奪われまいと、死に物狂いで両腕を体に引きつけた。

距離を詰めていた、追っ手の男たちの馬も狂ったように、ぐるぐる跳ね回っている。

ハヤトが叫んだ。

「地震だ」

トウオムアも、一瞬そうかと思った。

しかし、自分では一度も地震を経験したことがなく、それがどんなものか分からなかった。

馬首をもう一度巡らし、正面に向き直る。すると、異様なものが目に映った。

驚くべし、五百ヤードほど前方に広がった草の海が、まるで砂嵐のように盛り上がって、揺れ動きながら押し寄せてくるのだ。

そうだ。

子供のころ、百科事典か何かで海の波が急に高くなり、猛スピードで襲ってくるという話を、読んだ覚えがある。それが、海でもないのにこの大草原で、同じような光景を目の当たりにして、度肝を抜かれた。

次の瞬間、激しく揺れる草の海のあいだから、黒いものがちらちらと姿をのぞかせながら、こちらへ向かって近づきつつあるのに、気がつく。

大地の揺れがますますひどくなり、雷に似た轟音はさらに大きさを増して、急激な速度で迫ってきた。

そのとき、トウオムアははっと気がついた。

思わず、呪いにも似た言葉が、口をついて出る。

「スタンピード、スタンピード」

そうだ。

これは、めったに見られないバファローの、スタンピード（大暴走）なのだ。

何かにおびえて、いずれかのバファローが狂奔《きょうほん》し始めると、つられて近くのバファローも走り出し、それがどんどんほかのバファローに伝わって、ついにはすべての群れが同じ方向に、大暴走を始める。

トウオムア自身、話には聞いていたものの、実際に目にするのは初めてだった。

大声で指示する。

「ハヤト、スタンピードよ。左手の岩山に逃げて。急いで」

サモナサの馬の手綱を持ち直し、愛馬キーマの鼻先を真横に引き絞って、思い切り腹を蹴りつける。

キーマは、はじかれたように体を揺すり、猛然と岩山へ向かって走りだした。

その瞬間、手にしていたサモナサの馬の手綱が強く引かれ、手の中から滑り抜けた。

あわてて振り向くと、サモナサの馬が狂ったようにたてがみを振り立て、揺れ動く草の波に向かって、疾走するところだった。

「待って、サモナサ。馬を止めて」

そう叫んで、自分の手綱を引き絞ろうとしたが、キーマはその指示に従おうとせずに、そのままっすぐ岩山の方へ、走り続ける。

「ホールト、ホールト（止まれ）」

そう叫びながら、必死に引き留めようとするものの、興奮したキーマは言うことを聞かず、手綱を引きちぎらぬばかりの勢いで、狂奔する。

そうするあいだにも、バファローの暴走の波は止《とど》まるところを知らず、すでに眼前に迫りつつあった。

その波に向かって、サモナサの馬が突進して行く。

「サモナサ」

トウオムアは、必死になって名を呼びながら、体をねじって後ろを見た。

すると、最後尾にいたハヤトが手綱で馬に鞭《むち》をくれ、サモナサを疾風《はやて》のように追いかけるのが、目に映った。

「ハヤト」

そう叫んだものの、言うことを聞かぬキーマをなだめるのが、精一杯だった。

その場で、ぐるぐる回り続けるキーマを制御し、トウオムアは首の向きを前後左右に変えながら、サモナサの姿を追い求めた。

サモナサの馬が、先ほど目にした大木に向かって、突進する。それをハヤトが、必死に追って行く。

サモナサは死に物狂いで、鞍がしらにしがみついているが、だんだん体が傾いていくのが、見てとれた。

そこへ、ハヤトがなんとか追いつこうと、馬の腹を蹴り続ける。

二人が、例の大木にたどり着くのと、バファローの暴走の波が押し寄せるのと、どちらが先かの競争になった。

しかし、バファローの波は横にも広がっており、トウオムア自身もその暴走の波に、のみ込まれる恐れがある。

トウオムアは、とっさにいちばん近い岩にキーマを寄せ、その上に飛び移った。

立ち上がって、ハヤトに呼びかける。

「ハヤト、ハヤト。早く、早く。サモナサを、助けて」

その声は、バファローの暴走する轟音にかき消されて、もはや自分の耳にも聞こえなかった。

「サモナサ」

トウオムアが叫んだとき、サモナサの体が鞍の横に傾いて、落馬しそうになった。

とっさに、サモナサに追いついたハヤトが、シャツの襟首をぐいとつかんで、馬上に引きもどそうとする。

しかし、次の瞬間ハヤトもバランスをくずし、サモナサと一緒にあっけなく落馬した。

二人は、トールグラスの中にまっさかさまに転落し、そのまま姿を消した。例の大木まで、十フィートも残していなかった。

「オウ、ノー」

トウオムアは叫び、天を仰いだ。久しぶりに、白人の神に祈った。

あの大木が障壁になって、二人をバファローの大群の暴走から、守ってください。

時をおかず、草の波は大きく盛り上がりながら、大木に殺到した。同時に、トウオムアが乗った岩にも、押し寄せてくる。

トウオムアは、周囲に生い茂る深いトールグラスが、川面に出た岩で水の流れが分かれるように、左右に割れるのを間近に見た。

バファローの黒い巨大な体が、草のあいだに見え隠れしながら、岩を挟んで二つの流れに分かれ、なだれを打って走り過ぎる。何頭かが激突して、岩が砕けぬばかりに揺れる。

その恐怖は、かつて経験したことのないものだった。

かろうじて視線を上げると、突進するバファローの大群に押されて、例の大木が前後に大きく揺れるのが、目にはいった。恐るべき、大暴走の圧力だ。

なんとか、もってくれ。

トウオムアの祈りもむなしく、傾き始めた大木が走る蹄の轟音にも負けぬ、めりめりという大きな音とともに、バファローの波の進行方向へどうとばかり、倒れ込んだ。

「サモナサ、サモナサ」

トウオムアは、両手を膝に打ちつけながら、繰り返し呼び続けた。

8

時枝ゆらは、壁の暦を見上げた。

一八七〇年、九月九日、金曜日。

和暦でいえば明治三年だが、正確な日付はもう分からない。おそらく葉月、八月の半ばだろう。

二カ月半ほど前の、六月二十六日。

カリフォルニアの、デス・バレー(死の谷)の入り口に近い、ネヴァダ州の州境の町、ビーティ。

そこから、数十マイル北側に位置するラヴァ・フィールズ、と呼ばれる峡谷の高い岩柱の上で、内藤隼人こと土方歳三と、箱館《はこだて》でともに新政府軍と戦った高脇正作が、果たし合いをした。

立ち会い人は、連邦保安官マット・ティルマンの娘、ダニエルだった。勝った方が、あらためてダニエルと決闘する、という段取りになっていた。

ダニエルにとって、正作は拳銃と居合のわざを競う、ただの好敵手でしかない。

一方の隼人は、ダニエルの父親マットの命を奪った、憎むべきかたきだ。したがって、隼人との勝負はまさしく仇《あだ》討ちの決闘、ということになる。

ただし、隼人が正作に後れをとり、先に命を落としてしまえば、仇を討つことは不可能だ。その場合ダニエルは、残った正作と腕試しのためだけに、勝負しなければならない。自分でそうと決めた以上は、いやでもそれに従わざるをえないだろう。

決闘のあいだ、ゆらは切り立った狭間を隔てた、一段高い岩山の岩棚の上にいた。

そこから、ピンキーと賞金稼ぎのクリント・ボナー、それにダニエルの手先ビル・マーフィとともに、かたずをのんで二人の果たし合いを、見守っていたのだ。

戦いは、正作の小太刀を折り飛ばした、隼人の勝ちに見えた。

しかし、正作がそのまま隼人に突進し、二人は一つにもつれ合ったまま、岩盤のふちから転落した。

だれもがあわてふためき、大急ぎで岩盤の崖下へ回って、二人を捜した。

深い茂みの中を、全員で一時間ほど捜し回ったあげく、木々のあいだを流れる川のそばの砂地に、隼人と正作が転落したらしき場所を、発見した。

隼人も正作も、厚く重なった木々の葉と生い茂った下草、それに湿った砂地に衝撃を吸収され、かろうじて死をまぬがれたらしい。

その場に倒れた正作は、体のあちこちに打ち身や切り傷を、負っていた。意識こそなかったものの、命にかかわる負傷ではなかった。

一方隼人の姿は、その周辺に見当たらなかった。

ただ、正作のすぐそばから隼人が砂地を這いずり、川の方へ向かった跡が見つかった。

その跡は、最後に川に這い込んだかたちで、途切れていた。

どうやら隼人は、水を飲もうとして川にはいったものの、あえなく流されてしまったとみえる。

少なくとも、そのときまで生きていたことは、確かだった。

しかし、負傷した体で川を流されたとすれば、そのあとも無事でいるかどうかは、予断を許さない。溺れ死ぬことも、十分にありうる。

ゆらたちは、ひたいを集めて相談した。

その結果、次のように対応することで、話がついた。

まずは、ゆらと正作とボナー、ピンキーとダニエルとマーフィの、三人ずつの二組に分かれる。組み合わせは、くじ引きで決めた。

二組が、それぞれ川の左岸と右岸を、前後して隼人を捜索しながら、ビーティの町へ向かうことにする。

ピンキーの組は、川を渡って右岸を行く。

ゆらの組は、馬に引かせるトラヴォイを組み立て、正作を乗せて、川沿いに左岸を行く。

二つの組は、途中隼人が見つかればただちに合流し、見つからなければ四日後の六月三十日に、ビーティで落ち合うことにする。四日後としたのは、ゆら組がトラヴォイで正作を運ぶため、ピンキー組より速度が遅くなるからだ。

万が一、落ち合うことができなかった場合、ピンキーはビーティの町に残るか、あるいはラルストン・ホテルのフロントに、伝言を残すかする。

ダニエルは、その場合にどうするかの判断を、保留にした。

むろん、仇討ちを断念することはないだろうが、負傷したとみられる隼人を相手に、問答無用で決闘を挑むつもりも、ないようだ。

手先のマーフィは、あくまでダニエルと行動をともにする、と宣言した。

こうして、ピンキーはダニエル、マーフィとともに、ビーティへ向けて先発した。正作の馬は、ピンキーが引いて行った。

ゆらとボナーは、とりあえずその場でキャンプを張り、正作の傷の手当てをした。

ゆら自身は、正作に好意を抱いていないどころか、むしろ不信の念が強い。

しかし、同胞として放置するわけにいかず、めんどうをみざるをえなかった。借りがあるとはいえ、アメリカ人のボナーが正作を見捨てずにいるのに、日本人の自分が逃げることはできない。

致命傷は受けていないが、正作は体のあちこちにきつい打撲傷を負い、右の脛骨《けいこつ》を折っていた。

意識を取りもどしたものの、全身に受けた衝撃はかなり大きかったようだ。当然とはいえ、とっさの判断力や認識力が、鈍くなっていた。

ゆらは、手持ちの薬草で応急手当てをしたが、できるだけ早く医者に見せる必要があった。まずはボナーの手を借り、正作を乗せて運ぶトラヴォイを作った。

翌六月二十七日の朝、ゆらたちは川の左岸をビーティに向けて、出発した。

ボナーが、馬にトラヴォイを装着して正作を運び、ゆらは隼人の馬を引き受けた。その馬はイーグルといい、隼人がショショニ族の戦士イーグル・ホースから、プレゼントされたものだ。

途中、川岸の茂みや雑木林にぶつかるたびに、その周辺を捜し回った。しかし隼人は、見つからなかった。

川幅の狭いところ、比較的流れの緩やかなところでは、馬を乗り入れて捜したものの、手掛かりすら発見できなかった。

右岸を先行する、ピンキー組からもとくに合図はなく、それらしき目印も残されていなかった。

ゆらとボナーが、正作を運んでビーティに着いたのは、六月三十日のことだった。ピンキーたちは、二日前に先着したらしい。ただし、町に残っていたのはピンキー一人で、ダニエルとマーフィの姿は、すでに見えなかった。

ピンキーもまた、ビーティへ来るまでのあいだに、隼人を見つけることはできず、手掛かりもつかめなかったそうだ。

しかしビーティに着いたあと、いち早く〈ネヴァダ・パレス〉のバーテンダー、トム・フィンチに会いに行き、隼人の消息を聞き出していた。

隼人は、確かにビーティの町に来た、という。

そのうえ、フィンチが教えてやった、ドク・ワイマンの診療所で、治療を受けたとのことだった。

ピンキーは、ただちにその診療所を訪ね、ドク・ワイマンに話を聞いた。

ワイマンによると、隼人は白人の女と一緒だった、という。

隼人は、体のあちこちに打撲傷、擦過傷を負っていた。白人の女は、太ももに銃創があったが、いずれも命に関わるものではなかった。

女は、二十代半ばくらいの年ごろで、身長五フィート五インチほどの、やせ形の白人だった。英語を話し、確かに白人には違いなかったが、日に焼けた赤銅色《しゃくどういろ》の肌をしていた、という。

ドク・ワイマンの意見は、こうだったらしい。

顔や肌の色からして、その女はおもに野外で暮らす習慣が、ついていると思われる。

たとえば牧畜業、あるいは金鉱や銀鉱を探す山師、といった仕事に従事する女、と考えられる。

「もっとも、カウボーイならぬカウガールは、かなり数が少ない。山師となると、もっと少ない。むしろ、インディアンと一緒に暮らした女、と見た方がいいかもしれんな」

それが、医師の結論だった。

そうした話から、川を流れて来た隼人がその女に助けられ、二人でビーティの町にたどり着いた、と推測することもできる。ただ、なぜ女が銃創を負っていたのかは、分からない。

女の件はともかく、隼人が無事だったことを知って、ゆらはほっとした。

それ以後の聞き込みで、隼人と女がその日ラルストン・ホテルに一泊し、翌朝早く南東の方角へ出発したことが、確かめられた。ピンキーたちが到着する、数時間前のことだったらしい。

それを聞いたダニエルは、翌日マーフィを引き連れて町を立ち、同じく南東へ向かったという。むろん、隼人を追うためだろう。隼人が無事なうえ、正作ほどの重傷は負っていないと分かって、所期の目的を果たそうと決めたに違いない。

そうと分かると、ゆらもほうってはおけなかった。

そもそも隼人は、その日焼けした白人らしき女と、どこへ向かったのだろう。

崖から転落したあと、どうにかしてビーティへたどり着いたのなら、ゆらやピンキーが自分を捜して、あとから来るかもしれないと考えるのが、ふつうではないか。

それを、〈ネヴァダ・パレス〉のトム・フィンチや、ラルストン・ホテルにも伝言を託さず、正体不明の女と二人で町を出て行くとは、どういうことだろうか。

むろん、よほどの事情があったに、違いない。

そうでなければ、ゆらやピンキーに一言も残さず、町を去るはずがないのだ。

いくら考えても、分からなかった。

一方、正作はドク・ワイマンの治療を受けたあと、ラルストン・ホテルの一室を借りきって、しばらく療養することになった。

そのあいだ、ゆらは正作をボナーの手にゆだねて、ピンキーとともに隼人と正体不明の女、それにダニエルとマーフィのあとを、追うことにした。とても、じっとしてはいられなかった。

ネヴァダを東に移動しながら、二人は点在する町や村に行き着くたびに、隼人やダニエルの消息を、尋ね歩いた。

ダニエルとマーフィの足跡は、ある程度つかむことができた。しかし隼人たちは、どんなルートをたどったものやら、まったく臭跡が残っていなかった。

それはつまり、ダニエルもまた隼人に追いついていない、ということになる。

南東へ向かいながら、隼人たちは人に知られぬ特別のルートを、たどったのだろうか。

ドク・ワイマンが言ったように、もしその女がインディアンと関わりがあるなら、そういうこともありうる。

結局、アリゾナとの州境で追跡をあきらめ、ゆらとピンキーはまっすぐ、ビーティに引き返した。往復二週間の行程だった。

正作は、すでにベッドを離れており、元気に二人を出迎えた。

傷はだいぶよくなり、いちばんやっかいな右足脛骨骨折も、クラッチ（松葉杖）と呼ぶ支えを使えば、歩けるまでに回復していた。

そして、さらに二週間後にはクラッチなしでも、歩行できるようになった。

ただし、いくらか右足を引きずる、不規則な歩き方に変わったのは、やむをえないことだった。

ワイマン医師には、おいおいよくなるだろうが、完全にはもとにもどるまい、と言われたらしい。

しかし、それで正作が落ち込んだ様子は、見られなかった。むしろ、自分を見つけてここまで運び、看病してくれたことに対して、ゆらたちに感謝の意を表した。

その翌日、ボナーは賞金稼ぎの仕事を続けるために、ほかの州を回ると言い残して、町を去った。

いつでも連絡を取れるように、ゆらはボナーにサンフランシスコの、グロリア・テンプルの下宿の住所を、教えておいた。いずれボナーも、客船看護師として働く姉、クレア・シモンズと会うため、サンフランシスコに来るだろう、と思ったからだ。

この一カ月のあいだに、ゆらやピンキーに対する正作の態度が、目に見えて変わった。

隼人に、自慢の居合を受け止められ、愛刀を断ち割られたことが、そうとうこたえたとみえる。あるいは高い崖から転落し、九死に一生を得たことで、何か悟るところがあったのかもしれない。

口数が極端に減り、ゆらに理不尽なことを申しかけたり、迷惑な振る舞いをするようなことが、絶えてなくなった。

また、隼人の姿が見えないことについても、何も聞こうとしなかった。しかし、ゆらとピンキーの話のはしばしから、隼人もまた生きていることは、分かったはずだ。

七月三十日の午前中、ゆらとピンキー、正作の三人は馬にまたがり、ビーティを出発した。西側に広がる、シエラ・ネヴァダ山脈の裾に沿って北上し、大陸横断鉄道の駅がある、リーノウへ向かった。着くまでに、九日間かかった。

思えば昨年十一月の下旬、ゆらは隼人のあとを追って、サンフランシスコから東行きの列車に乗り、リーノウまでやって来たのだった。

それから、早くも九カ月ほどが、過ぎてしまった。

今ゆらは、初めてアメリカの土を踏んだ町、サンフランシスコにいる。テレグラフ・ヒルに近い、モンゴメリー通りに面した、グロリア・テンプルのロッジに、もどったのだ。

ほかに、頼るつてがないゆらにとって、ここが唯一の慰安所だった。

ゆらは、深くため息をついた。

いったい隼人は、だれとも知れぬ白人の女と一緒に、どこへ姿を消してしまったのだろうか。

9

ドアに、ノックの音がする。

時枝ゆらはわれに返り、椅子《いす》の上で背筋を伸ばして、返事をした。

「どうぞ」

ドアが開き、白いエプロンをしたメイドのバーバラ・ロウが、顔をのぞかせた。

「ユラさん。ハンソムが来ましたよ」

あわてて椅子を立つ。

考えごとにふけるあまり、すっかり時間がたつのを忘れてしまった。先に着替えておいて、よかったと思う。

「ありがとう、バーバラさん。夕食までには、もどれると思います」

太ったバーバラの体は、ほとんど戸口をふさいでいる。

「場所は分かるでしょうね」

念を押されて、ゆらはうなずいた。

「だいじょうぶ。マダム・テンプルに、地図を描いてもらいましたから」

手早く身じまいをして、おもてにでる。

門の前に、ハンソムと呼ばれる一頭立ての馬車が、控えていた。

ハンソムは二人乗りの、箱型の小型馬車だ。駅者台《ぎょしゃだい》は、座席をおおう天蓋《てんがい》の後方についており、駅者はその上から長い手綱をあやつって、馬を制御するのだ。

駅者台には、高いシルクハットをかぶり、長くて白い口髭を生やした、かっぷくのよい老人が、すわっていた。

ゆらは駅者台の下に行って、グロリア・テンプルが描いてくれた地図を、差し出した。

「カリフォルニア通りの、この場所へ行ってください」

駅者は、かがんで地図を受け取り、値踏みするようにゆらを見た。

ゆらは踏み台に上がり、扉を開いて座席に乗り込んだ。

アメリカ人は大柄なため、二人乗りにしては狭いような気がしたが、ゆら一人なら十分な広さだった。

ゆらは、見送りに出たバーバラに手を振り、扉を閉じた。

馬車は、急傾斜の坂道をゆっくりと、駆けおり始めた。

こすれるような、耳障りな音が車台の下から、響いてくる。どうやら轍《わだち》に、くだり坂で速さを抑える仕掛けが、ほどこされているらしい。

この通りは、まだすべてが石畳になっておらず、一部は砂利道のままだった。雨でも降ろうものなら、泥だらけの道になりそうだ。

老人の駁者は、長年この仕事を続けているとみえ、腕が確かだった。馬車を、あまり揺らすこともなく、無事に坂をおりきった。

やがて、カリフォルニア通りと標示の出た、広い道にぶつかったところで、大きく右へ曲がる。

今度はすべて石畳の道で、馬車はあまり揺れることなく、走り続けた。

ほどなく、馬が少しずつ足並みを、緩め始める。

駁者が、手綱を引き締める気配がして、馬車は右側に建つ木造の、真新しい建物の門の前で、ぴたりと停まった。

ゆらは石畳におり、門の鉄柵《てっさく》の上に掲げられた、横長の看板を見た。

〈Japanese Consulate〉

英語でそうしるされた下に、漢字で〈日本國岡士館〉と書かれている。

ゆらは、〈岡士〉の意味も読み方も、分からなかった。

ロッジにあった英語辞典によれば、〈Consulate〉は一国の海外における、代表事務所のことだという。

また、その事務所の長《おさ》を〈Consul〉、と呼ぶらしい。

おそらく、まだ日本ではそれに対する訳語がなく、むりやり〈岡士〉の字を当てたのだろう。

兄新一郎の薫陶《くんとう》を受け、幼時から洋学になじんできたゆらは、ほとんど漢学の素養がない。

そのため、〈岡士〉をコンサルと発音するのかどうか、分からなかった。

どちらにせよ、とにかくその事務所の長がいる場所に、間違いはあるまい。

駅者の声が、上から降ってくる。

「ここで、よかったかね」

ゆらは、あわてて振り向いた。

「はい、間違いありません」

「それなら、終わるまで、ここで待っとるよ」

「でも、どれくらいかかるか、分からないんです。でも一時間後に、もしほかのお客さんを乗せていなければ、迎えに来てみていただけませんか」

「いや、ここで待っとる。テンプル夫人に、ちゃんと送り迎えをするように、言われとるんでね」

ゆらは、ほっとした。

「分かりました。ありがとうございます」

前夜、馬車を呼んでほしいと頼んだだけなのに、いかにもグロリアらしい気配りだと思う。

馬車はゆっくりと動き出し、少し先の道幅の広い場所で一回りすると、向かい側で動きを止めた。ほんとうに、待ってくれるらしい。

門の中をのぞくと、両側に植え込みのある砂利敷きの通路が見え、その十ヤードほど先にこぢんまりした、木造の建物が建っていた。白い窓枠が、目にしみるようだ。

門を押してみる。

鍵がかかっているとみえ、鉄柵は前後にがたがたと揺れただけで、開かなかった。

門柱に、少し錆《さび》の出た鉄の鎖が取りつけられ、そばに日本語で〈御用の方はお引き下され度《た》し〉と書いてある。

それを引くと、どこかで何かが鳴ったように聞こえたが、気のせいかもしれなかった。

ふとあたりを見回すと、少し離れた石畳の道に立ってゆらをながめる、黒い制服を着た大柄な男が、目にはいった。

腰の革帯に、拳銃入りの革袋をつけ、前びさしのついた黒い帽子を、かぶっている。

ポリスマンだ。

ネヴァダやアリゾナでは、治安をあずかる法の執行官をシェリフ、あるいはマーシャルと呼ぶ。

一方、大きな都会ではポリスマンとか、コンスタブルとか呼ばれているのだ。

ゆらは、そのポリスマンを以前この町で、見かけたことがあった。

連邦保安官の、マット・ティルマンの命令でゆらを追跡した、何人かのポリスマンの中に、その男が交じっていたのを、覚えている。

どうやら向こうも、ゆらのことを思い出したらしい。

いかにも、何ごともないような顔で後ろ手を組み、こちらへぶらぶらと歩きだす。

ゆらは焦り、門から十ヤードほど離れた建物の、白く塗られた玄関のドアを見た。もう一度、鎖を引っ張る。

ようやく、ドアが開いて黒い髪の男が、顔をのぞかせた。

ザンギリ頭に洋服を着ているが、その顔はどう見ても日本人だ。

ゆらは、日本語で呼びかけた。

「すみません、あけてください。三時に、コンサルとご面会のお約束をした、時枝ゆらと申します」

それを聞くと、男は相好《そうごう》を崩してドアをあけ放ち、ポーチに出て来た。

ゆらの、焦っている気配を察したのか、ポリスマンがこちらへ足を速めるのが、目の隅に映る。

ゆらは、鉄格子に指をかけて、揺すった。

「お願い、急いでください」

せっぱつまった声を出すと、男は顔を引き締めて砂利道を走り、門にやって来た。

男が鍵をあけるのももどかしく、ゆらは鉄柵を押して中に飛び込んだ。

それを、みずから押して閉めなおしたとき、ポリスマンが駆けつけて来た。

ポリスマンは、鉄柵を太い指で握り締めるなり、押しあけようとした。

日本人の男が、ゆらをかたわらへ押しのけ、英語で大声を出す。

「おやめなさい。ここは日本のコンサラートです。日本の領土と同じです。無理やり押し入れば、国と国との問題になりますよ」

かなり癖があるが、話し慣れた英語だった。

ポリスマンが、大声でどなる。

「この女は、密入国者だ。引き渡してもらいたい」

男は臆《おく》せず、落ち着いて鍵をかけ直した。

「密入国者だろうが泥棒だろうが、日本人は日本の領土内にいるかぎり、貴国の法に従う義務はありません。お引き取りいただきたい」

断固とした口調に、ポリスマンは唇を引き結んだ。

くやしそうにゆらをにらみつけ、未練がましく鉄柵をひと揺すりしてから、手を離す。

「そのかわり、一歩でもこの敷地から外へ出たら、即刻逮捕するから覚悟しておけ」

さらに、少しのあいだゆらたちをねめつけてから、くるりときびすを返してその場を離れた。

ゆらは、男に頭を下げた。

「ありがとうございました。おかげさまで、助かりました」

男が、くったくのない顔つきで、口元を緩める。

「どういたしまして。あの連中は、安い労賃で働く日本人や支那人を、米国人労働者の仕事を奪う、不都合な存在とみなしています。言ってみれば、邪魔者扱いなのです。われわれが、この国にしっかり根を張るまでには、まだまだ時がかかりましょうね」

男の先導で、建物の玄関をはいったすぐ横手の、事務用の部屋に連れて行かれる。

ゆらは、あらためてあいさつした。

「わたくしは、時枝ゆらと申します。武州《ぶしゅう》は日野《ひの》、石田村《いしだむら》の郷士《ごうし》の出でございます。卒《そつ》爾《じ》ながら、そちらさまは」

「それがしは」

そう言いかけて、急いで言い直す。

「わたしは、武州《ぶしゅう》忍藩《おしはん》の洋書調所《ようしょしらべしょ》の出で、塚原太郎《つかはらたろう》と申します。十年前、咸臨丸《かんりんまる》で当地に来て以来、こちらに根を下ろしています。どうか、お見知りおきを」

咸臨丸のことは、もちろん承知している。

「こちらこそ、よろしくお願いいたします。二週間ほど前の八月下旬、ご当地に日本国の出先詰所が開かれた、と教えられました。つきましては、ぜひコンサルさまにお目どおりをして、お願いせねばならぬことがございます。どうぞコンサルさまに、お取り次ぎをお願いいたします」

「すでにコンサルには、その旨お話を通してあります。ただ、ご承知おきいただきたいのですが、いまだ日本からコンサル赴任の知らせがなく、今のところはオナラリー・コンサル（honorary consul＝名誉領事）が、業務を代行しております」

「オナラリー・コンサルでございますか」

ゆらは、とまどった。

コンサルに〈名誉〉がつくと、どういう身分になるのだろう。名義だけのコンサル、という意味なのか。

塚原太郎、と名乗った男は心配ない、というように笑みを浮かべた。

「オナラリー・コンサルはアメリカ人で、ミスタ・ブルックスといいます。チャールズ・ウォルコット・ブルックス。これまでもずっと、当地に出入りする日本人のために、コンサル同様の業務をこなしてきた、きわめてりっぱな人物です。十年前、わたしたちが咸臨丸で当地にやって来たとき、親身になって日本人の世話をしてくれたことで、今でも感謝の声が絶えません。それ以来、正式のコンサルが赴任して来るまで、事実上わが国のコンサル、と見なされています」

「分かりました」

そう応じながらも、なんとなく不安に駆られる。

塚原は、また笑みを浮かべた。

「心配いりませんよ、ゆらどの。コンサル・ブルックスが、お話をうけたまわって了解されれば、そのあとのことはわたしがきちんと、さばきをつけますので」

ほっとする。

「ありがとうございます。それならば、コンサルさまとご一緒に塚原さまにも、お話を聞いていただいた方がよいか、と存じます」

「承知しました。ゆらどのは、英語がお分かりになりますか」

「ひととおりは、分かるつもりでございます。長崎の英語伝習所で、フルベッキというオランダ人から、基礎を習いましたので」

塚原は、眉を上げた。

「ああ、フルベッキの名前は、わたしも聞いた覚えがあります。そういうことなら、だいじょうぶでしょう」

十分後、ゆらは塚原に案内されて、チャールズ・W・ブルックスの執務室にはいった。

竹の葉をかたどった、円窓の障子《しょうじ》。

紙で作った張り子、と思われる石灯籠《いしどうろう》。

壁に取りつけられた、長押《なげし》の上の薙刀《なぎなた》。

床の間ふうのくぼみに、山水画の掛け軸。

刀掛けに飾られた、大小の刀。

どことなく、ちぐはぐな感じはまぬがれないが、いちおう日本ふうにしつらえられた、広い執務室だった。

ブルックスは細おもての、まだ三十代後半と思われる男で、りっぱな口髭をたくわえ、黒のフロックコートを身につけていた。

ゆらを見ると、椅子を立って大きな事務机を回り、そばに来て手を取った。

「ハジメマシテ。ドウゾ、ヨロシク」

たどたどしいが、きちんとした日本語だった。

お返しに、ゆらもていねいな英語を遣って、同じあいさつを返した。

応接用のテーブルに着くと、ゆらはさっそく用件を切り出した。

さすがに、米国船で密入国したとは言えず、持参した書類を取り出す。

唯一の頼りとなる、セント・ポール号の船長、ジム・ケインが書いてくれた、ゆらと内藤隼人の漂流証明書だ。

内容に合わせて、漂流のいきさつを述べたあと、付け加える。

「もう一人の漂流者、ハヤト・ナイトウはいささか事情があって、ただ今サンフランシスコにおりません。つきましては、とりあえずわたくしの分だけでも、正式の日本国のパスポートを、発給していただきたいのです。パスポートさえあれば、サンフランシスコで働き口を見つけ、自立することができると思います。よろしくお願いします」

ブルックスは、右目に鼈甲《べっこう》ぶちのモノクルをかけて、ケインが英語でしたためた漂流証明書に、丹念に目を通した。


一八六九年八月三日火曜日十五時十分、本船は太平洋をアメリカへ向けて航海中、北緯二五度三二分、西経一三四度二八分付近の洋上を漂流するボートを発見、日本人の男女二名を救出、収容した。女の姓名はユラ・トキエダ、男の姓名はハヤト・ナイトウ。

両名は、同年七月半ば江戸から蝦夷へ向け、ジンゴマル（神護丸）にて日本沿岸を航海中、颶風《ぐふう》のために遠く太平洋を流され、その後同船が別の颶風により転覆して、二名だけが生き残り、ボートで漂流していたことが判明した。

本船は、この事実に間違いがないことを保証し、近年の米日間の友好関係にかんがみて、両名に対し官憲の理解ある措置を要請する。

一八六九年八月十一日

セント・ポール号船長
ジェームズ・ケイン

おおむね、そうした趣旨のことが署名入りで、書いてあるはずだ。

その種の文書が、アメリカ官憲に対してどれほどの効果を有するものか、にわかには判断できない。しかし、母国日本の海外出先詰所の役人ならば、なんとかしてくれるかもしれない。

そう思って、面会の約束をとりつけたのだが、コンサルがアメリカ人とは、予測していなかった。

しかし、案ずるより産むがやすしで、ブルックスはすぐに塚原に証明書を渡し、それを読んで善処するように、と指示した。

塚原は、ゆらとともに事務室にもどって、さっそくパスポートの発給に、取りかかった。

ゆらは、塚原から問いを発せられるまま、正直に自分のことを告げた。

それをもとに、塚原は新しい海外旅行印章を作成し、コンサル・ブルックスの署名をもらってきた。

できあがったパスポートは、本国で発給される書式に準じるもの、という。

塚原が、ブルックスの署名をもらった印章には、次のような事項が記されていた。

第一一一二號
限五年
生國武州日野石田村　時枝ゆら
（當年十九歳）
身長五尺二寸　軆重十二貫二百匁
面長　口小サキ方　鼻筋トホル　耳常軆　無疵
書面ノ者　太平海漂流中米國船せんとぽーる號ニ救助セラレ　桑港ニ上陸セル者ナルガ　生憎海外旅行印章ヲ所持セザル故　ココニ桑港日本國名誉岡士ぶるくすノ名ニ

於イテ　新タニ印章ヲ發給スルモノナリ　何レノ國ニテモ無故障通行セシメ危救ノ節ハ相當ノ保護有之候様其國官吏ニ頼入候

明治三年八月十四日

桑港日本國岡士館
Japanese Consul
Charles W. Brooks（署名）

10

嵐に巻き込まれたように、すさまじい勢いで大揺れに揺れる、トールグラスの大草原。その中を、漆黒《しっこく》の濁流と見まごうばかりの、バファローの大群が駆け抜けて行く。それはさながら、大地を揺るがす激震に見舞われたような、想像を絶する地響きだった。

トウオムアも、これほどのスタンピードを、目にした覚えはない。

それどころか、その渦の真っ只中に身を置くなどという、血も凍る恐怖を味わうはめになるとは、考えたこともなかった。

自分が立っている岩も、まるで奔流に押し流されるような、名状しがたい錯覚を覚えるほどに、激しく揺れ動く。

われ知らず岩の上に身を伏せて、とがった岩角に必死にしがみついた。

どれほどの時間がたったか、分からない。

ひどく長い時間のようにも思えるが、実際には五分もたっていなかっただろう。

周囲の地響きが、徐々に静かになる。

うねっていた、トールグラスの揺れも少しずつ収まり、潮が引くように動きが止まり始めた。

嵐に似た轟音が、あれよあれよという間に遠くへ去り、それとともに岩の揺れも小さくなる。

耳を聾《ろう》するばかりの、重い蹄の音もしだいに耳から離れ、やがて遠雷のようにはるかかなたへ、遠ざかっていった。

草原に、何ごともなかったような、静寂がもどる。

トウオムアは体を起こし、サモナサとハヤトが姿を消したあたりへ、必死に目をこらした。

傾いたトールグラスのあいだから、疾走するバファローの群れに押し倒された、例の大木の枝が何本ものぞいている。

トウオムアは、すぐさま岩から飛びおりるなり、バファローの蹄に踏みしだかれ、なぎ倒されたトールグラスを掻き分けて、二人が姿を消した場所へ突き進んだ。

ちぎれた草に、足を取られてよろめくたびに、不安が喉元へ込み上げてくる。

あの、すさまじいスタンピードに蹴散らされた今、サモナサとハヤトが無事でいることなど、とうてい期待できるものではない。

ただ、万に一つの可能性を、神に祈るだけだ。

絶望に押しつぶされつつ、トウオムアは壁のように立ちはだかる、トールグラスを両腕で押し分け、掻き分けしてようやく横倒しになった大木に、たどり着いた。

刃の広いボウイ・ナイフを抜いて、かぶさった木の枝や葉を切り払い、幹の根元へもぐり込む。

すると、突き出た枯れ枝にまとわりつく、とげのあるつる草の厚い束の下に、ハヤトの鹿皮服の裾の部分が、ちらりと見えた。

はっとするとともに、冷たい汗が首筋を伝う。

なぜか、サモナサの姿は見えなかった。

「ハヤト。ハヤト」

呼びかけてみたが、ハヤトは返事もしなければ、ぴくりとも動かなかった。太い枝が、ハヤトの背中に斜めにかぶさり、体を押さえつけているのだ。

その周囲をのぞいてみたが、やはりサモナサの姿はなかった。

もしかすると、サモナサはバファローの蹄にかけられたあげく、引きずられて行ったのかもしれない。

　恐怖と絶望にさいなまれ、トウオムアは思わずその場に、へたり込んだ。そのとたん、折れた枝の先がこめかみに当たり、鋭い痛みが走る。

　固く目を閉じ、その痛みをなんとかやり過ごそうと、バンダナでこめかみを押さえた。とがった枝の折れ口に、はずみでぶつけた痛みは思いのほか強く、なかなか収まらなかった。

　それが、サモナサを失った絶望を、なおさら大きなものにした。

　ようやく痛みをやり過ごし、ハヤトの体を揺すってみようと、枝のあいだに手を伸ばした。

　すると、ハヤトの鹿皮服の背にくっきり残る、円形の土の汚れが目に飛び込んできた。

　われ知らず、ぞっとする。

　それは、バファローの蹄の跡に、相違なかった。ハヤトは、暴走するバファローの群れに、踏みつけられたのだ。

　次の瞬間、その鹿皮服の背のあたりが、かすかに動いた。

　ぎくりとして、目をこらす。

　気のせいではなかった。鹿皮服の背中が、わずかながら上下しているのだった。

　生きている。ハヤトは、生きている。

　トウオムアは、目を見開いた。ハヤトは、まだ死んではいなかったのだ。

「ハヤト。ハヤト」

もう一度呼びかけたが、依然としてハヤトの肩も首も、動かない。

手を精一杯伸ばし、動いた上着の裾を指先でそっとめくると、その下から何かがのぞいた。

トウオムアは、ごくりと唾をのんだ。

それは茶色の、小さな手だった。細い指が、閉じたり開いたりしている。

電撃を受けたように、体の奥で何かがはじけた。

動いたのは、ハヤトの背中ではなく、サモナサの手だったのだ。

「サモナサ。サモナサ」

思わず声を上げて、サモナサの手を握り締めた。

その指が、かすかな力とともに、握り返してくる。

トウオムアは手を離し、ナイフを口にくわえた。

腰の後ろから、トマホークを抜き取る。厚みのあるその刃を、ハヤトの上にかぶさる枝に、力任せに叩きつけた。

生木が、半分ほど裂けたところで、全体重を枝の上にかけて、必死に押し下げる。

一度体を起こし、繰り返し枝にトマホークを叩きつけて、やっと折り曲げた。さらに、ささくれ立った折れ口を切り広げ、枝を払いのける。

すると、長く伸びたハヤトの体の下から、サモナサがもそもそと這い出して来た。

「サモナサ」

トウオムアはもう一度叫び、息子を枝のあいだから引っ張り出すと、両の腕にしっかりと抱き締めた。

サモナサも、さすがに心細かったとみえ、泣き声を上げながらしがみついてくる。

トウオムアは、少しのあいだ安堵《あんど》と感動にひたっていたが、はっと気がついた。

サモナサを、なぎ倒されたトールグラスの上に横たえ、すばやくその体を目で調べる。

手足に、多少の擦り傷があるだけで、たいした怪我はしていない。体をあちこち押してみたが、骨が折れた気配もなかった。

ほっとしながら向き直り、今度はハヤトの肩に手をかける。

「ハヤト。ハヤト」

呼びかけたが、ハヤトはやはり返事をせず、身動きもしなかった。

トウオムアは、胸がつぶれた。

ハヤトは、押し寄せるバファローの大群と、なぎ倒された大木のあいだに、馬から体を投げ出したに違いない。

そうすることで、滑り落ちたサモナサの上におおいかぶさり、身をもって息子の命を救ってくれたのだ。

そのためにハヤト自身は、暴走するバファローの群れに踏みつけられ、命を失ってしまった。

いや、まだ死んだとは、限らない。

トウオムアは、ハヤトの体をおおうじゃまな木の枝を、必死になって切り払った。

幹に生えた何本かの枯れ枝は、厚いトールグラスがクッションの役を果たし、地面に緩く突き立っている。

そのために、太い幹と地面のあいだに、空間ができたのが分かった。

ハヤトの体は、さいわいにもその隙間に、はまり込んでいた。おかげで、まともにバファローの蹄を受ける不運を、免れたように見える。

トウオムアは、胸に灯がともるのを感じて、にわかに元気づいた。

支えになった枝の、じゃまな小枝と枯れ葉をきれいに切り払うと、ハヤトの全身が現れた。

服の襟首をつかんで、木の下から引きずり出しにかかる。

しかし、服があちこちで折れた枝に引っかかり、容易には引き出せなかった。そのたびに、ナイフで枝を切り払う。

作業の途中で、恐るおそる手首に触れてみると、かすかながら脈が感じ取れた。ハヤトはまだ、息があった。

トウオムアは気を取り直し、さらに力を入れてハヤトの体を、引っ張り続けた。

ようやく、草の上に全身を引き出したときは、さすがに息が上がった。ハヤトは薄目をあけたまま、そこに横たわっていた。

胸に耳をつけると、心臓の鼓動が感じられる。確かに、生きているのだ。

ほっとして、自分の体にまた熱い血が巡り始めるのを、はっきりと意識した。

水を飲ませようと、トウオムアはナイフを口にくわえたまま、トマホークを草の上に置いた。

そのとき、背後のトールグラスの陰から、声がかかった。

「動くんじゃねえぞ、ダイアナ」

本名を呼ばれ、はっとして振り向く。

トールグラスを掻き分けて、見知らぬ男が姿を現した。

顔の下半分に、真っ黒な髭をびっしりと生やした、背の高い中年の男だった。髪の乱れた頭から、革紐のついた帽子が背後へ脱げ落ちて、肩口からつばだけがのぞいて見える。

右手には拳銃が握られ、いつでも撃鉄が起こせるように、親指がかけられていた。その顔つきからして、まともなカウボーイには見えず、無頼のガンマンに違いなかった。

頭に血がのぼり、トウオムアはくわえたナイフの刃を、強く噛み締めた。

追っ手のことを、すっかり忘れていた。

あのスタンピードで、連中もバファローに押しつぶされて死ぬか、運がよくても重傷を負ったはず、と思い込んだのがうかつだった。

実のところは、自分たちと同じく生き延びた者がいて、トールグラスの中を迂回《うかい》しながら、忍び寄って来たのだ。

　男が言う。

「あのスタンピードを、無事に切り抜けることができたとは、お互いに運がよかったじゃねえか、ダイアナ」

　にやりと笑って、あとを続ける。

「そのまま、ゆっくりと立つんだ。トマホークに、手を出すんじゃねえ。ナイフは、口にくわえたままでいろ」

　トウオムアは、ナイフの刃をもう一度嚙み締め、そろそろと立ち上がった。

「後ろへ下がれ。その小僧は、おれがいただいて行く。おやじから、おまえには手を出すなと言われたが、じゃまをするなら容赦しねえ。分かったか」

　男は念を押し、銃口を動かした。

　新たな絶望と戦いながら、トウオムアは両手を肩の高さまで上げ、抵抗の意志がないことを示した。

　男は、油断のない顔で茂みから踏み込んで来ると、仰向けに横たわるサモナサの、頭の後ろに立った。

「おい、坊主。さっさと立て」

　サモナサは目だけ動かし、何を言ったか分からないという風情で、男を見上げた。

実のところ、サモナサはある程度英語を理解するし、自分でも話すことができる。男が言ったことも、分かったはずだ。

子供心にも、分からないふりをしているに違いない。

男が、油断なくトウオムアを見ながら、軽く銃口を動かす。

「おれの馬のところまで、おまえたちを連れて行く。おまえが、自分でこの小僧を、馬に乗せるんだ」

「馬はどこ」

トウオムアは聞き返した。

それと同時に、歯のあいだから滑り落ちたナイフを、とっさに下ろした右手で受け止める。

すると男は、まるでそれを予期していたように、さっとひざまずいた。

すばやく、サモナサの襟首をつかんで引き起こし、自分の盾にする。

「その手は食わねえよ、ダイアナ。ナイフを捨てろ。小僧を抱いて、一緒に馬のとこへ行くんだ。小僧の命が惜しかったら、言われたとおりにしろ」

トウオムアは、奥歯を嚙み締めた。

ここから、父親の牧場があるシルバー・シティまでは、かなり長い距離がある。そのあいだに、サモナサを取り返すチャンスは、まだ残っている。

今のところは、言われたとおりにするしか、方法がない。

「さっさと、ナイフを捨てろ」

もう一度、男がいらだった声で言い、撃鉄を起こす。

その瞬間、男は声を上げてのけぞり、サモナサの襟首から手を離した。

トウオムアは、とっさに握ったナイフを振り上げ、男を目がけて投げつけた。

それはもののみごとに、男の胸に突き立った。

同時に、男の拳銃が火を噴いたものの、弾はどこか遠い空のかなたへ、飛び去っていった。

男は仰向けに倒れ、左の目を押さえた左手がゆっくりと、草の上に落ちた。

開いたままの目に、何かかすかに光るものが、突き刺さっている。

トウオムアは、腕の中に飛び込んで来たサモナサを抱き留め、背後を振り返った。

同時に、わずかに持ち上がっていたハヤトの首が、がくりと草の上に落ちる。

その、半開きになった歯のあいだから、吹き残した針が二本か三本、日の光を受けてきらり、と光った。

11

一八七一年、三月二十一日火曜日、サンフランシスコ。

ユラ・トキエダが言う。

「極上肉のステーキを、二人前お願いね。両方とも、トウモロコシのスープに、野菜サラダをつけてちょうだい」

「オーケー」

ユラから注文書を受け取り、ピンキーはその中身を復唱して、キッチンのカウンターに置いた。

レストラン〈ピンキー〉をオープンして、この日でちょうど一週間になる。

場所は、サンフランシスコの繁華街ブロードウェイと、モンゴメリー通りの交差点に近い裏通りで、土地がらは悪くない。店の隣には父親の営む精肉店、〈エイブラムの肉屋〉がある。

前年、一八七〇年の、十一月一日。

ピンキーは、二十歳の誕生日を迎えたその日に、別れわかれになっていた両親と弟に、約束どおりこの町で再会した。

一家は、南北戦争が終わる直前の一八六五年三月、親子代々奴隷として働いていた、テキサス州の牧場から、脱走した。

目立つのを避けるために、途中からピンキーだけが一家と別れて、単独行動をとった。

そのときに五年後、ピンキーの二十歳の誕生日に、サンフランシスコで再会しよう、と決めたのだった。

サンフランシスコというだけで、落ち合う場所までは決めていなかったのだが、ひょんなことからさほど時間をかけずに、巡り会うことができた。

たまたまその当日、マーケット通りにある市の公民館の前で、黒人の参政権獲得を祝う集会が、開かれた。

サンフランシスコには、黒人ばかりでなくメキシコ人、中国人などの有色人種が、数多く住んでいた。そのため、例のＱＱＱ（クワド・クワグ・クワン）のような、過激な人種差別の組織、団体は活動していなかった。

公民館の前に置かれたステージでは、権利獲得を喜ぶ黒人たちの代表が、入れ替わり立ち替わり、演説をぶっていた。

ピンキーも、思い切ってそのステージにのぼり、ＱＱＱの捕虜《ほりょ》になって連れ回された経験を、率直に語った。

予想どおり、演説を始めて五分とたたないうちに、ステージの前になつかしい両親と弟が、満面の笑みを浮かべて顔をそろえた。三人もまた、この集会にピンキーがやって来るに違いない、と確信していたというのだ。

ちなみに、父親の名はエイブラム・ピンクマン、四十四歳。

母親はマーナ、四十三歳。

弟はチャーリー（チャールズの愛称）といい、すでに十三歳になっていた。

驚いたことに、三人ともテキサス時代とは打って変わって、こぎれいでこざっぱりした服を、身につけていた。

それには、わけがあった。

ピンキーはまず、一緒に集会に来ていたユラを、家族に紹介した。

詳しい話はあと回しにして、とりあえずユラと行動をともにしてきた、これまでのいきさつだけを、手短に話して聞かせた。

そのあと、五人で近くのレストランに席を取り、この五年間に起きたもろもろの出来事を、互いに報告し合った。

牧場を脱出したあと、ピンキーと別れた両親とチャーリーは、黒人差別が少ないと聞く北部へ、まっすぐ向かったという。

エイブラムは、そのころ急激に活発化し始めた、鉄道建設現場で線路工夫として働き、食いぶちを稼いだ。

妻のマーナも、同じ現場の食堂で賄《まかな》い婦を務め、チャーリーも使い走りなどをして、一家でなんとか食いつないだのだった。

そのあげく、三人は三年ほど前にカリフォルニアに移り、サンフランシスコをへて北部のサクラメントに、腰を落ち着けたという。

サクラメント周辺は、一八四八年に大規模な金鉱が発見され、翌年からいわゆるフォーティナイナーズ（'49s）、と呼ばれる金鉱探したちが大挙して、押し寄せた地域だ。

その結果、ゴールドラッシュが始まったわけだが、父親たちが着いたときにはすでに、ブームは下火になっていた。ただ、あきらめきれない連中が細ぼそと、砂金を探しているだけだった。

エイブラムも、開放区の川にはいって鉄鍋に砂利をすくい、砂金を探す作業を始めた。しかし、労力に見合うだけの成果は、なかなか上がらなかった。

一進一退を繰り返した結果、線路工夫でためたなけなしの金、二百ドルの四割近くを、食いつぶしてしまった。

そんなとき、すぐ近くでだいぶ前に金を掘り当て、長年採掘を続けていたドミンゲス、というメキシコ人が一家に声をかけてきた。

もういい年なので、そろそろ金探しから引退したい。ついては、自分の鉱区の採掘権を買ってくれないか、というのだった。

そのとき、ドミンゲスは正直にこう言った。

すでに、あらかた採り尽くしたあとなので、今後自分の鉱区から金が多量に見つかることは、まずあるまい。

ただし、こうも付け加えた。

鉱区内には、まだ手をつけていない場所が、何カ所かある。そこから、新たな鉱脈が見つからない、とは言いきれない。

権利の譲渡料は、五十ドルでいいという。

採掘権の売値としては、あらかた掘り尽くされたあととはいえ、かなりの安値だ。もっとも、手持ちの金が少なくなった一家にすれば、五十ドルといえどもかなりの大金だった。

マーナははなから、その話に反対した。

しかしエイブラムは、最後の賭けに挑戦するべきだと言って、権利の購入を主張した。

マーナが反対するなら、自分一人でも鉱区に居残って、採掘を続けるとまで言った。

マーナは根負けして、目減りした生活費の中から五十ドルを出し、エイブラムに権利証を買ってやった。

ただ、自分はもはや採掘を続ける気がなく、チャーリーを連れてサンフランシスコにもどる、と言った。

そんなわけで、鉱区に残ったエイブラムはたった一人で、金を探し続けた。

そして一年後、エイブラムはドミンゲスが手をつけていなかった、なんのへんてつもないガレ場から、金を含む鉱石の塊をいくつか、掘り出したのだ。鉱脈、というほどの規模ではなく、それ以上の金は見つからなかった。

たいした量ではなかったが、エイブラムはサクラメントまで行き、アセイ・オフィス

（鉱物分析所）で、その鉱石を分析してもらった。

するとわりあいに純度が高いことが分かり、換金した結果エイブラムの取り分は、二千ドルほどになった。

エイブラムは、そこで採掘の仕事に見切りをつけ、鉱区の採掘権を別の男に百ドルで、転売した。

サンフランシスコにもどると、エイブラムはその金をそっくり、マーナに渡した。それがおよそ、一年前のことだった。

一年前といえば、ピンキーがユラとともにハヤトを探して、ネヴァダの東部から南西部周辺の町を、巡歴していたころだ。家族が、そのような幸運に恵まれたとは、夢にも思わなかった。

二千ドルともなると、もと奴隷だったピンクマン一家にとって、目にしたこともない大金だ。

エイブラムとマーナは、その二千ドルを元手にして、とりあえず小さな肉屋を始めた。

それには、それなりの理由があった、という。

前年の一八六九年の五月に、東西の海岸をつなぐ大陸横断鉄道が、開通していた。

そして今また、カンザス・シティからアビリーンをへて、デンヴァーに達するカンザス・パシフィック鉄道、さらにカンザス州のトピーカからニュートン、ダッジ・シティをへて、最終的に西海岸へつながる、新たな鉄道が建設中だった。

すでに、テキサス南部の牧畜業者によって、チザム・トレイルやウェスタン・トレイルなどの、牛の大群を北の鉄道駅へ運ぶ、安全な輸送ルートが開かれていた。

これらのルートと、新たな鉄道の駅がうまく接続されれば、西海岸はもちろん東海岸にも、大量の牛が定期的かつ迅速に、輸送されることになる。そうすれば牛肉が、どんどん市場に出回るはずだ。

それを見込んで、エイブラムはまず肉屋を始めたのだ、とうそぶいた。

その読みは、みごとに図に当たったごとく、商売はのっけから軌道に乗って、〈エイブラムの肉屋〉は大いに繁盛している、という。

このいきさつを聞いたピンキーは、学問のない元奴隷の父親の着眼に、舌を巻いてしまった。

その結果、ピンキーは迷わず父親の仕事を、手伝う気になったのだった。

チャイナタウンに開いた小さな肉屋は、半年もしないうちに手狭になった。

今では、いっそうにぎやかな通りに場所を移し、より大きな精肉店に衣替えしている。

そして、年が明けたこの二月の半ば。

店の隣にあった小さな賭博場が、ルーレットに違法な仕掛けをしたことがばれ、警察から営業停止をくらって閉店する、という事件が発生した。

エイブラムは、ただちにその建物のオーナーと話をつけ、店を借り受けることに成功した。

そのうえで、ピンキーに小さな食堂を開くように、勧めたのだった。

ピンキーに、否やはなかった。

セント・ポール号で、ジム・ケイン船長のために、毎日のように食事を用意した経験から、料理には自信があった。

それが、役に立つときが来たのだ。

ピンキーは迷わず、レストラン〈ピンキー〉を開店し、ユラをチーフ・ウエートレスとして、正式に雇ったのだった。

半年ほど前、ほど近いカリフォルニア通りに、日本領事館が開設された。

ユラはそこで、念願のパスポートを発給してもらい、不法滞在者の汚名を逃れていた。

そのため、正規雇用も可能になったのだ。

ユラによると、日本の領事は驚いたことに、日本人ではなかったらしい。ブルックスとかいう、アメリカ人だそうだ。正しくは名誉領事だろうが、とにかくブルックスはかなりの親日家だ、と聞かされた。

もっとも、実際にパスポートの発給手続きをしたのは、タロウ・ツカハラと称する、日本人の館員だそうだ。どうやら、ケイン船長からもらった漂流証明書が、役に立ったとみえる。

レストランをオープンした日、ツカハラは花を届けてくれたばかりか、店にもやって来た。色の黒い、痩せ形の三十過ぎの男で、なかなか英語が堪能だ。アメリカ暮らしも、そろそろ十年になるそうで、髪形もスーツの着こなしもまずまず、板についている。

ユラは、例のグロリアズ・ロッジに住まいを定めて、毎日モンゴメリー通りの急坂をくだり、店にかよって来る。

ちなみに、ハヤトと戦ったショウサク・タカワキは、ピンキーとユラがビーティを出て、サンフランシスコへ向かったとき、一緒について来た。

タカワキは、崖から転落して傷を負ったため、軽く右足を引きずるようになった。そのせいもあってか、ユラに対する態度が控えめになり、口数も減ってしまった。決闘で、ハヤトに後れをとったことが、かなりこたえたようだ。

サンフランシスコに着いたあと、タカワキは日本での勤め先だったという、メイスン&ヒル商会の本社で、働き始めていた。最初はそこへ、研修生として来ていたらしい。それほど大きな会社ではないが、日本との貿易でかなりの利益を上げ、マーケット通りにある石造りの、新しい建物に事務所を構えている。

ピンキーが店を開いたあと、タカワキは社長のポール・メイスン、副社長のテレンス・ヒルと一緒に、食事をしに来た。

タカワキの、これまでのいきさつを忘れたような、口数の少ない静かな立ち居振る舞いは、まるで人が変わったとさえ思えるほどだ。

ピンキーは、そしておそらくユラも、とまどいながら相手をするしか、しかたがなかった。

それはさておき、やはりいちばん気になるのは、ハヤトの消息だ。

最後にハヤトの噂を聞いたのは、ネヴァダのビーティでのことだった。

インディアンに似た、だれとも知れぬ白人の女と一緒に、南東の方角へ向かった、と聞かされた。

それきりハヤトは消息を絶ち、中継ぎ場所に決めたグロリアズ・ロッジにも、電報一つよこさない。

自分では打てなくても、人に頼んで打つことはできるはずだ。そう考えると、ハヤトの身に何か起きたのではないか、と不安にもなる。

ユラも同じだろうが、そうした不安をおもてに出すことは、ほとんどない。いつも黙々と、てきぱきと配膳や給仕の仕事を、こなしている。

開店してから、一カ月ほどたった四月半ばの、ある日の午後。

領事館のツカハラが店に来て、ユラに極秘のニュースを伝えた。

あとで聞いたところ、今年の秋か来年の年明けあたりに、日本から外交使節団がやって来る、というのだ。

それが事実とすれば、日本からそうした使節団が訪れるのは、一八六〇年春以来のことだ。

ツカハラによると、これまで日本が欧米と結んだ種々の条約が、きわめて不平等なものであり、その是正交渉をするために、まずはアメリカへやって来る、という趣旨らしい。だれが代表を務めるか分からないが、おそらく国家元首に相当する大物が、やって来るだろう。

ブルックス領事も自分も、今からその受け入れ準備に、奔走しなければならない。

そう言ってツカハラは、鼻息も荒く帰って行ったそうだ。

同じ日の夜、今度はタカワキが一人で、やって来た。

タカワキも、同じ情報をユラに伝えに来たのだ、とあとで分かった。メイスン&ヒル商会の日本支社は、かなり情報の収集にたけているらしい。

ただ、タカワキはツカハラの知らない、極秘の話をユラに伝えていた。

閉店後、皿洗いや掃除をすませたあと、ピンキーはユラからこう聞かされた。

「今度の、日本の訪米使節団のメンバーに、シンイチロウ・トキエダ、つまりわたしの兄が、加わるらしいの」

12

一八七〇年、七月二十八日。

トシタベが言う。

「おれは、ハヤトとかいう名のあの男に、おまえたち白人がそう呼ぶ、ワン・オン・ワンのファイト（一騎討ち）を挑む」

それを聞いて、トウオムアは愕然とした。

「一騎討ちなんて、もってのほかだよ。それだけは、やめてちょうだい。今ハヤトと戦っても、対等な戦いにはならない。ハヤトはまだ、体が十分に回復していないんだ」

そう詰め寄ると、トシタベは拳を握って、自分の胸を叩いた。

「いや。おれは、もう十分にやつに、休養を与えた。おまえがあの男を、このキャンプへ連れて来てから、きょうですでに七度、日がのぼった。そのあいだに、あの男はたっぷりと、体を休めた。おれと戦うだけの力は、取りもどしたはずだ」

トウオムアは、両手を開いて腹にあてがい、体が弱っているしぐさをした。

「いいえ、まだもとにもどってない。ハヤトは、バファローの大群に、踏みつぶされた。それも、サモナサの命を守ろうとして、おおいかぶさったからだ。その上を、バファローが何十頭も、駆け抜けて行った。それで、ハヤトは体のあちこちに、怪我をした。でも、そのおかげでサモナサは、命拾いをしたんだ。だから、あんたもあたしもハヤトに、恩がある。あたしたちは、その恩を返さなきゃならない。一騎討ちをしようなんて、もってのほかだよ」

トシタベは、右手の親指を立てた。

「その恩は、まじない師がハヤトのために三日間、休まず精霊に祈りを捧《ささ》げて、ちゃんと返した。おかげで、ハヤトはもう立ち上がれるし、食事もちゃんとしている。おれは何もせずに、やつをほうっておくこともできた。だが、おまえの言うことを受け入れて、めんどうを見たのだ。もうあの男に、借りはない」

そう言って、握り締めた右の拳を額に当て、ひねるしぐさをする。怒りの表現だ。

もはや、トシタベの考えを変えさせることは、できそうもない。

「それなら、あたしがハヤトのティピへ行って、ほんとうにもとの体にもどったか、確かめることにする」

「ノー」

トシタベは英語で言い、さらにコマンチの言葉で、あとを続けた。

「おまえたちが、二人だけで会うことは、許さない。おまえは、キャンプにたどり着くまでのあいだ、何日もハヤトと一緒にいた。つまり、自分の連れ合い以外の男と、長い時間を過ごしたのだ。それが、われら部族の掟《おきて》に背くことは、分かっているだろう」

「そのわけは、話したはずだよ、トシタベ。ハヤトがいなかったら、あたしは悪いやつらに殺され、サモナサは連れ去られていただろう。だからこそ、そのために怪我をしたハヤトを、トラヴォイで運んで来たんだ。サモナサだって、それをよく知ってるよ」

「サモナサは、まだ子供だ。おまえと、ハヤトのあいだに何があったか、分かるはずはない」

トウオムアは、唇の裏を噛み締めた。

コマンチに限らず、インディアンは妻の不行跡《ふぎょうせき》に対して、常に厳しい措置をとる。むろん、それは白人のあいだでも同じだろうが、より対応のしかたが厳しいことは確かだ。ハヤトを運んで来る途中、トウオムアとのあいだに何かあったと、トシタベが本気でそう信じている、とは思えない。キャンプに着いたとき、起き上がることもできなかった、半死半生のあのハヤトの様子を見れば、それは容易に分かったはずだ。

しかし、部族の者たちの目にはかならずしも、そうは映らなかったかもしれない。ハヤトの状態がどうであれ、二人の仲に疑いを抱いたであろうことは、経験上分かっていた。

もし、トシタベがここでトウオムア、ハヤトに対してなんの措置も取らず、重大な疑惑を黙止したとすれば、どうなるか。

部族の者たちは間違いなく、族長のトシタベが二人の関係を容認したもの、と判断するだろう。

そうなれば、トシタベに対する部族内での威信は、地におちる。当然、族長としての立場も、危うくなるに違いない。

連中を納得させるためには、どうあってもすみやかにけじめをつける、という決断が要求されるのだ。

そのあたりのことは、トウオムアもよく承知している。

思い切って言った。

「それがあんたの本心なら、ハヤトとあたしを同罪とみなして、鞭で打つなり体に焼き印を押すなり、好きなようにすればいいさ。そうすれば、族長としての体面を、保てるだろう」

トシタベが、右手の人差し指を前に突き出して、その上に左の手のひらをかざす。

死を意味するしぐさだ。

「ハヤトとは、どうでも一騎討ちで、けじめをつける。おまえの処置は、それが終わってから考える」

そのしぐさが、ハヤトを殺すという意味なのか、妻たる自分を殺すという意味なのか、トウオムアには分からなかった。

どちらにせよ、族長のトシタベが一度口にした決意を、ひるがえすことはない。

トウオムアは、拳を強く握り締めて、考えを巡らした。

むろん、ハヤトを連れてキャンプにもどることに、迷いがなかったわけではない。トシタベや部族の者に、疑いの目で見られる恐れがあることは、重々承知していた。

とはいえ、命がけでサモナサを救ってくれたハヤトを、死にかけたまま置き去りにするなど、できるはずがなかった。

トシタベに、何か言われることは、覚悟の上だった。

しかし、サモナサの無事な姿を見せてやり、それまでのいきさつを詳しく説明すれば、納得してくれると思っていた。

今となっては、軽く考えすぎていたことを、認めざるをえない。

そもそも、トシタベの母親にさえ理由を告げず、サモナサを連れてキャンプから姿を消したことが、不信を招いたのは間違いなかった。

しかし、あのときトシタベも戦士たちも、バファロー狩りで不在だった。

老人と、女子供しか残っていないキャンプを、追っ手の狼藉《ろうぜき》から守るためには、何も言わずにサモナサを連れて、姿を消す以外に方法がなかったのだ。

ただ、部族の残留組は北の方へ移動したものの、結局は別の追跡隊に見つかって襲撃され、キャンプを蹂躙された。

そのため、さらに北へ移動したところで、やっと狩りに出た遠征組と出会い、キャンプを立て直したのだった。

今サモナサは、トシタベの母親のティピに、預けられたままになっている。万が一にもトウオムアが、サモナサを連れて逃げ出さないように、との用心だろう。

トウオムアも、今逃げ出すくらいなら最初から、キャンプにはもどって来なかった。正直に事情を話せば、分かってもらえると思っていた。

やはり、それが甘かったのだ。

トシタベが、口を開く。

「これから、ハヤトのティピへ行って、おれと一騎討ちをするように言う。おまえも一緒に来て、ハヤトにおれの言うことを、正しく伝えろ。ただし、よけいなことを話してはならん。おれもいくらか、おまえたちの言葉が分かることを、忘れるな」

そう言い捨てて、さっさと歩きだす。

いやも応もなかった。

トウオムアは、トシタベのあとについて、キャンプのあいだの道を抜け、川の方に向かった。その川岸に立つティピに、ハヤトが軟禁されているのだ。

歩きながら、トウオムアはため息をついた。

族長になってからトシタベは、ずいぶんうたぐり深くなったようだ。トウオムアの言うことを、まともに聞こうともしなかった。

川岸の一角を、半円形に取り囲むような配置で、戦士たちのティピがある。

そこは、どの方角にも逃げることができない、閉鎖された場所だった。

昔から、ティピの入り口はすべて、東向きに作られる。

しかし、ハヤトのティピだけは西向きで、見張りやすいようになっている。入り口の垂れ幕は、まくり上げられたままだ。それは、いつでもだれでもはいっていい、という意味だった。

トシタベは、そこから十フィートほど離れた位置で、足を止めた。

腕を組み、英語で呼びかける。

「ハヤト。カム・アウト」

ほとんど間をおかず、ハヤトが体をかがめて姿を現した。

長い髪を革紐で束ね、背後に垂らしている。髭も伸びたままだ。

バファローに踏みつけられ、あちこち裂けた鹿皮服の上下は、ハヤトが療養しているあいだに、トウオムアがつくろった。

ハヤトは、トウオムアにちらとも目をくれず、トシタベと向かい合って立った。

トシタベが、今度はコマンチの言葉で言う。

「おまえは、おれの息子と妻を白人の悪党から、救ってくれた。それについては、あらためて礼を言う」

一度口を閉じ、トウオムアを振り向いて、うなずく。

トウオムアは、それをやさしい英語に直して、ハヤトに伝えた。

ハヤトは、小さくうなずいただけで、何も言わない。

トシタベは続けた。

「ただし、おまえはおれの妻と二人きりで、何日も一緒に旅をした。そうなった理由は、おれもトウオムアに話を聞かされたから、承知しているつもりだ。しかし、それを知った以上、おれがおまえたちに何もせずにいると、戦士たちが黙っていない」

　そこでまた、トウオムアを見る。

　しかたなく、トウオムアはその趣旨を当たり障りのないように、かいつまんでハヤトに伝えた。

　ハヤトは、いっさいトウオムアに目を向けず、先をうながすようにトシタベに、顎をしゃくってみせた。

　トシタベが、一度大きく息を吸って吐き、さらに続ける。

「そこでおれは、おまえに一対一の戦いを挑む。その場合、どちらかが大地を叩いて負けを認めるか、あるいは相手の手にかかって死ぬまで、戦わなければならない。もし、おまえが一騎討ちを拒むなら、その場で杭《くい》に縛りつけられて、日干しにされるか蟻《あり》のえさにされるか、いずれにしても死ぬことになる。すぐに、どちらを選ぶか、返答するがいい」

　言葉が途切れ、その場に静寂が流れる。

　すでに、太陽は西の山の端に沈みかけているが、日差しはまだ強い。

　上半身裸の、トシタベの赤銅色の背中には、汗が玉のようになって噴き出し、きらきらと光っていた。

トウオムアもまた、自分の白いシャツの内側が、汗まみれになるのを意識した。

肚を決めて、トシタべの言葉をそのまま感情を交えず、ハヤトに伝える。

聞き終わるが早いか、ハヤトは口を開いた。

「受けて立つ、と返事をしてくれ。それと、素手で闘うか武器を使うか、もし使うとすれば何を使うかも、聞いてもらいたい」

トウオムアがそれを伝えると、トシタべは即答した。

「おれは弓と、矢を五本用意する。もし、おまえが銃を使うつもりなら、それでもかまわぬ。ただし、弾はおれの矢と同じく、五発までだ」

それを聞いて、トウオムアはためらった。

弓矢で、銃と戦うのは圧倒的に不利、と考えるのは早計だ。トシタべに関するかぎり、むしろ間違いといってもよい。

トシタべは、部族のうちでも三本の指にはいる、弓の名手だった。ことに、馬上での弓の扱いにかけては、だれにも負けないわざを持っている。

たとえ相手が、名うてのガンマンや騎兵隊員であっても、トシタべなら十分に対抗できるだろう。いや、まず後れを取ることはない、と断言できる。

一方、これまで目にしたかぎりでは、ハヤトの銃の腕はライフルにしろ拳銃にしろ、ガンマンや騎兵隊員の域にも達していない。アメリカに来て、さほど年月がたっていないようだし、不慣れなのはしかたがないだろう。

　通訳の間が、あきすぎた。

　トシタベが首をねじり、トウオムアをにらみつける。

「早く、通訳しろ。おれが言ったことを、そのまま伝えるんだ」

　躊躇しながらも、トウオムアはトシタベが出した条件を、ハヤトに伝えた。

　ハヤトは口元を引き締め、やおら二人に背を向けると、ティピの中にもどった。

　ふたたび現れたとき、ハヤトの手には例のサーベルに似た、日本のソード（剣）が握られていた。

　ハヤトがそれを、目の前に掲げる。

「おれは、これで戦う」

　トウオムアは、ふと思い出した。

　スタンピードのあと、ハヤトを木の幹の下から引き出したとき、左手にしかと握られていたのが、その剣だった。

　ハヤトはそれを遣って、トウオムアやサモナサを何度も、救ったのだ。

　トシタベの肩が、とまどったように揺れる。

　その口から、短い英語が漏れた。

「ホワット・イズ・ザット」

「ディス・イズ・カタナ。ジャパニーズ・ソード。カ、タ、ナ」

ハヤトの返事に、トシタベは繰り返した。

「カ、タ、ナ」

トウオムアも、口の中でカタナ、とつぶやいてみる。

それがハヤトにとって、命よりもたいせつなものらしいことが、今初めて分かった気がした。

トウオムアが通訳するまでもなく、トシタベはハヤトの意図を理解したらしい。

おもむろにうなずくと、あらためてトウオムアを振り向いた。

「今夜もう一晩、やつに休養を与える。あしたの朝、日が東の山際から顔を出したとき、南北に走るキャンプの中央通路で、一騎討ちを始める。おれは、馬を用意する。そうしたければ、ハヤトにも用意するように、と言ってやれ」

トウオムアは、トシタベが言ったとおりに、ハヤトに伝えた。

さらに、馬が必要ならキーマを使っていい、と付け加える。

ハヤトの馬は、あのバファローの大暴走で、行方が分からなくなっていた。生きているか、踏み殺されたかも、不明だった。キーマだけが、無事だったのだ。

話が終わるのを待って、トシタベはくるりと向きを変え、もどり始めた。

そのあとに従いながら、トウオムアはただ一つのことを、思い悩んでいた。

ハヤトに、吹き針の隠しわざがあることを、トシタベに告げるべきだろうか、と。

13

翌朝、日がのぼる少し前。

ティピの列を挟んで、キャンプの中央を南北に走る広い通路に、人垣ができ始めた。

トシタベは、通路の北の端に馬を引き出し、目をこらした。

南の端には、ハヤトが同じように馬を引いて、立ちはだかる姿が見える。空は、すでに明るみを増し、視界はよかった。

遠目にも、白人の鞍をつけたハヤトの馬が、トウオムアの愛馬キーマだ、と分かる。口だけでなく、実際にキーマを貸し与えたと知って、トウオムアの本心がまた読めなくなった。

トシタベは、焦りを感じた。

なぜなら前夜、トウオムアが迷ったあげく思い切って、という風情でトシタベに意外な事実を、打ち明けたのだ。

なんでも、ハヤトは口の中に細い針を何本も含み、相手の目に吹きつける不思議なわざを、会得しているらしいのだ。むろん、離れた位置からではむずかしいが、接近戦や肉弾戦になった場合は、強力な武器になるという。

確かに、針で目を傷つけられれば、戦う能力が大きく落ちる。へたをすると戦意を喪失して、そのままやられる可能性もある。

それを承知しておいた方がいい、とトウオムアは言うのだった。

そうしたハヤトの隠しわざを、なぜ自分に打ち明けるのかと、トシタベはいぶかった。

もし、トウオムアがハヤトと関係を結び、トシタベの負けを願っているのなら、そのような秘密を事前に漏らすはずはない。

あるいは、自分からそれを明かすことによって、トシタベが一騎討ちをやめる気になるのを、期待したのだろうか。

しかし、今さらそれを中止するわけにはいかなかった。部族全員の目が、この一騎討ちに向けられているのだ。

トシタベは深呼吸をして、右側の人垣の端に立つトウオムアを、ちらりと見た。

トウオムアの目は、らんらんと強い光を放っていたが、何を考えているかは読み取れなかった。

トウオムアは、いったいどちらの勝ちを、願っているのだろうか。

トシタベは、もう一度通路のかなたに立つハヤトに、目を向けた。

二人のあいだは、おとなが両腕を広げた長さを一幅として、およそ四十幅ほど離れている。白人の単位を用いるならば、二百フィート少々といったところだ。

矢は十分に届く距離だが、機敏な相手ならよけることができる、中途半端な間合いだった。

ここはやはり馬を使って、確実にねらいをはずさぬ位置まで、一気に間を詰めるべきだろう。

キーマを借りた以上、ハヤトも馬を使うつもりでいるだろう。ただ、あのカタナという武器は鋭いにせよ、長さに限りがある。

むろん、敵に向かって投げることはできようが、万一ねらいをはずした場合は、手元に武器がなくなる。

したがって、それはやらないだろう。

おそらく、ハヤトは馬同士をぎりぎりまで接近させて、吹き針の隠しわざでこちらの虚をつき、カタナで仕留めにかかるに違いない。

トシタベは、はっとわれに返った。

だしぬけに、山の端から曙光がさっと流れ出し、平原をオレンジ色に染めたのだ。

通路の両側の人垣が、どっとどよめく。

トシタベは、山猫の毛皮を張った矢筒を、背負い直した。深呼吸をして、厚い毛布を敷いた馬の背に、ひらりと飛び乗る。

バファローの毛皮でくるんだ、同じバファローの肋骨《ろっこつ》製の鞍の上に、腰を落ち着ける。

鞍は、前後に支えの出っ張りがあり、それで体を安定させるのだ。

南の端で、同じように馬にまたがるハヤトの姿が、曙光に照らし出された。遠目にも、右の肩の上に突き出たカタナの柄が、よく見える。

あのカタナを、なんとか封じ込めるように、立ち回れないものか。

南北に対峙《たいじ》しているため、どちらも日の光が直接目に当たらぬ位置で、互いに有利不利はない。

トシタベは、鞍の前部の出っ張りに縛りつけた、太いロープの輪を取り上げた。バファローの、脚の腱を固くよじり合わせて作った、じょうぶなロープだ。

それを頭の上から通して、胴にしっかりと巻きつける。

こうしておけば、馬上で体を前後左右に揺らしたり、移動させたりしても落ちることなく、全身を支えることができる。

右手を肩越しに伸ばして、矢筒から矢を三本抜いた。それで決着がつかなければ、残りの二本を使うことになる。

トシタベは、周囲のざわめきがすっと引くのを、体と耳で感じ取った。

一瞬、人垣の動きが凍りついたかとみる間に、それまで静止していたハヤトの馬、キーマがゆっくりと動きだした。

それを見て、トシタベも軽く馬腹を弓で打ち、同じように歩を進める。あたりは静まり返り、自分の呼吸が聞こえるような気がした。

互いの距離が、わずかながら縮まったと思った、そのとたん。

突然、ハヤトの乗ったキーマが、躍り上がるようにたてがみを振り立て、ものすごい勢いで駆け始めた。

トシタベも、負けじと馬の腹を蹴り立て、全速力で走りだす。走りながら、すばやく一の矢をつがえた。

見るみる距離が近づき、髪を後ろになびかせたハヤトの姿が、迫って来る。

気のせいか、一瞬その頬がふくらんだように見え、トシタベはとっさに体を左に倒して、馬体の左側に身を沈めた。

間髪《かんはつ》をいれず、馬の首の下からハヤトを目がけて、一の矢を放つ。

それはハヤトをはずれ、疾走するキーマのたてがみをかすめて、人垣の頭上を飛び去った。

そのときには、トシタベはすでに二の矢をつがえ直して、すれ違いざまハヤトに射込んでいた。

次の瞬間、目に留まるいとまもあらばこそ、ハヤトは肩越しに抜いたカタナで、その矢をみごとに切り払った。

トシタベは、幻を見たと思った。

二つに断ち割られた矢が、すれ違った二頭の奔馬の頭上をくるくる、と回りながら吹き飛ぶ。

十幅ほど走り過ぎてから、トシタベははずみをつけて全身を回転させ、鞍上《あんじょう》に体をもどした。

向き直ると、最初の半分ほどの距離をおいた北側の位置に、キーマが足を止めるのが見えた。

ハヤトが手綱を引き、くるりと馬を向き直らせる。

いつの間にか、通路の両側の人垣が腕を振り上げ、さかんに声を上げているのに、気がついた。だれもが、自分を応援しているのだ。

トシタベは馬首を立て直し、大きく深呼吸をした。自分が射た矢を、当たる直前で切り払う者がいるとは、夢にも思わなかった。

この男は、やはりただ者ではない。

まだ息が収まらぬうちに、ハヤトがキーマに拍車を当てるのが、目に飛び込んでくる。

休む間を与えまい、という魂胆らしい。

寸時に、トシタベは決断した。

こちらの馬を動かさずに、ここで待ち受けるのだ。十分に引きつけてから、三の矢をキーマの首にお見舞いして、狂奔させる。

ハヤトが落馬したら、そこで四の矢と五の矢を浴びせかけ、腰のナイフでとどめを刺すのだ。

キーマを傷つければ、トウオムアはもちろん息子のサモナサも、悲しむだろう。しかし今は、それを心配しているときではない。ハヤトを倒すのが先決だ。

キーマに乗ったハヤトが、しだいに間を詰めて来る。

トシタベは、右手に残った三の矢に加えて、矢筒から四の矢と五の矢を引き抜き、指のあいだに継ぎ足した。

三の矢をつがえ、軽い速歩で近づいて来るキーマの首に、ねらいをつける。

すると、ハヤトはその気配を察したのか、急に手綱を左右に引きさばいて、キーマの腹を蹴った。

キーマが、あわただしく首を振り立てながら、にわかに速度を上げた。

見る間に、距離がせばまる。

トシタベは、すばやく鞍に足をかけて中腰になり、弓を引き絞った。

キーマ目がけて、ひょうと矢を射かける。

しかし、矢は首を振り立てるキーマからそれて、人垣のあいだにのぞく灌木の茂みに、飛び込んだ。

しまった。二度もねらいをはずすとは、これまでにないことだった。

あたりに群がる、部族の者たちがいかにも残念そうに、足を踏み鳴らす。

すかさず、四の矢をつがえたトシタベの視野に、やおら馬上に腰を起こしたハヤトの姿が、くっきりと映った。

その頬がふくらみ、急に唇がとがるのに気づいて、トシタベはすぐさま体を沈め、目を閉じた。

次の瞬間、突然馬が脚を突っ張って、急停止する。

トシタベは、とっさに鞍の出っ張りにつかまり、必死に腰のロープを引き絞った。鞍で体を支え、かろうじて落馬を逃れる。

停止した馬が、悲鳴を上げるように大きく、いなないた。

前脚を上げ、その場で竿立《さおだ》ちを繰り返しながら、狂ったように回り始める。

たまらず、トシタベはあっけなく鞍の上から、すべり落ちた。落馬する寸前、腰に回した輪に支えられるかたちで、体が宙づりになる。

馬はそれにかまわず、首を振って何度も竿立ちを繰り返しながら、あたりをぐるぐると回り続けた。

トシタベは、輪から体を抜いて逃れようと、必死にもがいた。

しかし、暴れる馬に翻弄されて、自由がきかない。死に物狂いで輪にしがみつき、地面に叩きつけられないように、体を支えるのが精一杯だった。

いつの間にか、弓も矢も手から離れた。

やがて、馬が竿立ちを繰り返すうちに、鞍に輪を固定していた結び目がはずれ、トシタべはどうとばかり地面に転げ落ちた。

苦痛に耐えながら、ごろごろと地面を転がって馬の蹄を避《よ》け、腰のナイフを引き抜く。

膝立ちになって、ハヤトの姿を目で追った。

ハヤトがキーマから飛びおり、カタナを振りかざしてトシタべの方へ、まっしぐらに駆けて来る。

しかし、途中でにわかに足を止めて、トシタべの様子をうかがった。

それから、かざしたカタナをためらう様子もなく、するりと背中の鞘に収める。

あっけにとられて、トシタべはハヤトを見返した。

ハヤトは身をかがめ、地面から何か拾い上げた。

それは、ついさっきハヤトが切り飛ばした、矢先の部分だった。

バファローの、骨をけずってこしらえた鏃《やじり》は研ぎすまされ、鋭くとがっている。

返し止めの顎があるため、矢を引き抜けば矢柄だけが取れて、鏃は体内に残る。鏃を取り出すためには、刺さった矢を逆に奥へ押し込んで、反対側に貫くしかないのだ。

トシタべは、唇を引き締めた。

ともかくハヤトは、トシタべの手にナイフしかないと分かって、自分も短い得物《えもの》に持ち替えたのだ。

ろう。

トシタベは、見ようによっては自分たちと同じ、先住民に似たこの正体の知れぬ男に、畏敬の念を覚えた。

ハヤトの背後で、トシタベの馬がまだ、首を振りながら躍り狂っている。

トシタベは、その馬の左目から血が一筋、流れ出ているのに気づいた。

それを見て、ハヤトがトシタベ自身ではなく、馬の目に吹き針を浴びせて、狂奔させたのだと悟った。

突然、人垣の中から何かが放り投げられ、トシタベの目の前に落ちた。重い音がして、砂が舞い上がる。

それは、大きな刃のついた、トマホークだった。だれかが、武器を投げてくれたのだ。

トシタベは、それを人垣に向かって蹴り返し、手にしたナイフを構え直した。コマンチの誇りにかけても、仲間の武器を借りるわけにはいかない。

ふと、場違いな考えが、頭をよぎる。

ハヤトのように、正々堂々と戦おうとする真の戦士が、他人の連れ合いをものにしようなどと、たくらむだろうか。

トウオムアの言うとおり、ハヤトに一騎討ちを持ちかけたのは、間違いだったかもしれない。

とはいえ、もう戦いは始まってしまった。どちらが生き残るにせよ、決着だけはつけなければならない。

そして、そうである以上は、ハヤトを倒さなければならない。

かりに自分が敗れたところで、ハヤトは部族の他の戦士たちによって、殺されることになる。

どのみち、ハヤトも生きてこのキャンプを出ることは、かなわないのだ。

だとすれば、自分がハヤトに引導を渡してやる方が、まだしもましだろう。

トシタベは、ハヤトのふところに飛び込み、ナイフを横になぎ払った。

ハヤトが、すばやく飛びしざるのに合わせ、とっさにナイフの向きを変えて、左の肩口に叩きつける。

間一髪、ハヤトは左手を上げて、トシタベの右手首をつかみ、ナイフを止めた。

負けじとトシタベは、つかまれたまま右腕に力を込め、ハヤトの首筋にナイフを突き立てようとした。

トシタベの、バファロー狩りで鍛えた筋力は、ハヤトのそれを上回った。

ハヤトが受け身になり、トシタベに押されて膝をつく。トシタベは、ナイフを持つ腕に力を込めて、ハヤトをつぶしにかかった。

さらに、渾身《こんしん》の力を振り絞ってのしかかると、たまらずハヤトは膝を折り曲げて、後ろざまに倒れた。しかし、トシタベの右手首を握った手は離さず、ナイフは首筋に届かなかった。今や両脇の人垣は、ばらばらに崩れていた。戦う二人を輪になって取り囲み、さかんに声援を送ってくる。

それをはずみにして、トシタベはなおも右腕に力を込めた。

そのとき、食いしばったハヤトの歯のあいだから、しゅっという軽い息の漏れる気配がした。

はっとするより早く、トシタベは眉と眉のあいだに鋭い痛みを覚え、思わず軽くのけぞった。

あわてて、ナイフを握る手を引こうとしたが、逆にハヤトは手首を離そうとしない。

トシタベをにらみ、歯のあいだから言う。

「ネクスト、アイ」

トシタベは、ぎくりとした。

白人の言葉で、次は目だ、と言ったのだ。

眉のあいだの鋭い痛みは、ハヤトの吹き針が刺さったからだと、寸時にして悟る。さらに、トシタベは脇腹に別の痛みを感じて、体を硬直させた。

また、ハヤトの口から、言葉が漏れる。

「ユア、アロー。ストップ、オア、ダイ」

トシタベは、脇腹に突き当てられたのが、自分の折れた矢の先だ、と察した。

ハヤトは続けて、戦いをやめなければ死ぬ、と言っているのだ。

トシタベは、必死に考えを巡らした。

もし、ナイフを持つ手に力を込めれば、吹き針で目をつぶされる。それと同時に、脇腹に当たった矢の先がずぶりと、突き入れられるだろう。

もはや、勝ち目はなかった。

どちらにせよ、ここで戦いをやめさえすれば、ハヤトに自分を殺す気はないのだ、とトシタベは悟った。

しかもハヤトは、そのように持ちかけていることを、まわりの者たちに悟られまいと、配慮する様子を見せた。白人の言葉を遣ったのは、そのために違いない。

トシタベは深く息をはき、ナイフを持つ手から力を抜いた。

手首を握った、ハヤトの手からも力が抜けたが、自分から離そうとはしない。

トシタベは、おおげさに右腕を振ってその手をもぎ離し、ハヤトの上から飛びのいた。

ナイフを腰の鞘に収め、わざと誇らしげに言ってのける。

「命だけは、助けてやる」

ハヤトは、仰向けざまに横たわったまま、いかにもほっとしたように、口元を緩めた。

右手に握った矢を、さりげなく体の下に押し込む。

同時に、まわりを囲んでいた戦士たちのあいだに、トシタベを称《たた》える歓声がわいた。

それとともに、ハヤトにとどめを刺さなかったことに対する、不満の声もあちこちから上がる。

トシタベは両手を上げ、まわりの人垣に向かってどなった。

「この男は、おれとよく戦った。おれは、真の勇者を殺したくない」

歓呼とも失望ともつかぬ、大きな喚声《かんせい》があたりを包む。

いずれにせよ、トシタベの体面は曲がりなりにも、保たれたのだった。

＊

トウオムアは、キーマの腹を蹴り続けた。

ハヤトが、キャンプを追い払われてから、すでに三時間近くたっている。追いつけるとしても、明日の昼まではかかるだろう。道を間違えば、見失うかもしれない。

トシタベとハヤトの一騎討ちは、予想外の結果に終わった。トウオムアは、どちらかが死ぬまでは決着がつくまい、と観念していたのだ。

迷ったあげく、前夜トシタベにハヤトの吹き針の、隠しわざを教えてしまった。

その時点で、ハヤトが敗れることを、ほぼ確信していた。ハヤトは、まだ体力が十分に、回復していない。吹き針がきかないとなれば、トシタベに対抗することはできない。

トシタベは、予想どおり得意の弓を、得物に選んだ。

当然、ハヤトもライフルか拳銃を選ぶもの、と予想していた。たとえ、射撃に習熟していないにせよ、カタナでは対抗できるはずがないからだ。

しかしハヤトは、カタナを選んだ。

そのときトウオムアは、ハヤトが吹き針を使うつもりだと、確信した。

相手に知られていなければ、吹き針は不意をつくのにもってこいだ。接近戦になれば、カタナのわざを十分に発揮できる。そう考えての判断だろう。

それを知りながら、トシタベをハヤトと戦わせることは、フェアではない。

またハヤトも、トシタベの妻であるトウオムアが、その隠しわざを夫に教える可能性があることを、十分に承知していたはずだ。

吹き針の秘密を知ったトシタベは、用心して接近戦を避けるに相違あるまい。

一騎討ちが始まったとき、トウオムアは二人の馬が動きだすと同時に、人垣の背後を抜けて南を目指し、通路の中ほどまで走った。

案の定、戦いの火ぶたは、そこで切られた。

トウオムアは、すぐそばでその一部始終を、見届けた。

一騎討ちは、トウオムアの予想を裏切って、意外な結果に終わった。トシタベもハヤトも、互いにわずかな傷を負っただけで、ともに命を失わずにすんだのだ。

かたちの上では、確かにトシタベが勝利を収めた。

しかもハヤトに情けをかけ、あえて殺さずにおいたように、よそおった。

そのときのことを、思い起こす。

実のところ、トシタベがハヤトを地面に押し倒し、首にナイフを突きつけたところで、まわりの者たちは実質的に勝負がついた、と見ただろう。

しかしトウオムアは、そうでないことを見破った。

トシタベは、ハヤトの吹き針のわざを知りながら、あの体勢に持ち込んだのだ。少なくとも、片目を失うことは覚悟していた、とみてよい。

一方、トシタベのナイフを食い止めたハヤトは、吹き針を相手の目に向けてではなく、あえて眉間《みけん》に吹きつけた。

あれは、攻撃をやめなければ目をつぶす、という警告だったのは確かだ。

さらにハヤトは、トシタベの脇腹に折れた矢の先をあてがい、いつでも突き殺せることを知らせた。

そのときトシタベは、負けを悟ったはずだ。

しかし、仲間の戦士たちのてまえ、負けを認めるわけにはいかない。

おそらく、頭の中が空白になると同時に、トシタベはハヤトの考えていることを、読み取ったのだろう。

つまりハヤトもまた、自分自身の勝ちを望んでいるわけではない、ということを。

戦士たちの中には、とどめを刺すのを避けたことで、トシタベに不満を抱く者も、いたに違いない。コマンチは、敵に対する無用の憐れみや慈悲よりも、はっきり白黒をつけることを、好むからだ。

そうした者たちに対しても、トシタベは断固たる姿勢を、見せる必要があった。

そうしたいきさつから、トシタベはまずハヤトをキャンプから、放逐した。

それに続いて、同じくトウオムアをもキャンプから、追い出すことに決めたのだ。

トウオムア自身も、それは覚悟していた。

ただし、自分の命こそ助かったものの、もう一つの命ともいうべき息子、サモナサは手放さざるをえなかった。

サモナサは、トシタベとその母親の手元に置かれ、トウオムアだけが追放された。ただ、愛馬キーマを引き渡してくれたのが、せめてものトシタベの慈悲だった。

その措置に、トウオムアは一言も抗議しなかった。族長の決定は絶対で、苦情を申し立てることはできないし、抗議してくつがえるものでもない。

ただ、トウオムアはトシタベに、言い残すべきことがあった。

自分の実の父親、ジョシュア・ブラックマンが、自分の跡継ぎに据えるために、今後もサモナサを奪いに、ポシー（追跡隊）を送り込んで来る。したがって、決して油断せず、サモナサから目を離してはならない、と。

キーマの息が荒くなった。

すでに、かれこれ一時間以上も、走り続けている。このままではキーマを、乗りつぶしてしまう恐れがある。

休憩することにして、トウオムアはキーマの手綱を、引き絞った。

＊

一連の出来事が、まるで夢のように感じられる。

ときどき背中の上に、大きな岩がいくつも転げ落ちてくるような、いわれのない衝撃を受ける。錯覚だと分かっているが、実際に恐ろしい苦痛を覚えるのだ。

バファローという、巨大な牛の群れが背中の上を駆け抜けた、と聞かされた。

頭の中で、霧が渦巻く。誠、誠。

五稜郭で、新政府軍を相手に激戦を繰り返したのは、いつのことだったか。

あれもまた、夢だったのか。

記憶がはっきりしないうえに、これまでのことを飛びとびにしか、思い出せない。

いつの間にか、自分はアメリカに渡っていた。船に乗って、長旅をしたようだ。なぜアメリカに来たか、思い出せない。

おぼろげに、時枝新一郎《しんいちろう》の妹ゆらが一緒にいた、という記憶がある。

そして、いっとき新選組に籍を置いた、高脇正作もこちらに来ていた。

あの男は、小太刀を遣わせればなかなかの腕だが、酒癖と女癖が悪いのが玉にきずだった。

正作と、どこかで刀を交えたような気がするが、はっきりした記憶がない。

すべてが、まだら模様になっている。

馬の蹄の音が聞こえた。だれかが、追って来るようだ。

「ハヤト。ハヤト」

名前を呼んでいる。

馬を止めて、向きをかえよう。

あれはブラック・ムーン、いや、トウオムアだ。

トウオムアは、トシタベとサモナサのいる、コマンチのキャンプに、残ったのではなかったか。

馬を寄せると、トウオムアは鞍の上に立ち上がり、こちらに飛びついて来た。

支えきれずに、もつれ合って鞍から地面に、転がり落ちる。

転がったまま、トウオムアがこちらの口に、口をぶつけてきた。

14

一八七二年、一月十五日(明治四年十二月六日)、午前八時三十分。

日がのぼるにつれて、サンフランシスコ湾にかかった濃い霧が、少しずつ薄れていく。

外交使節団が乗ったアメリカ号は、湾と太平洋をつなぐ金門(ゴールデン・ゲイト)の瀬戸を目指して、ゆっくりと進んだ。

日の出前から、甲板に群がり始めた団員たちに交じって、時枝新一郎も湾の奥に連なる山やまに、目を向けた。霧がはれるにつれて、真正面に差しのぼる朝日が、しだいに輝きを増す。

ただこちらの霧は、日本のそれと比べてどことなく濃く、重い感じがする。日本では、霧のほかに靄、霞《かすみ》といった呼び名もあり、それぞれ区別されている。アメリカでも、そうした言い分けがあるのだろうか。

ともかく、そのせいか日はのぼっても、頭上に広がる空は日本晴れとはほど遠く、寒さばかりが身にしみた。

二十日間を超える、初めての長い船旅の苦労が報われて、新一郎は体に活力がみなぎるのを覚えた。

近づいてくる、金門の瀬戸に目を凝らす。

幅はおよそ五町ほどか、こちらの単位にすれば三分の一哩《マイル》、といったところだろう。さして広くないうえ、深さもさほどではないらしく、潮の流れがかなり速い。

さすがに感慨を覚えて、新一郎は腕を組んだ。

さまざまな思いが、頭の中を駆け巡る。

明治二年五月の箱館戦争で、土方歳三は側頭部に鉄砲玉を食らい、深手を負った。

新一郎は、喪心《そうしん》したままの土方歳三を、箱館湾に停泊中の米国船、セント・ポール号に運び込んで、アメリカへ密航させる決断をした。もともとは、歳三が新一郎を密航させるつもりで、手筈《てはず》をととのえていた船だった。

当初、船長のジム・ケインは、怪我人を乗せたくないと言って、歳三の乗船を渋った。

新一郎は、前払いしてあった礼金にさらに上乗せして、自分のかわりに歳三を密航させるよう、船長を説得した。もし、新政府軍によって捕らえられれば、歳三は死罪を免れぬと分かっていたからだ。

出港のおり、歳三の世話役、付添役として妹のゆらを、一緒に送り出した。

というより、歳三を運び込んだ船にゆらを置き去りにして、無理やり同行させたのだ。

歳三をただ一人、米国人の手にゆだねるのが不安で、そうせざるをえなかった。

その心中は、船長に託したゆら宛の手紙で、意を尽くしたつもりだ。ゆらがそれを理解したことは、以後の手紙のやりとりで分かっている。船長も、最後には新一郎の意を汲《く》んで、ゆらと歳三のために何かと、便宜《べんぎ》を図ってくれたようだ。

ともかく、そのときからすでに二年半が、過ぎてしまった。

ゆらは歳三とともに、サンフランシスコの下宿屋に腰を落ち着け、おりに触れて便りをよこした。ただ、間隔があきすぎていることもあって、要領を得ないことが多かった。

今のところはっきりしているのは、船中で正気を取りもどした歳三が、それまでの記憶をすっかりなくしていた、ということだけだった。

近藤勇《こんどういさみ》とともに、新選組を結成して副長を務めたことも、五稜郭を本陣に新政府軍と一戦を交えたことも、歳三はいっさい思い出せないらしい。側頭部に負った銃創によって、引き起こされた症状のようだ。

ただ、なぜか読み書きを含む言葉や日常の習慣、判断力や理解力は残っている。それ以外は、自分の名前もひとの名前も忘れ、場所や土地の名称も思い出せず、しばらくは話が通じなかったという。

船医によれば、そうした記憶の喪失はままあることで、時がたてば治る場合が多いらしい。ただしいつ、どういうきっかけで記憶がもどるかは、だれにも分からないそうだ。現に、歳三の記憶がもどったとの知らせは、これまでのところ届いていない。

それに加えて、間なしに歳三とゆらは密入国したことがばれ、アメリカの役人たちに追い回されて、あちこち逃げ惑うはめになったようだ。

そのあげく、一年半ほど前に二人はアメリカ西部の、ネヴァダと呼ばれる地方のどこかで、離ればなれになってしまった。

それ以来、ゆらは歳三と出会っておらず、消息も聞かないという。

万一のときは、最初に寄宿したサンフランシスコの下宿屋、グロリアズ・ロッジを中継ぎの場所にする、と決めてあったとのことだ。

しかし、ゆらが書いてよこした最後の便りには、相変わらず歳三からなんの音沙汰《おとさた》もなく、無事でいるのかどうかも分からない、とあった。

メイスン&ヒル商会を通じて、新一郎がアメリカへ脱出させた高脇正作は、いろいろと紆余曲折《うよきょくせつ》があったものの、今はサンフランシスコの本社で働いている、という。手紙でははっきりしないが、渡米した正作は歳三ともゆらともそりが合わず、なんらかのいざこざがあったと思われる。じかに会って話せば、もう少し詳しい様子が知れるだろう。

ともかく、自分が外交使節団とともに渡米することは、すでにゆらに手紙で知らせてある。ゆらは、新一郎が使節団の団員の一人として、アメリカに渡るものと思っていたようだが、そうでないことも伝えておいた。

今回の外交使節団は、開国以来日本が結んできた欧米諸国との、あまりに不平等な修好通商条約を改正するため、派遣されるものだと聞いている。その沙汰は、つい二月ほど前に、出されたようだ。

それを聞きつけた、メイスン&ヒル商会の日本支社長、ディック・ペイジはただちに、アメリカへ一時帰国することを決めた。

使節団は、特命全権大使の岩倉具視《いわくらともみ》以下、木戸孝允《きどたかよし》ら四名の副使に加えて理事官、書記官などの随行員を含む、五十名前後の団員で構成されている。むろん、身の回りの世話をする従者は、その数にはいっていない。

さらに、四十人を超える公費、私費の留学生が同行するほか、海外留学や海外視察の経験のある者、それに日本語と英語、ないし和蘭《わらん》語を話す通詞《つうじ》も、加わっている。

ペイジは、どういうつてを頼ったかは知らないが、アメリカ領事館の筋に渡りをつけ、自分と新一郎を使節団の船に便乗させることに、成功した。ペイジも新一郎も、ある程度互いの国の言葉が分かるので、船内での通詞添役として売り込んだようだ。

ペイジは、新一郎を単なる社の通詞としてだけではなく、商才もあると認めてくれていたらしい。社長の、ポール・メイスンの了解のもと、アメリカで見聞を広げさせるねらいも、あるとのことだった。

むろん新一郎に、否やはなかった。仕事もさることながら、アメリカに渡れば歳三やゆらに会い、無事を直接確かめることができるのだ。

いつの間にか、甲板は団員の群れでいっぱいになり、あちこちで話に花が咲いていた。

団員は、岩倉大使などごく少数の者を除き、ほとんどが洋装だった。頭も髷《まげ》を落とし、ザンギリにしている。

むろん、新一郎もその一人だったが、外資の商社勤めのおかげで、髪も服も洋風に慣れていたから、まずは見苦しくない格好になったはずだ。

団員の中でも海外留学、海外駐在の経験者が多い書記官たちは、それなりにきちんとした装いだった。

しかし、それより身分が上の理事官たちは、そうした経験のある者が少なかった。

そのため、急ごしらえの洋装が体になじまず、袖《そで》や裾がつんつるてんだったり、逆にぶかぶかだったりと、こっけいないでたちが目立った。

そもそも、洋行の支度をした横浜《よこはま》の店では、日本人の小さな体に合うような、洋服も靴も売っていない。

ことに靴は大きすぎ、詰め物をしてはく者が続出したため、歩き方がぎくしゃくしている。中には、子供用の靴を買い求めた者もおり、そちらの方がまだましなようだった。

そのほかにも、船内での洋食の食べ方が分からぬことから、とまどう者が少なくなかった。

とりわけ、ふだんいばっている理事官たちは、洋行を経験した書記官たちから、嘲笑《ちょうしょう》を浴びるはめになった。

さらに前夜、荷物の中に酒や宝飾品がはいっていると、入国するときに役人に税を取られる、との説明があった。そのため、そうした貴重品を服や体に隠そうと、四苦八苦する者が現れた。

それやこれやで、薩摩《さつま》長州《ちょうしゅう》の出身者を中心とする上級団員と、旧幕臣の多い下級団員のあいだに、何かともめごとが発生しがちだった。

同じ旧幕臣でも、新選組に籍を置いていた新一郎は、前歴がばれると不都合なこともあり、日常の簡単な通弁の仕事を務める以外は、団員たちと距離をおくようにしていた。

さいわい、団員の中に知った顔は一人もおらず、船旅は何ごともなく終わった。

思いもしなかったのは、一緒に乗船した海外留学生の中に、女が五人交じっていたことだ。女といっても、十代半ばの年長組が二人に、まだ子供のような女子が三人、という顔触れだった。

聞くところによると、北海道開拓使の次官黒田清隆《くろだきよたか》が前年、道開拓の事業を推進する参考にしようと、アメリカで進む西部開拓の実情を、視察したという。

そのおりに分かったのは、アメリカでは女が男に伍して、種々の仕事をこなしていることだった。

それを見て、これからは女子にも教育が必要だ、と痛感した。そのため黒田は、使節団派遣が決まるとともに、広く女子留学生を募集した。

全費用を、国が負担するという条件だったが、留学期間が十年と長いこともあり、最初は一人も応募者がなかった、という。

二度目の募集で、ようやく集まったのがその五人だ、とのことだった。

そろって、稚児髷《ちごまげ》に振袖といういでたちだったが、いずれも初めての外国旅行に、緊張の色を隠せなかった。

女たちは五人とも、旧幕臣の家柄の出だという。元薩摩藩士ながら、箱館戦争のおりに榎本武揚《えのもとたけあき》の助命を嘆願した、黒田らしい取り計らいだった。

ことに、賊軍の一番手だった会津松平《あいづまつだいら》家から、家老職の山川《やまかわ》家の娘捨松《すてまつ》を選んだのは、なかなかの見識だと思う。

とはいえその黒田も、新一郎が箱館で敵対した元新選組隊士と知れば、アメリカ号への乗船に横槍を入れたかもしれぬ。

それを考えると、新一郎は微苦笑を禁じえなかった。

長い待機時間をへて、アメリカ号は金門の瀬戸を抜け、サンフランシスコの湾内にはいった。

すると、突然どこからか大砲を撃つ音が聞こえ、一瞬船上が静まった。

砲声は、それから断続的に二発、三発と続き、十数発に及んだ。どうやらそれは、日本の外交使節団の到着を歓迎する、祝砲のようだった。

使節団の上陸は、午前十時ごろから順次、行なわれた。

随行の者たちから始まり、しだいに身分の高い者たちに移って、留学生やそれ以外の同乗者は、最後に回された。

ペイジとともに、新一郎は最後尾の一団に交じって、桟橋《さんばし》を渡った。

上陸に当たって、パスポートと称する旅行印章の照合があり、さらに手荷物改めが行なわれた。

そこにいたって、それまではわりと調子よく進んでいたのに、にわかに人の列がとどこおり始めた。

役人が、改め台に何人も横長に並んで、一人ずつ手荷物を調べる。そのため、それぞれの役人の前に、長い行列ができた。

すると、ペイジはすばやく人込みを抜けて、台の端に行った。

そこで、見張りをしていた制服の男に声をかけ、小さな包みを手渡す。そうしながら、背後の新一郎を親指で示して、自分の連れだというように、うなずいてみせた。

すると男は、すばやく紙包みを隠しにしまい、親指で先へ進めという合図をした。

ペイジは、新一郎にさりげなく顎をしゃくり、台を離れてさっさと歩きだした。どうやら係の役人に、袖の下をつかませたようだ。

新一郎は、笑いを嚙み殺した。アメリカの役人も、日本と変わりがないようだ。

待合室は、人込みでごった返していた。

その中で、隅の方に高だかと掲げられた横断幕を、ペイジが目ざとく見つけた。

幕には、つぎのように書いてあった。

〈Mason & Hill Trading Co./Welcome Back, Mr.Richard Page〉

リチャードは、ディックの正式名だ。

ペイジが、人込みを掻き分けながら、横断幕の方へ歩きだす。

新一郎も、ペイジの上着の裾をつかむようにして、そのあとに続いた。

真っ先に目にはいったのは、横断幕の下に立つ人びとに交じって手を振る、ゆらの姿だった。襞《ひだ》のついた長い袴《はかま》のような、洋式の服を身につけている。一瞬、見間違いかと思ったが、そうではなかった。

ゆらは、新一郎を見つけるなり袴の脇を持ち上げ、駆け寄って来た。

兄上、と呼びながら両手を広げて、首にかじりつく。

新一郎は驚き、たじたじとなって鞄《かばん》を床に落とした。

「おい、おい。はしたないぞ、ゆら。人前で、ばかなまねをするでない」

ささやきながら、それとなくあたりの様子をうかがうと、あちらでもこちらでも男女が抱き合い、口など吸い合っているのが目にはいる。

横浜ではときどき見かける、キッスというやつだ。

ゆらが上体を離し、新一郎を見上げる。

「気にすることはありませんよ、兄上。こちらでは、遠慮しなくてよいのです」

「しかし」

言いかけて、新一郎はゆらの背後を見た。

洋服を着た高脇正作が、なんとなくばつの悪そうな顔をして、山高帽を上げてみせる。

新一郎はゆらを押しのけ、正作が近づくのを待った。

正作は、片足を引きずるような歩き方で、そばにやって来た。

右手を差し出して言う。

「ご無沙汰しています。船旅はいかがでしたか」

新一郎は、いくらか面映《おもは》ゆい思いをしながら、その手を握り返した。握手は初めてではないが、日本人同士ではめったにしたことがない。

「いささか、くたびれた。おぬしこそ、元気そうで何よりだ」

正作が、困ったような笑みを浮かべる。

「まあ、なんとかやっております」

新一郎はすぐにも、ゆらに土方歳三のことを聞きたかったが、正作がいるのでやめた。

正作をアメリカへ送り出すとき、ゆらと一緒にいる男が歳三だということを、伏せておいたのだ。

そのために歳三とのあいだが、ぎくしゃくしたのかもしれぬ。まして、歳三が日本での記憶を失っているとすれば、話が嚙み合うとも思われなかった。

それやこれやで、のっけから歳三の消息を尋ねるのは、さすがにはばかられた。

ペイジは、迎えに来た本社の重役らしい男たち、そして妻や家族と思われる人びとと、握手したり抱き合ったりして、再会を祝していた。

それから、新一郎を自分たちのそばに呼び寄せて、互いに引き合わせる。

いちいち握手しなければならず、新一郎は少々わずらわしい思いをしたが、こちらの習わしだとすれば、従わざるをえない。

一段落すると、ゆらが新一郎にささやいた。

「今日のこれからの段取りは、どうなっておりますか」

「昼は、ペイジたちと一緒にランチとやら、つまり昼餉《ひるげ》をとることになっている。夜は別に、何もない」

「それでは、夜はわたくしが働いている〈ピンキー〉で、ウェルカム・レセプション（歓迎会）を開きましょう」

15

その夜、レストラン〈ピンキー〉は、貸し切りになった。

ピンキーは厨房《ちゅうぼう》にこもり、腕によりをかけて料理に取り組んだ。

父親のエイブラム、弟のチャーリーに手伝わせて、何種類もの料理の下ごしらえを、てきぱきとこなしていく。その姿は、すでに長年修業をしてきた、シェフのようだった。

それを横目で見ながら、時枝ゆらも忙しく包丁を使った。

船の中では、洋食ばかりだったと聞かされて、兄新一郎のために日本料理を支度する、と決めたのだ。

一月のサンフランシスコは、同じ時期の箱館よりも寒かった。

市内では、まだ雪の降りそうな気配がないが、東側に横たわるシエラ・ネヴァダの山地では、すでにかなり降り積もっている、という話だ。

この時期、日の出は午前七時半を回ってからと、かなり遅い。日の入りもまた、午後五時半ごろで、いくらか遅めだ。

歓迎会の時間は、午後六時の約束だった。新一郎は、高脇正作が連れて来る手筈になっており、迷うことはあるまい。

実のところ、ゆらは久しぶりに再会した新一郎と二人、兄妹水入らずでゆっくりと話をしたかった。

ゆらにすれば、いわくのある正作が同じ席にいるのは、少なからず気が重い。

とはいえ、新一郎にとって正作は、ともに新政府軍と戦った、旧幕軍の同志だ。しかも今や、同じメイスン&ヒル商会に籍を置く、同僚でもある。

それを考えると、正作をむげにしりぞけるわけには、いかなかった。

この歓迎会には、ほかに下宿屋の女主人グロリア・テンプルと、料理人兼雑用係のバーバラ・ロウも、来てくれることになっている。

またピンキーの両親も、隣の精肉店の仕事を早じまいして、顔を出してくれるという。

準備を進めながら、ゆらはいろいろなことを考えていた。

日本の外交使節団は、上陸したあと用意された馬車に乗り、モンゴメリー通りのグランド・ホテルに、投宿したはずだ。

このホテルは、ゆらにパスポートを発給してくれた、例の日本領事ブルックスが宿泊先として、手配したものらしい。

メイスン&ヒル商会の日本支社長、ディック・ペイジはサンフランシスコに家があり、そこへもどることになっている。新一郎には宿泊先として、外交団と同じグランド・ホテルに、宿を取ってくれたそうだ。

商会が催すランチとやらも、そのホテルの一室で行なわれる。ランチのあと、ペイジが日本支社の仕事の首尾について、重役たちに沙汰を上げるという。

それが終わってから、正作が新一郎を店へ連れて来る段取りだろう。

ゆらは、ピンキーと一緒にグランド・ホテルを、何度かのぞきに行ったことがある。

日本では目にしたこともない、五層建てのとてつもない大きさの、石造りのホテルだった。

建物は、通りを挟んで二つ向かい合わせに建ち、空中に専用の通路が架け渡してある。日本でいえば、高い場所に取りつけられた渡り廊下、といったところだ。

第一層の、ロビーと呼ばれる大広間の床は、磨き上げられた大理石でできている。

ところどころ、込み入った模様の厚い敷物が敷かれた、とてつもなく広い部屋だった。日本でこれに比肩するのは、一度も目にしたことはないものの、江戸城の大広間くらいだろう、と思った。

さらに驚いたのは、エレベーターと呼ばれる、上下に移動する小部屋だ。

その、納戸のような狭い部屋にはいると、階段をのぼらずに上の階に行ける、珍しい仕掛けになっている、という。あいにく、乗ることはできなかったが、確かにそういう仕掛けなら、五層建ての高い建物でも苦にはなるまい。

そのほか、第一層にはさまざまな商《あきな》い店《だな》があり、泊まり客や訪問客でいつも込み合っている。いってみれば、日本の市場のようなにぎわいだが、訪れる人びとはすべて身なりがよく、アリゾナやネヴァダで目にしたような、品の悪い客は見当たらなかった。

ゆらも、今ではすっかりそうした光景を、見慣れてしまった。したがって、もはや最初のときほどの驚きは、感じなくなっている。

ただ、そうしたものを目にするたびに、二年半ほど前に密出国した日本が、その後どのように変わったかを、知りたかった。おそらく江戸も、東京と呼び名が変わった程度のことで、このような文明の進歩を遂げている、とは思えない。

新一郎にしても、港に出迎えたときの振る舞いからして、二年半前とあまり変わらないようにみえる。

確かに、新一郎も髪形や装いが洋風になじみ、見慣れぬ口ひげまで生やしていた。

しかし、ゆらに抱きつかれたときの、あのどぎまぎした狼狽《ろうばい》ぶりは、おかしいほどだった。

あれはゆらが仕掛けた、いわば瀬踏みのようなものだったが、新一郎にとまどいを覚えさせただけに、終わってしまったようだ。

また、自分が身に着けて行った、ごくありふれたドレスに対しても、新一郎が軽く眉をひそめたのを、ゆらは見逃さなかった。

アメリカの商社の、日本支社で働き始めたとはいいながら、新一郎はいまだに旧来の封建的な見方、考え方から脱しきれずにいる、との印象が強かった。

そのあいだにも、歓迎会の準備は着々と進んだ。

市内は、日本の外交使節団が無事に到着したことで、大いに盛り上がっていた。歓迎の幕や看板を掲げて、通りを練り歩く人びとの姿も見られ、音楽や歌声が流れ込んでくる。

その中で、当地に在留する日本人の数が、思ったより多いと分かったことも、驚きの一つだった。

本来なら、〈ピンキー〉もそうした浮かれ騒ぎに乗り、商売っ気を出してもいいところだ。しかし、ピンキーはそんなことをおくびにも出さず、ゆらの兄の歓迎会に店を使うように、自分から言い出したのだった。

新一郎のために、ピンキーが迷わず店を貸し切りにしてくれたことで、ゆらはいささかならず心苦しいものがあった。

店は、調理場を広く取ったせいで客席が少なく、四人掛けの食卓が五つあるだけだ。ピンキーはこの日のために、それを全部中央に寄せて大きな席をこしらえ、そのまわりに全員がすわれるように、配置を決めた。

ちなみに店の二階には、以前賭博場だったころに使われた、小さな個室が二つあった。一部屋は、ピンキーが寝泊まりする寝室。もう一部屋は、居間になっている。

なんでも、以前は女が客の相手をする部屋として、使われていたらしい。それをピンキーが、ちゃんとした部屋に改装したのだ。

居間の方はふだん、ゆらを給仕頭とする配膳の女たちが、一息入れたりくつろいだりするのに、使われている。

午後五時半になると、グロリア・テンプルとピンキーの母親マーナが、前後して姿を現した。バーバラ・ロウは、下宿人の食事の支度をすませたあと、みずから焼いたパイを持って、駆けつけるという。

マーナは、その朝届いたばかりという極上の牛肉を、塊のまま持って来た。

新一郎と正作が到着したのは、定刻の六時の二分前だった。

ただちに、調理場からでき上がった料理が運ばれ、歓迎会が始まった。

最初にゆらが立ち、新一郎の経歴を差し支えのない程度に、説明する。

ついで、新一郎自身が立ち上がり、簡単に自分の紹介をした。三年ほどのあいだに、新一郎の英語はゆらに負けないほど、流暢《りゅうちょう》になっていた。

そのあと、出席者全員が一人ひとり立って、それぞれ挨拶をする。

途中から、ひととおり調理を終えたピンキーも、座に加わった。

ピンキーは新一郎に、セント・ポール号でのゆらとの出会いから、その後のさまざまな逃避行、追跡、戦いなどのあらましを手際よく、おもしろおかしく語って聞かせた。

歳三のことも、ハヤトの名でいくらか触れはしたものの、正作との果たし合いについては、何も言わなかった。

口止めしたわけでもないのに、ピンキーがその件を伏せてくれたのは、ゆらにはありがたいことだった。その件は、いずれおりを見て自分の口から、新一郎に告げるつもりでいた。

一段落すると、ピンキーが配膳の女たちにも声をかけ、座に加わるように言った。

二人のうち一人は黒人で、もう一人はメキシコ人だった。二人ともよく働き、性格も陽気なので、客にも人気がある。

そのうえ、どちらも歌がうまい。

楽器はなかったが、二人は交替でそれぞれ黒人の歌と、メキシコの民謡を披露して、喝《かっ》采《さい》を浴びた。

バーバラは、パイを焼くのに時間がかかるのか、なかなかやって来なかった。

そのあいだに、新一郎が二階にある手洗いに立ち、いなくなった。

しばらくすると、ピンキーがゆらのそばに来て、耳元でささやいた。

「シニチローが、話があると言ってるよ。二階の居間で、あんたを待ってる」

いつの間に、そんな段取りをつけたのだろう。

見回すと、だれもがまだあきる様子もなく、おしゃべりの最中だった。

正作も、最近では珍しくよく飲んだとみえ、ピンキーの父親エイブラムと、楽しげに話し込んでいる。

ゆらは席を立ち、階段を上がって二階の奥の居間に行った。

日本風にいえば、六畳ほどの広さしかないが、質素ながら居心地のいい部屋だ。

敷物が敷かれた、部屋の中ほどに低いテーブルがあり、二つ並んだ安楽椅子の一つに、新一郎がすわっていた。

ゆらは新一郎と向き合い、布張りの長椅子に腰をおろした。

テーブルには、新一郎が持参した三合入りの徳利《とっくり》と、塗り物の杯《さかずき》が二つ置いてあった。

「どうぞ、兄上」

ゆらは、新一郎の前に置かれた杯の一つに、徳利の酒をついだ。

「おまえも、ひとつどうだ」

新一郎に勧められて、ゆらも自分の杯を満たす。

二人は杯を上げ、かしこまって乾杯した。

新一郎は酒が強く、いくら飲んでも様子が変わらないし、顔色にも出ない。

「長い船旅で、さぞお疲れでございましょう。きょうは、ほどほどになさった方が、ようございますよ」

「日本の酒なら、案ずることはない。昼間飲んだ、バルボンとかいうこちらの酒は、強いだけでうまくなかった」

ゆらは、含み笑いをした。

「それより、アメリカの土を踏まれて、どんなことをお感じになりましたか。グランド・

ホテルの威容には、驚かれたのではございませんか」

「驚いたことは驚いたが、さほどでもなかった。日本の支社には、一月足《ひとつき》らずの遅れで、こちらのニュースペーパーが、送られてくる。それを読んでいたゆえ、だいたいのことは、思惑がついていた。むろん、見ると聞くとは大違いで、驚いたことは驚いた。ことに、あのエレベーターというしろものには、度肝を抜かれたわ」

「あれには、わたくしも驚きました。日本にはまだ、はいっておりませぬか」

「おらぬ。まずは、あれほどの建物を建てるのが、先だろう」

ゆらは酒を飲み干し、杯を伏せて置いた。

「ところで、日本は箱館戦争の終わったあと、どう変わったのでございますか」

「どこがどう変わったのか、おれにもよく分からぬ。新政府は、おおむね薩長の田舎侍《いなかざむらい》に、牛耳られておる。旧幕派で、新政府に登用された者もいるが、恭順の意を示した木っ端役人ばかりよ。榎本（武揚）も大鳥《おおとり》（圭介《けいすけ》）も、今は獄中だ。しかし、いずれは新政府のしかるべき役職に、取り立てられるだろう。おれたち、下っ端の賊軍の兵は、野《や》にくだるしかないのだ」

自嘲めいた口調だ。

「さりながら、兄上や高脇さまはお縄にもならず、たとえアメリカからとはいえ、扶持《ふち》をいただいておられます。それを思えば、恵まれた方でございましょう」

ゆらが言うと、新一郎はぐいと唇を引き締めて、杯を干した。

「その高脇正作のことで、いささか話がある」

あらたまった口調に、ゆらは少し身構えた。

「どのようなお話でございますか」

「土方さんや、おまえとの行き違いについては、先刻正作から聞かされた。正作が、片足を引きずるようになったのは、土方さんと斬り合って崖から落ちたせいだ、というではないか」

ゆらは驚いて、顎を引いた。

「高脇さまが、そのようなことを、お話しされたのでございますか」

「そうだ。それだけではない。おまえに言い寄って、手厳しくはねつけられた、という話もな」

ますます驚き、言葉が出てこない。

それがまこととすれば、なんとなく先手を打たれたようで、いやな感じがした。

新一郎は続けた。

「おまえが、ひそかに土方さんのことを慕っているのは、おれもよく承知している」

前触れなしに指摘され、さすがに頬が熱くなる。

「そ、そのような」

言いかけるゆらを、新一郎は手で制した。

「隠さずともよい。兄と妹の仲だ。箱館にいるころから、とうに気づいていた」

ゆらは言葉を失い、唇の裏を嚙み締めた。

確かに、血を分けた兄に分からぬはずがない、と納得する。

「兄上が、わたくしを歳三さんに同行させたのも、それが理由でございますか」

新一郎は目を伏せ、耳の後ろを掻いた。

「まあ、そうなっても差し支えはない、と思ったのは確かだ」

心が千々にみだれて、ゆらは口をつぐんだ。

新一郎が続ける。

「ただ、土方さんは自分の出自をいまだに、思い出せぬそうではないか。しかも、今またいずれとも知れぬ、白人の女と姿を消したまま、行方が知れぬと聞いた。それは、まことのことか」

ゆらは、膝の上でドレスの襞をぎゅっと握り、声を絞り出した。

「まことでございます。高脇さまとの果たし合いで、崖から落ちたあげく川を流されたまま、いっこうに行方が知れませぬ。もはや、一年半ほどにも、なりましょうか」

胸が詰まって、口を閉じる。

新一郎もしばらく、黙ったままでいた。階下からは、相変わらずにぎやかな話し声が、聞こえてくる。

やがて、新一郎が言った。

「おまえ、正作のことを、どう思っているのだ」

予期せぬ問いに、ゆらは顎を引いた。

「どうと言われましても、なんともお答えいたしかねます。どうとも思っていない、としか申し上げられませぬ」

少し間があく。

「正作も、これまでの愚かな振る舞いを、深く悔いているようだ。土方さんに、無益な果たし合いを挑んだことも、おまえに理不尽な申しかけをしたことも、間違いであったと認めている。ついてはおまえに、聞きたいことがあるのだ。ありていに、正直に、答えてもらいたい」

それを聞いて、ゆらは新一郎を見た。

「何を、お聞きになりたい、と」

新一郎が息を吸って、おもむろに言う。

「正作が、おまえをぜひにも嫁にほしい、と所望《しょもう》している。おまえの、正直な答えを聞きたい」

ゆらは絶句し、混乱したまま新一郎を、見返した。

答えもあえず、口を半開きにしたまま、頭を整理しようとする。

そのとき。

ドアを、あわただしく叩く音がして、ゆらははっと背筋を伸ばした。

新一郎が怒ったように、ドアに向かって言う。

「カモン・ニン（どうぞ）」

ドアがあいて、太った黒人の女が、はいって来た。

バーバラだった。

われに返ったゆらは、わざとらしく明るい声で、呼びかけた。

「あら、バーバラ。ずいぶん、遅かったじゃないの」

髪を、白いスカーフで包んだバーバラは、手にした紙切れを差し出した。

「ユラさんに、電報が届きました」

それを聞くなり、ゆらは長椅子から跳び立って、バーバラのそばに行った。

近ごろ、グロリアズ・ロッジの通りの真向かいに、新たに電信局ができた。そのため電報が、すぐ手元に届くようになったのだ。

ゆらは、バーバラの手から電報用紙を取り、急いで広げた。

〈CAN'T COME BACK SF FOR THE TIME BEING. HAYATO〉

当分ＳＦにはもどれず。隼人

顔から血の気が引く。

ゆらは、電報を手にしたまま、その場に立ちすくんだ。

一年半も音沙汰がなかったあげく、久しぶりの電報がこの文言とは。

にわかに目の前が暗くなり、ゆらは長椅子の背につかまった。

16

一八七二年二月一日、カンザス州、アビリーン。

クリント・ボナーが、ネヴァダ州のビーティにユラ、ピンキーを残して町を出たのは、一昨年の七月下旬のことだった。

それからすでに、一年半が過ぎている。

そのあいだ、ボナーは手配書の回ったお尋ね者を捜し出し、捕らえる賞金稼ぎの仕事を続けてきた。

それは、有色人種排斥を旗印に掲げて、無差別の襲撃や略奪を繰り返す、ＱＱＱの活動に嫌気が差し、転身を図って始めた稼業だった。

どうやら、ＱＱＱとは逆に悪党をつかまえて、まっとうに報酬をもらう仕事の方が、向いていたらしい。

キャリアからして、正規の法執行官になることはできないが、やっていることはほぼ同じだ。危険を伴うのは確かだが、それなりにやりがいのある仕事だし、稼ぎもまずまずといえる。世の中に悪党が存在するかぎり、食いっぱぐれのない職業でもある。それまで、ＱＱＱでやってきたことへの、罪滅ぼしになるような気もするので、思ったより長続きしている。

ボナーは、大通りに面した女郎屋兼業のサルーン、〈ブル・ヘッド〉から漏れてくる乱闘の気配に、耳をすました。

どなり声に、わめき声。

グラスや鏡の、砕け散る音。

椅子やテーブルが、壊れる音。

はでな喧嘩《けんか》の様子に、覚えず苦笑を漏らす。こうした町では、日常茶飯事なのだろう。

ひとしきり騒ぎが続いたあと、どうやら決着がついたとみえて、店内の騒ぎが徐々に収まった。

ほどなくスイングドアが、叩きつけられるように開く。

数人の男たちが、どやどやと板張り歩道に、出て来た。

足元があやしいのは、殴り合いのせいというより、酒を飲みすぎたためだろう。いずれも、カウボーイかガンマンらしい、拳銃で武装した連中だ。

男たちは、通りの中ほどまでよろめき出ると、その場で互いの体を突《つつ》いたりしながら、テキサス訛《なま》りでおしゃべりを始めた。どのみち、喧嘩の自慢話に違いない。

中に一人、六フィート四インチほどもある大男が、交じっている。

目当ての、ジェリー・バウマンだった。

バウマンは、テキサスの州都オースティンから、手配書が回っているお尋ね者だ。罪名は銀行強盗と殺人で、捕らえるか仕留めるかすれば、五百ドルの賞金が出る。いわゆる、Dead or Alive（生死にかかわらず）というやつだ。

手配書によると、バウマンは一年前にオースティンで銀行を襲い、二人を射殺して三千ドル余りを奪った、という。

写真つきの手配書で、ボナーはバウマンを同じカンザス州の、西へ六十マイルほど離れた、エルズワースの町で見つけた。それから、ひそかにここアビリーンまで、追って来たのだ。

バウマンは、行をともにする四人組のうちの、一人だった。いつも、徒党を組んで動いているため、これまで手を出せずにいた。

連中は、スペイン語でロス・ピカロス（悪党ども）と自称する、何かと騒ぎを起こしたがる男たちだ。

銀行を襲ったあと、バウマンはおそらく奪った金をちらつかせて、カウボーイ崩れの三人組を手なずけ、頭目格に収まったと思われる。

ロス・ピカロスが、この日までに何度か銀行や列車、駅馬車等を襲うなど、悪事を重ねてきたことは間違いない。

とはいえ、手配書は一人しか出ていないので、当面バウマンだけを捕らえれば、目的は達せられる。

バウマンは、大柄なわりに動きが敏捷《びんしょう》で、しかも拳銃の扱いにたけている。生かしたまま捕らえるのは、かなりむずかしい相手だ。

実のところ、撃ち合いに持ち込んで仕留めた方が、手っ取り早い。撃ち合いなら、ボナーの方が場かずを踏んでいる。

とはいえ、仕留めたあと重い死体を、遠くテキサスのオースティンまで、腐らせずに運ぶ仕事は、かなりきついものがある。

それを避けるためには、いろいろと手配が必要だ。

まずは、町の法執行官に事情を説明し、オースティンに電報を打たせて、バウマンが賞金つきのお尋ね者だ、ということを確認してもらう。

さらに、できることならオースティンに、為替《かわせ》でアビリーンへ賞金を送るように、要請する。

それがうまくいけば、苦労して死体をテキサスまで運ばなくても、すむことになる。そのときは、保安官にそれなりの手数料を払うつもりだし、バウマンの葬式代くらいは、出してやってもよい。

アビリーンは、テキサスから運ばれて来た牛の群れを、汽車に乗せて西海岸や東海岸へ送り出す、重要な中継地点の一つだ。

同時に、苛酷《かこく》な長旅を終えたカウボーイたちにとっては、ようやく羽を伸ばすことのできる、天国のような町でもある。

その天国の入り口に当たるのが、今までロス・ピカロスが暴れていた、目の前のサルーン〈ブル・ヘッド〉だった。

軒の上に掲げられた、牛の一物《いちもつ》をかたどった下品な看板が、物議をかもしたとの噂も、耳にしたことがある。それだけで、この店の品位が知れようというものだ。

日没が近づきつつあり、大通りはしだいに薄暗くなってきた。もう少しすると、近ごろ設置されたらしいガス灯がついて、また明るさがもどるだろう。

先刻の、店の中での喧嘩は格闘ばかりで、銃声は一つも聞こえなかった。

おそらく、それには理由がある。

今この時点で、アビリーンの市保安官を務めているのは、ジェームス・バトラー・ヒコックのはずだ。昨年四月に就任した、と聞いている。

ヒコックは、〈ワイルド・ビル〉の異名で広く知られる、名うてのガンファイターだ。三十代半ばの、独り者だという。

ボナーはヒコックを、新聞の写真でしか見たことがない。

かなりの長身で、ハンサムな男だった。髪を、肩のあたりまで長く伸ばし、口ひげを生やしていた。

その写真のヒコックは、軽いケープのようなものを羽織った、しゃれた姿だった。腰にサテンらしき、粋なサッシュを巻いていた。

そのサッシュの左右に、二丁の回転拳銃が銃把《じゅうは》を前向きに、ぶっ違いに差してあった。ホルスターがついた、ふつうのガンベルトを、していない。めったに見ない、独特のいでたちだ。

あの格好だと、左腰に差した拳銃を右手で引き抜き、右腰の拳銃を左手で引き抜くことになる。いざというときには、体の前で左右の腕を交差させ、同時に拳銃を抜かなければなるまい。

あるいは手首を返して、同じ側の拳銃を抜くことも考えられるが、どちらが早いかは微妙なところだ。

どちらにしても、その場合銃口上部に突き出た照準が、サッシュに引っかかる恐れがある。写真では、はっきり分からなかったが、その拳銃は邪魔になる照準を、削り落としてあるかもしれなかった。

ボナーは、もともと二丁拳銃を使わないが、使うとしてもヒコックのような、変わった持ち方をするつもりはない。一丁は、ガンベルトのホルスターに入れ、もう一丁はズボンのベルトの腰に、はさんでおくだろう。

ちなみに、だれかと撃ち合いになった場合、必要なのは早く抜くことではない。あくまでも、正確に撃つことだ。それが生き延びるこつ、といってよい。いかに早く抜き、いかに早く撃ったところで、命中しなければ意味がない。

カタナによる、ショウサクとハヤトの決闘のように、相手がすぐ目の前にいるときは、早く抜くことが勝敗を決めるかもしれない。

しかし、カタナも早く抜いた者が勝つ、とは限らないようだ。ハヤトは正作を相手に、それを実証してみせた。

どちらにせよ、カタナと拳銃で勝負をする場合は、フェアな戦いにならない。相手との間隔が、十フィート以上も離れてしまうと、カタナは圧倒的に不利だ。対等な戦いにするためには、五フィート以内で立ち合う必要がある。

しかし、そのような戦いにどんな意味があるのか、ボナーには分からなかった。

ともかく、拳銃にせよカタナにせよ、抜きやすい持ち方、構え方は人によって、それぞれのやり方がある。他人が文句をつける筋合いはない。

ヒコックは基本的に、長いキャトル・ドライブ(家畜を追い立てて運ぶ旅)を終えたカウボーイたちの、息抜きのための大騒ぎに関するかぎり、見て見ぬふりをするといわれている。

ただしそれは、拳銃を使わないかぎりにおいて、という条件がつくらしい。

カウボーイであれ町民であれ、正当な理由なく一発でも町なかで銃を撃てば、ヒコックは容赦なく発砲者を牢《ろう》にぶち込む、という。

法の執行、あるいは正当防衛、緊急避難等の場合は、まだ許される。

しかし、争いごとや祝いごと、景気づけのための発砲などは、認められない。酔ったあげく、喧嘩になって発砲するなどは、もってのほかとされる。

保安官になって以来、ヒコックはそれを厳密に守ってきたようだ。

最初のうちは、掟を破って牢にぶち込まれる者が、続出したらしい。しかし、三日間も拘留されるうえに、百ドルの罰金が科せられると分かると、さすがにみんな自粛するようになった。

今では、週に一度でも発砲事件が起これば、話題になるくらいだという。

さらに、喧嘩や乱闘でサルーン、理髪店、その他商店の商品や調度品、グラス、鏡などを壊した者は、即刻現金で弁済すべしとの触れ書きも、貼り出された。

そうした措置から、これまで荒くれ者の町だったアビリーンも、このところ平穏無事に推移しつつある、といわれているのだった。

おそらく、ロス・ピカロスの連中もそれを承知しており、少なくとも拳銃は撃つまい、と決めたのだろう。なにしろ相手は、ワイルド・ビル・ヒコックなのだ。

ボナーは、板張り歩道の柱にもたれて、通りの中ほどでおだを上げる連中を、注意深く見守った。

賞金を受け取るには、少なくとも自分の手でバウマンを、捕らえなければならない。まず騒ぎを起こさせ、できればヒコックが駆けつける前に、バウマンを押さえることが、肝要だ。

そのとき、またサルーンのスイングドアが開き、エプロンをした禿げ頭のバーテンが、足ばやに出て来た。

通りへおり、バウマンの前に回ると、手にした紙切れをぐい、と突きつける。

「壊れた椅子とテーブル、割れたグラスとカウンターの後ろの大鏡、締めて七十八ドル五十セント。すぐに現金で、払ってもらいましょう」

その要求を聞きつけて、たちまち人だかりができ始めた。

バウマンが、バーテンを見下ろして言う。

「ほう。あれだけぶっ壊したわりには、安いじゃねえか」

「それはつまり、あんたたちとやり合った五人と、折半になってるんでね」

バウマンは、つくづくとバーテンを見返し、軽く肩を揺すった。

いつの間に抜いたのか、その手に拳銃が握られている。

人だかりがざわめき、だれもがあとずさりを始めたので、逆に輪が広がった。

「あの喧嘩は、おれたちが勝ったんだ。負けた五人から、全額取るがいいぜ」

バウマンが応じると、ほかの仲間たちもそうだそうだ、と声を上げる。

バーテンは、辛抱強く言った。

「いや。喧嘩両成敗で、折半が決まりなんですよ。この町ではね」

バウマンは、拳銃をくるりと回して、バーテンの鼻先に突きつけた。

バーテンの体が、棒を飲んだようにこわばる。

ボナーは、柱の陰に身を寄せた。

そっと、拳銃の撃鉄に掛けた革紐をはずし、いつでも抜けるようにする。

もしバウマンが発砲すれば、すかさずその背を撃つのだ。

当然、それは緊急避難と見なされるから、ヒコックも発砲したボナーを、罪には問えないだろう。

たとえ当たりどころが悪く、バウマンが死んだとしても、ボナーには賞金を要求する、正当な権利が生じる。

バーテンが、震え声で言った。

「あんた、知ってるのか。この町の保安官は、人も知るワイルド・ビル・ヒコックだぞ。一発でも発砲したら、あんたは牢屋入りだ。もし、だれかを撃ったりすれば、監獄行きになる。相手が死んだら、縛り首は間違いない。あんたに、その覚悟があれば、別だがね」

バウマンは、ちょっとたじろいだ様子を見せたが、仲間たちの手前もあってか、すぐに胸を張った。

「ワイルド・ビルが怖くて、アビリーンの町に来られるか。ここで、ダンスでも踊りやがれ」

バウマンは悪態をつき、いきなり銃口を地面に向けて、発砲した。

バーテンの足元で、土煙が舞い上がる。

バーテンは悲鳴を上げ、紙切れをほうり出した。頭を抱えるようにして、サルーンに逃げもどる。

バウマンと、その仲間が体を揺すりながら、大声で笑いだした。

人だかりのできた通りに、不安と期待の入り交じったような、ざわめきが走った。

果たして、そこから三十ヤードほど離れた、保安官事務所のドアが開いて、通りへ光が流れ出した。

その光を背にして、黒い帽子をかぶった長身の男が、戸口に姿を現す。

時をおかず、男は板張り歩道をゆっくりと、歩きだした。

黒いケープを羽織り、胴に白いサッシュを巻いたその姿は、ヒコックに違いなかった。

サルーンの斜め向かいに近づくと、ヒコックはおもむろに通りにおり立った。

ボナーは、柱の後ろに身を隠したまま、右手を銃把に近づけた。

よもや、バウマンがヒコックに撃ち合いを挑む、とは考えられない。いくら酒がはいっていても、そんな自殺行為に出るほど、愚かではあるまい。

ヒコックと、バウマンが向き合う線上の人だかりが、さっと割れて空間ができる。ボナーも、ほぼその線上にいたので、目の前から人がいなくなった。

体の向きを変え、流れ弾が当たらないようにして、柱の陰からのぞき見る。

ボナーのいる場所からは、バウマンが斜めに背を向けて左側に立ち、そこへヒコックが右前方から近づく、という位置関係になった。

バウマンは、手にした拳銃の銃口を下げたまま、ヒコックが近づくのを見ている。

ヒコックは、サッシュの左右に拳銃を二丁差していたが、両腕はまっすぐに垂らしたままだ。

足を止め、静かな声で言う。

「たった今、発砲したのは、おまえか」

サッシュと同じくらい、滑らかな響きの声だった。

バウマンは、銃口を下げたまま応じた。

「ああ、このおれだ。文句があるか」

　思ったより強気だ。

「アビリーンでは、正当な理由がなく発砲する者は、逮捕するのが定法だ」

　ヒコックの返事に、バウマンがせせら笑う。

「テキサスにゃ、そんなばかな法はねえぞ、ヒコック。ワイルド・ビルかなんか知らねえが、勝手に決めるのはやめろ」

　たとえ酔っているにせよ、バウマンも肚だけはすわっているようだ。

「この町では、わたしが法律だ。拳銃を捨てて、事務所へついて来い」

「おれは、拳銃を手から離したことはねえ。あんたは、かなりの早撃ちだそうだな、ヒコック。その腕を、見せてもらおうじゃねえか。あんたが抜くまで、銃口を上げるのを待ってやる」

　そう言いながら、バウマンがチャップス（革のオーバーズボン）の陰で、そっと撃鉄を起こすのを、ボナーは見た。

　これなら、銃口を上げて引き金を引くだけで、発砲することができる。

　ヒコックは、少しも動ぜずに応じた。

「ばかなまねは、やめるんだ。二十フィートも離れているうえに、おまえは酔っ払っている。当たるはずがない。おとなしく、言われたとおりにしろ」

息の詰まるような、数秒間があたりを支配する。

ボナーは、拳銃の撃鉄に親指をかけ、すぐにも撃てるように身構えた。

突然、バウマンの手にした拳銃の銃口が、ぴくりと動いた。

次の瞬間、バウマンは甲高い声を放って、後ろへよろめきながら発砲した。

ほとんど同時に、別の銃声がそれに重なる。

ヒコックの足元で、土煙が上がった。

バウマンは、もう一度叫んでたたらを踏み、そのまま後ろざまにどうと倒れた。

青いシャツの、心臓のあたりに赤黒い穴があき、じわりと血が噴き出す。

ヒコックの、右手に握られた拳銃の銃口から、かすかな煙が漂い出ていた。

ボナーは、抜きかけていた拳銃の撃鉄をもどし、銃把から手を放した。

こわばった指が、汗でぬるぬるする。

ヒコックの、抜く手も見せぬ早わざに接して、冷や汗をかいた。噂にたがわぬ、すごい早撃ちだ。

ボナーは、板張り歩道から通りにおり、乱れた人だかりのあいだを割って、倒れたバウマンのそばに行った。

ロス・ピカロスの男たちが、まるで何も見なかったというように、声ひとつ漏らさずその場から、こそこそと離れて行く。三人ともすっかり、酔いがさめたようだ。

バウマンは拳銃を握り締め、目を見開いたまま死んでいた。

ボナーは膝をつき、バウマンの目をのぞき込んだ。

ガス灯の光を映した右の瞳に、きらりと光るものが刺さっている。

細い針だった。思ったとおりだ。

今の場面を、思い起こす。

銃口を上げて、ヒコックに拳銃を向けようとしたその瞬間、バウマンは声を上げてのけぞった。そのときこの針が、右目に刺さったに違いない。

むろん、こうした助けがなかったとしても、ヒコックの勝ちは変わらなかったかもしれない。しかし、バウマンはすでに撃鉄を起こしており、銃口を上げれば撃てる状態になっていた。

ヒコックの抜き撃ちが、いくら速いにしても対抗できたかどうか、にわかに断言はできない。

目をやられたバウマンは、ヒコックの足元に、弾を撃ち込んでしまった。しかし、もし吹き針の奇襲にあわなければ、胸に命中させていたかもしれない。

頭の上から、声がかかる。

「そこを、どいてくれ」

顔を起こすと、すでに拳銃を腰にもどしたヒコックが、ボナーを見下ろしていた。

ボナーは、黙って立ち上がった。

一歩下がり、あたりを見回す。

向かいの板張り歩道の手前に、鹿皮服を来た男と女が並んで立ち、ボナーを見ていた。

思ったとおり、男はハヤトだった。

17

ブラック・ムーンは、残ったビールを飲み干した。

クリント・ボナーと名乗った、ハヤトの知り合いだというこの男から、二人の関係を聞かされたばかりだった。

ビールのお代わりを頼む。

族長の夫トシタベの命令で、コマンチのキャンプから放逐されたあと、もはやトウオムアと名乗る意味は、なくなっている。

かといって、いきなりダイアナ・ブラックマンにもどる気も、起こらなかった。

そこで、トウオムア（黒い月）を英語にした、ブラック・ムーンを使おうと決めていた。

そもそも、ブラック・ムーンにしてからが、月の女神ダイアナと名字のブラックを、組み合わせたものにすぎない。

ひとがどう思おうと、本名を知られずにいることで、有利な場合もある。

アビリーンの、大通りのはずれにあるレストランで、ハヤトとボナーを相手にいろいろと、話をしているところだった。

ボナーは、ハヤトの説明から判断する限り、腕の立つガンファイターらしい。

この男を信用していいかどうかは、ハヤトの話から判断する以外にない。

そのハヤトにしてからが、アメリカへやって来る以前、自分がどこで何をしていたか、記憶を失ったままなのだ。

一年半前、一八七〇年の七月半ばのこと。

息子のサモナサをかばって、暴走するバファローの大群に踏みつけられ、ハヤトは重傷を負った。そのおかげで、サモナサが命拾いしたことは、間違いのない事実だ。

むろん、ハヤトをそのままにはしておけず、トラヴォイ（曳行架）に乗せて、コマンチのキャンプまで運んだ。

そのために、ブラック・ムーンはトシタベや、一族の者たちからハヤトとの仲を、疑われるはめになったのだった。

あげくの果てに、トシタベはコマンチの名誉にかけて、ハヤトと一対一の決闘をする、と宣言した。

もっともその対決は、かたちとしてはハヤトの敗北に、終わっていた。

しかしハヤトは、トシタベにとっても息子サモナサの、命の恩人だ。

おそらくそれを考慮に入れて、トシタベはハヤトを掟どおりには殺さず、キャンプから追放することで、決着をつけたのだった。

ただし、一族の疑惑を完全に消し去るため、妻たるブラック・ムーンもキャンプから、放逐する決断をした。それは、族長としての威信を保つためであり、ブラック・ムーンにも理解できることだった。

ただ、キャンプを去る前にブラック・ムーンは、トシタベに警告した。

自分の父親ジョシュア・ブラックマンが、孫のサモナサを自分の牧場の跡取りにするため、かどわかそうとしている。いつまた、キャンプが捜索隊に襲われるか、知れたものではない。くれぐれも油断しないようにと、固く言い含めたのだった。

ちなみに、ブラック・ムーンは十五歳のとき、コマンチにさらわれた。

それから十年以上たつが、ふたたび白人社会へもどったとしても、ちゃんとやっていく自信がある。そのために、英語や白人の習慣を忘れないことも含めて、ひそかに努力をしてきた。

しかし、トシタベとのあいだに生まれたサモナサは、いきなり白人社会へ連れて行かれても、すぐにはなじめないだろう。学校へ行ったところで、いじめられるのは目に見えている。

よく知られる、シンシア・アン・パーカーは一八三六年、十歳になるかならぬうちに、やはりコマンチにさらわれた。ブラック・ムーンと同じく、族長の妻となって息子と娘を生んだ。

そして、二十四年間も一族と一緒に、暮らした。

そのあげく、シンシアは十年かそこら前、一八六〇年の末ごろに救出されて、白人社会にもどった。ブラック・ムーンは、それと入れ替わるようにして、同じコマンチにさらわれたことになる。

母親と、別れわかれになった息子の方は、一族にとどまって父親の跡を継ぎ、族長を務めるようになる。今や、クワナ・パーカーといえばコマンチ、いやインディアン全体の中でも、もっとも好戦的な強硬派として知られる存在だ。

シンシアは、コマンチとの暮らしが長かったために、結局白人社会になじむことができず、二年ほど前に死んだらしい。

そうした話を、交易所の噂などで聞いた影響もあり、ブラック・ムーンは自分とサモナサの、身の処し方を真剣に考えているのだ。

サモナサはまだ幼く、白人社会に適応できる可能性はある、と思いたい。もっとも、それでサモナサがしあわせになるかどうかは、別の問題だろう。

とにかく、ブラック・ムーンにとって父親であり、サモナサにとっては祖父に当たる、ジョシュアの手元に引き取られることだけは、なんとしても阻止しなければならない。自分が一緒ならばともかく、サモナサ一人をあの男の手にゆだねるなど、もってのほかだ。自分の妻であり、ブラック・ムーンの母でもあるアンを、あの男は肉体的にも精神的にも、口にできないほど手ひどく扱った。

それを思い出すと、体が震えるほどの怒りを覚える。サモナサを、あの男の手にゆだねるなど、とうてい許すことはできない。

もっとも望ましいのは、サモナサをトシタべやジョシュアではなく、自分自身の手で育てることだった。

キャンプを追い出されたからといって、ブラック・ムーンはサモナサを、あきらめたわけではない。できれば、トシタべの手から息子を取り返し、東部へ逃げて行きたい。シカゴ、ボストン、あるいはニューヨークあたりなら、コマンチの手が届くことはないし、なんとかやっていけるはずだ。

あまり気は進まないが、ニューメキシコの父親の牧場と接触し、父親と恩讐《おんしゅう》を超えて事務的に、交渉することも視野に入れてある。たとえ遺言書に、ダイアナの名がなかったとしても、息子の存在が正式に証明されれば、サモナサに牧場を継がせることも、不可能ではない。

父親も、血のつながった跡継ぎを手に入れるためなら、たとえ不仲の娘があいだに立つとしても、頭からいやとは言わぬだろう。東部の大都市なら、そういうことに詳しい弁護士が、何人もいるはずだ。

何よりもまず、サモナサをわが手に取りもどすには、ハヤトの助けが必要になる。これまでもハヤトは、そのために危険をかえりみず、手を貸してくれた。

そして、今。

ボナーがハヤトの知り合いで、しかもハヤトに劣らず腕が立つなら、もう一人助っ人を頼むのも、いいかもしれない。そうすれば、サモナサを取りもどす可能性が、ぐんと高まるだろう。

途中で、手洗いに立っていたハヤトが、席にもどって来た。

二人を見比べながら、ボナーが言う。

「ところで、あんたたちはこのアビリーンで、何をしてるのかね。まさか、お尋ね者のジェリー・バウマンを、追って来たわけでもあるまい」

ハヤトは、ちらりとブラック・ムーンを見てから、返事をした。

「もちろん、違う。おれが、やつに針を吹きつけたのは、ヒコックとかいう保安官より先に、拳銃を手にしていたからだ。あれでは、まともな撃ち合いにならない」

ボナーはうなずいた。

「ヒコックの腕なら、あとから抜いても勝つチャンスはあったが、バウマンも名うての悪党だ。どちらが勝つか、微妙なところだった」

　ハヤトが、天井のシャンデリアを見上げて、ぼんやりと言う。

「どっちにしても、ヒコックにはバウマンに何が起こったか、分かるまい。それでいいのだ」

「おかげでおれは、賞金を稼ぎそこなったがね」

　ボナーがぼやいたが、ハヤトは苦笑を浮かべただけだった。

　ブラック・ムーンは、ボナーに言った。

「さっき話したとおり、あたしはハヤトの助けを借りて、息子のサモナサを取りもどそうと、コマンチのあとを追っているの。一度キャンプを張ると、コマンチはよほどの不都合がないかぎり、三カ月から一年くらいは、移動しないわ。今のキャンプは、アビリーンの南六マイルのところで、もう、二カ月になる」

「こんなところで、時間をつぶしているうちに、何かの事情で急に移動したら、どうするつもりだ」

　ボナーに聞き返されて、ブラック・ムーンは首を振った。

「キャンプの移動は、準備に時間がかかるの。週に一度か二度、様子を見に行けば十分。ただ、あたしの父親が雇った連中が、キャンプを襲う可能性もある。そのときは、息子をかわいがってくれた、ケムカという女の子が、馬で知らせに来てくれることになってるの」

　ケムカには、キャンプを追い出される前に、そのことを頼んでおいたのだ。

自分は出て行くが、キャンプには一定の距離を置きながら、ついて行く。たとえ移動しても、常にキャンプの北側の見えない場所に、二マイルほど距離をあけて野営する、と教えてある。

今もそれを守っており、野営地はキャンプから二マイル北にあって、アビリーンはさらにその北四マイルに、位置している。野営地にいないときは、アビリーンに行っている、と思ってほしい。そうケムカに、言い含めた。

ケムカには、トワシという兄がいた。

トワシは、前回キャンプが捜索隊に襲われたとき、岩山で見張りに立っていた。ただ、背後に襲撃者の一人が迫ったことに気づかず、ナイフを食らって殺されたのだった。

ブラック・ムーン母子が、まだキャンプで暮らしていたころ、ケムカはトワシとともにサモナサと、よく遊んでくれた。ブラック・ムーンにも、なついていた。

そのため、喜んで連絡役を務める、と約束してくれたのだ。

ブラック・ムーンは、ボナーに聞いた。

「あんたはこの町の、どこに泊まっているの」

「ホテル・アビリーンだ」

少し間をおき、質問を続ける。

「バウマンをつかまえそこなって、これからどうするつもり」

ボナーは、肩をすくめた。

「保安官事務所へ行って、また別のお尋ね者の手配書をもらうさ。それよりあんたたちも、いずれは野営地へもどらないと、いけないいんじゃないか」

ブラック・ムーンは、ちらりとハヤトを見た。

ハヤトは、椅子の上で体をもぞもぞさせたが、何も言わなかった。

ボナーが、ハヤトに聞く。

「ユラとピンキーは、どうした。ネヴァダでおれと別れたときは、サンフランシスコへもどる、と言っていたが」

ハヤトは、爪を調べるような格好をして、さりげなく応じた。

「おれは二週間ほど前、この町からサンフランシスコの連絡場所へ、電報を打った。当面、サンフランシスコへもどれない、と」

「そうか」

ボナーは短く答え、それ以上は聞かなかった。

その電報は、ブラック・ムーンがハヤトに勧めて、打たせたのだった。

ハヤトは何も言わないが、連れのことを気にしているのは明らかで、ほうっておくわけにいかなかった。

打つときに文面をのぞいたが、ハヤトが言ったとおりのそっけない、短いメッセージにすぎなかった。

　言葉の問題もあるだろうが、それだけではないようだった。

　ボナーが、あらためて口を開く。

「連絡場所とは、確かグロリアズ・ロッジとかいう、サンフランシスコの下宿屋だな。おれもユラから、教えられた覚えがある。一度も連絡してないが」

　ハヤトは、アメリカ人がよくやるように、軽く肩をすくめた。

「便りのないのは、無事な証拠だと思うだろう」

「ユラはあんたとの再会を、待ちこがれているはずだ」

　ボナーが言ったが、ハヤトは頬の筋ひとつ動かさない。

「あんたが、そう思っているだけさ」

　ブラック・ムーンには、なんとなくその返事が、自分のことを意識したもの、とは思えなかった。

　ユラという女は、いったいだれなのか。ハヤトの恋人なのだろうか。

　かすかな嫉妬《しっと》を覚えて、ブラック・ムーンは自分でもちょっと、どぎまぎした。

　ボナーが、微笑を浮かべる。

「そうかな。おれには、なんとなく分かるんだ。ユラの目の動き、口のきき方やしぐさを見れば、あんたに会いたがっていることは、明らかだった」

ブラック・ムーンは、耳たぶを引っ張った。

ボナーが言うことは、ほんとうなのだろうか。

それとも、ただハヤトが相手の気持ちに、気づいていないだけなのか。もともとハヤトは、めったに感情を外に出さない男だ。

だとすれば、そのユラというのもかわいそうな女だ、という気がする。

ブラック・ムーンは、泡の消えたビールを飲んだ。

ハヤトは、初めて出会ったときから自分と一緒に、西部をあちこち旅してきた。そのあいだも、ユラという女のことはもちろん、離ればなれになった仲間のことを、ほとんど口にしなかった。

ブラック・ムーンにも、ハヤトが何を考えているのか、分からないことが多い。

ただ一つ気になるのは、旅をしているあいだハヤトは自分に、指一本触れなかったことだ。

キャンプを放逐されたあと、ようやくハヤトに追いついたとき、ブラック・ムーンは思わず飛びついて、キスしたことがあった。

あのとき、ハヤトは驚いたように抱きとめたものの、あとで唇を袖でぬぐったのを目にして、頭に血がのぼったのを覚えている。

ブラック・ムーンは、ビールを飲み干した。

そのとき、突然入り口のガラスドアが音を立てて開き、だれかが飛び込んで来た。

ブラック・ムーンは、椅子から飛び上がった。

それはケムカだった。

「ケムカ」

ケムカは、ブラック・ムーンを見るなり、見るみる顔をゆがめた。

泣きながら、駆け寄って来る。

何ごとかと、ほかのテーブルの客たちも話をやめ、ケムカに注目した。

ケムカは、ブラック・ムーンに飛びつくなり、コマンチの言葉で叫んだ。

「キャンプが、襲われた。大勢、殺された。サモナサが、連れて行かれた」

18

その夜。

ブラック・ムーンとハヤトは、クリント・ボナーと同じホテル・アビリーンに、部屋を取った。

ケムカの話は、幼いだけに順序立っておらず、襲撃の全貌は不明だった。

ただ、族長のトシタベが死んだことと、サモナサが連れ去られたことだけは、確かなようだ。

ブラック・ムーンは、少しのあいだ迷った。

結局、襲われたキャンプに夜間もどっても、全貌を把握することは不可能だ、と判断する。サモナサをさらった捜索隊は、とうに逃げ去ったはずだ。追跡には、それなりの時間がかかるし、今さらあわてても始まらない。

襲撃の手を逃れた女子供、老人や病人たちも、キャンプの様子を見にもどるのは、夜が明けてからだろう。

ケムカによれば、トシタベは捜索隊が襲って来たとき、サモナサを奪われまいと、果敢に戦ったらしい。なんとか、襲撃者のうち二人を倒したものの、背後からまともに弾を食らって、絶命したという。

その話に、ブラック・ムーンもさすがに、落ち込んだ。不本意とはいえ、トシタべと一緒に暮らした日々に、思い出がないわけではないのだ。

トシタべは頑固《がんこ》な男だったが、サモナサが生まれてからは、ずいぶんやさしくなった。何かと、白い目を向けてくる部族の連中からも、しっかりと守ってくれた。

しかし、今となってはトシタべの死よりも、サモナサを奪われたことの方が、ショックだった。

もし可能なら、サモナサを取り返すときに、併せてトシタべの仇を討つ。それくらいしか、してやれることはないだろう。

ブラック・ムーンは、ケムカを自分の部屋で寝かしつけたあと、ハヤトとボナーがいる隣の部屋に、足を運んだ。

そこで、あらためてボナーに、助っ人の相談を持ちかけた。

ハヤトと一緒に、サモナサ救出の手助けをしてもらう含みで、あらためてその理由と背景を、詳しく話す。

父親が、サモナサを自分から奪い取ろうと、多額の報奨金を出して無法者を駆り集め、捜索隊を西部各地に送り出したこと。

そのためにこれまで二度、サモナサをさらわれる危機に瀕《ひん》したこと。しかし、二度ともハヤトの手助けを得て、なんとか切り抜けてきたこと、などなど。

しかし今回は、かなりの規模と思われる捜索隊に襲われ、ついにサモナサを奪われてしまった。

「今までは、ハヤトのおかげでなんとかしのいだけど、今度ばかりは相手が多すぎるみたい。二人だけでは、どうにもならない。もしあんたが、あたしたちに手を貸してくれるなら、サモナサを取りもどせるかもしれない。考えてくれないかしら」

ブラック・ムーンがそう持ちかけると、それまで黙って聞いていたハヤトが、ボナーに言った。

「あんたが、賞金稼ぎで飯を食っていることは、よく承知している。この仕事に手を貸しても、金にならないことはおれが請け合う」

もし、それが口添えのつもりだとしたら、とんでもない口添えだった。

ボナーは、にこりともせずに、肩をすくめた。

「つまり、おれにただ働きをしろ、というわけか」

「そうだ。稼ぎが目当てなら、サモナサを連中の手から取りもどして、ブラックマン牧場へ送り届けた方が、よほど金になる」

真顔でそう言うハヤトに、ボナーと一緒にブラック・ムーンも、思わず苦笑した。確かに、そのとおりだった。

ボナーも、肩をすくめて言う。

「もし、おれがそのとおりにしたら、どうするつもりだ」

「そのときは、あんたを殺してでも、サモナサを取りもどす」

言下に応じたハヤトに、ボナーは少し黙《ほ》ったあとで、おもむろに続けた。

「あんたはこの女、トウオムアとやらに惚れているのか。あんたには、ユラがいるはずだぞ」

唐突なその指摘に、一瞬ハヤトの頬がぴくりとするのを、ブラック・ムーンは見逃さなかった。

ハヤトがどう答えるか、自分自身も興味がある。

ハヤトは、ほとんど口を動かさずに言った。

「そんなことは、なんの関係もない。おれの国には、ギヲミテセザルハユウナキナリ、という言葉がある」

よく聞き取れないその言葉に、ブラック・ムーンは一瞬困惑した。

「ギヲミテ、なんだと。どういう意味だ」

ボナーが、口ごもりながら聞き返すと、ハヤトは薄笑いを浮かべた。

「あんたの国には、こういう言葉はたぶんないだろう。おれにも、うまく説明できない。とにかく、困っている者をほうってはおけない、ということだ」

ハヤトが言いきると、ボナーはしばらく黙り込み、何か考えていた。

やがて口を開き、ブラック・ムーンに質問した。

「しかし、あんたのおやじは孫のサモナサに、一度も会ったことがないはずだ。だれかが報奨金目当てに、別のインディアンの子供を連れて行っても、本物かどうか見分けがつくまい」

ブラック・ムーンも、そのことを考えないではなかった。

「あたしにも、父親が自分の孫をどう見分けるつもりか、分からないわ。サモナサを問いただしても、要領をえないだろうし。せいぜい捜索隊に、サモナサをさらったとき、そばにあたしらしき女がいたかどうか、確かめるくらいしかないわね」

それから、ふと思い出すことがあって、声が大きくなる。

「そうだ、もう一つある。サモナサがはいているモカシン（鹿皮の靴）は、あたしが作ってやったの。その内側に、サモナサとあたしの名前、生年月日、そして忘れないように、あたしの母親の名前と没年月日を、縫い込んでおいたわ。父親がそれを見れば、サモナサを自分の孫だと、確信するはずよ」

そこで言葉を切り、さりげなく付け加える。

「もし父親が、娘の生年月日と妻の命日を、忘れていなければね」

それを聞くと、ボナーは指を立てた。

「すると、あんたの父親がその縫い込みに気がつけば、サモナサを実の孫と信じるわけだな」

「ええ、たぶん」

今まで、そのことを失念していたのは、あまりにもうかつだった。

あのモカシンを、ほかのものと取り替えておけば、かりにサモナサが父親の手に渡っても、実の孫だと判断する材料は、何もなかったはずだ。

それとも、父親はそれを確かめる別の材料を、何か持っているのだろうか。

ハヤトが言う。

「どちらにしても、サモナサが牧場へ連れて行かれる前に、取り返せばいいのだ」

ボナーは、すぐにうなずいた。

「分かった。そういうことなら、おれも手を貸そう。お尋ね者を追う仕事にも、少しばかりあきたしな」

「ありがとう、ボナー」

ブラック・ムーンは、両手の甲を上に向けてきちんとそろえ、弧を描くようにして前へおろした。感謝を表す、コマンチのしぐさだ。

ボナーは、少し考えていた。

あらためて、口を開く。

「ただし、おれたち追っ手の数が、二人から三人に増えたところで、たいした変わりはない。むしろ、望みをかけるとすれば、サモナサをさらった連中の人数が、減ることだ。報奨金が、いくら出るかは知らないが、捜索隊の人数が多ければ多いほど、一人あたりの分け前は少なくなる。だとすれば、仲間割れして人数が減ることも、期待できなくはないだろう」

ブラック・ムーンも、実はそのことを考えていた。ボナーは賞金稼ぎだけあって、さすがに目のつけどころが違う。

ブラック・ムーンは言った。

「あるいは、捜索隊を指揮する隊長らしき者がいて、その男が自分で隊員を集めたとしたら、それはそれで望みがあるわ。サモナサをさらったあと、隊長が隊員たちに約束した手当を払って、人数を減らすことも考えられる。牧場へ送り届けるだけなら、気心の知れた手下が三、四人いれば足りるはずだし」

ボナーがうなずく。

「それも、大いにありうるな。そのほか、サモナサを手に入れたことを聞きつけて、横取りしようとするやつらが現れる可能性も、勘定に入れておく必要がある」

「そのどさくさに、おれたちが付け込むこともできる」

ハヤトが口を挟むと、ボナーはもう一度うなずいた。

「そうだ。こいつはけっこう、ややこしい仕事になるかもしれんな」

ボナーが、なぜこんな割に合わない、というよりまったく金にならない、ただ働きの仕事を引き受けたのか、ブラック・ムーンには分からなかった。

ボナーにしてみれば、冗談交じりにハヤトが口にした方法で、父親から大金を引き出すことも、できないわけではないのだ。

ボナーの本心がどうであれ、そのことだけは覚えておく必要がある。

話し合いの最後に、ブラック・ムーンは言った。

「一つだけ、あんたたちに言っておくことがあるわ。これからは、あたしをトウオムア、とは呼ばないでほしいの。コマンチから縁を切られた以上、その名前はふさわしくないから」

「では、なんと呼べばいい」

ハヤトの問いに、ブラック・ムーンは応じた。

「本名はダイアナ・ブラックマンだけど、今さら純粋の白人にもどれないことも、分かっている。だから、トウオムアを英語に直して、ブラック・ムーン、と呼んでちょうだい」

それは、キャンプを追われたときから、決めていたことだった。

明けて二月二日、金曜日。

一行は日の出の三十分前、朝七時過ぎにホテルを出て、南へ向かった。

この時季のカンザスは、風が強く気温もかなり低い。雪もよいでないのが、せめてもの救いだった。三人は、夜着兼用の毛皮のコートを、体に巻きつけた。

ブラック・ムーンは、ケムカを自分の鞍の前に乗せ、コートでくるんでやった。

アビリーンを出て、およそ四マイル。

一昨夜まで、ハヤトとキャンプを張っていた場所を、通り過ぎた。

それまでの二カ月間、寒さをこらえつつ野営していたものの、しだいに空模様があやしくなったため、前日アビリーンへ移ったばかりだった。

ケムカは三日に一度くらい、様子を見に来ていた。そのときに念のため、自分たちがいないときは、アビリーンに行っているはずだ、と教えておいたのだ。

そこから、コマンチのキャンプまでは、南へ二マイルほどだった。

アビリーンを出たあと、馬に少し無理をさせて急いだこともあり、一時間足らずでキャンプの近くに、到着した。

姿を見られぬように、北側に生い茂った灌木のあいだから、様子をうかがう。

むろん、襲撃して来た連中はとうに姿を消し、燃え残ったティピがあちこちに、点在しているだけだった。

隠れたり、逃げたりした女子供や老人たちが、三々五々もどって来つつあった。

これから、無事だった家財道具や食糧、馬を集めるなどして、新たなキャンプ地を探すことになるだろう。

逃げて行く捜索隊を、追いかけた戦士も何人かいたらしい。しかし、結局は手出しできなかったとみえ、むなしく引き返して来たようだ。

ブラック・ムーンは、ボナーから双眼鏡を借りて、焼け残ったキャンプのあちこちを、丹念に目で追った。

しかし、トシタべらしき戦士の遺体は、見つからなかった。

怪我人は、かなり多いと思われたが、死者は予想したほどではないようだ。

捜索隊の目的は、少なくともコマンチを殺戮することではなく、サモナサを見つけて連れ去ることだから、それは当然だろう。

逆に、返り討ちにあった捜索隊の隊員らしい、白人の死体も何人か認められた。

レンズの中を、ケムカの母親アグールの姿が、ちらりとかすめる。

アグールは何かを捜しながら、焦げたティピの列のあいだを、歩き回っていた。

おそらく、ケムカを捜しているのだろう。

ブラック・ムーンは、そばに立つケムカに言った。

「安心して、ケムカ。あんたのナアベア（母親）は、無事でいるわ。あそこの、焼けずにてっぺんまで残ったティピの、入り口に立っている。あんたを捜してるのよ。見てごらんなさい」

背後から手を添え、双眼鏡をケムカの目に当ててやり、だいたいの方向へ向ける。ケムカは、自分の手で双眼鏡の位置を変えながら、あちこち動かした。

やがて、うれしそうに言う。

「ナアベア、いた」

ブラック・ムーンは、双眼鏡を取ってボナーに返した。

あらためて、ケムカに話しかける。

「もう、悪いやつらは、もどって来ないわ。アグールのところ、あんたのナアベアのところへ、もどりなさい」

ケムカは、ブラック・ムーンを見上げた。

「トウオムアは、もどらないの」

「今は、もどれないわ。サモナサを、捜しに行かなければならないから」

トシタベが死んだ今、キャンプに残っているのは、自分に好意を抱いていない、白人嫌いの連中が、ほとんどだろう。

もはやコマンチのキャンプに、もどることはあるまい。

ブラック・ムーンは、自分で作ったビーズの首飾りをはずして、ケムカの首にかけ直した。

「これを、サモナサとあたしだと思って、だいじにしてちょうだい。あんたやトワシのことは、忘れないわ。あんたも、サモナサとあたしのことを、忘れないでね」

ケムカは、首飾りをぎゅっと握り締め、こくりとうなずいた。

「さあ、行きなさい」

そう言って、ブラック・ムーンは茂みのあいだから、引いて来た馬と一緒に、ケムカをキャンプの方へ押し出した。

五分後、ブラック・ムーンはハヤトとボナーの先に立って、平原を西へ向かった。

カンザス州は、バファロー狩りのためにコマンチとともに、あちこち何度も移動しているので、道筋がよく頭にはいっている。

キャンプ地を離れたところで、馬首を南西の方角に変えた。

サンタフェ街道に出て、そのまま道なりに走り続ければ、近ごろできたばかりの小さな町、ダッジ・シティにぶつかる。街道沿いの、五マイルほど東に位置するダッジ砦《とりで》の、兵士たちの唯一の気晴らし場所、といわれる町だ。この町も、牛を運ぶトレイルと鉄道の合流地点として、間なしに発展を遂げるだろう。

　ダッジ・シティを出ると、やがてサンタフェ街道の左手に、南西へまっすぐ延びるシマロン・カットオフ（近道）への分岐点が現れる。それを利用すれば、コロラド準州の南東の角と、インディアン・テリトリー（先住民特別保護区／現在のオクラホマ州）の西端をかすめて、ニューメキシコ準州の北東の角に、はいることができる。

　そこから、ふたたびサンタフェ街道に合流すれば、一本道でサンタフェに達する。

　サンタフェから、ブラックマン牧場のあるシルバー・シティの近郊までは、さらに数日みておかなければなるまい。牧場は、アリゾナ準州との州境に近い、南西部の隅に位置している。

　例の捜索隊も、おそらくそのルートをたどる、と思われる。

　コマンチのキャンプ地を、ほとんど潰滅《かいめつ》させたところからすると、捜索隊は五、六人程度の人数ではなく、少なくとも十数人はいたはずだ。それもおそらく、人殺しをいとわぬ無鉄砲な連中ばかり、とみてよかろう。

　捜索隊を、だれが率いているか分からないが、そうした連中を統率するからには、ただのガンマンではあるまい。

　前夜の話ではないが、少しでも隊員の数が減っているように、祈らずにはいられない。

いずれにせよ、サモナサの奪回には、慎重な作戦が必要だ。

19

二月六日、火曜日。

ブラック・ムーンら三人は日没直後、まだ空にたそがれの色が残るあいだに、ダッジ・シティの北西部を望む、小高い岩山に到達した。

このあたりは、南北戦争のあとほとんど白人が姿を消し、コマンチにとって格好の猟場になっていたのだ。

おもちゃのような小さな町だが、それを東西につらぬくかたちで、工事中らしい鉄道線路が、延びている。噂によると、この秋口にはカンザス州北東部のアチソンから、ニューメキシコ準州のサンタフェへ延びる鉄道が、ダッジ・シティまで達するらしい。それが一年早まっていたら、この旅もはるかに楽だっただろう、と思う。

いずれにせよ、鉄道が開通すればダッジ・シティは、アビリーンやウィチタと並んで、間なしに家畜の重要な輸送中継地点として、栄える町になるだろう。

しかし、今はまださほど人口の多くない、ただの田舎町にすぎない。

クリント・ボナーは、もしかするとサモナサをさらった捜索隊、あるいはその一部の者たちがこの町に、残っているかもしれないと言った。

それは十分に、ありうるだろう。

キャンプを襲ったあと、捜索隊がコマンチの追跡を振り切ろうと、夜通し走り続けたとするならば、自分たちより少なくとも半日は、先行しているはずだ。このあたりで、一息入れる気分になっても、おかしくない。

とはいえ、一刻も早く賞金を手にするために、先を急ぐのがふつうだろう。

ボナーは、続けて言った。

「あんたもハヤトも、鹿皮服を着たそのいでたちでは、インディアンと間違えられる恐れがある。おれが一人で町へ行って、様子を見てくることにする。ついでに、できるだけ町の入り口に近いホテルに、部屋を予約してこよう」

ブラック・ムーンは、すぐに了解した。

久しぶりに風呂にはいり、ちゃんとした食事をとりたかった。

ボナーが、さらに続ける。

「念のため、合言葉を決めておこう。ここへもどって来たら、おれはブラックと声をかける。そうしたら、あんたはムーンと答える。いいか、あんたが自分で答えるんだぞ、ブラック・ムーン。ハヤトがムーンと答えたら、容赦なくぶっ放すからな」

ボナーが行ってしまうと、ブラック・ムーンとハヤトは、火をおこした。

たき火は目につきやすく、まったく危険がないとは言いきれないが、夜になるとますます冷えてくるから、しかたがない。

それに、ボナーがもどったときの、目印にもなる。

皮のコートにくるまって、コーヒーを飲んだ。アビリーンで買った粉だが、一応は本物の豆を挽いたものだった。

空がすっかり暗くなり、さらにたっぷり一時間が過ぎたにもかかわらず、ボナーはもどって来なかった。

馬で行けば、片道十分ほどの距離のはずだが、時間がかかりすぎる。

「遅いわね、ボナーは。何をしているのかしら」

疑いたくはないが、なんとなく不安になる。

しかしハヤトは、気にも留めないようだった。

「町にサモナサがいたか、何か有力な手掛かりをつかんだかの、どちらかだろう」

それを聞いて、顔を見直す。

「連中がまだ、このあたりでもたもたしている、と思うの」

「そうは思わないが、ボナーの帰りが遅いからには、それなりの理由があるはずだ」

「いい知らせだといいんだけど」

ブラック・ムーンが応じたとき、近づいてくる蹄の音が聞こえた。

二人はたき火を離れ、岩陰に身を隠した。

約束どおり合言葉を交わしてから、ボナーが馬をつないでそばにやって来る。

「ずいぶん、遅かったじゃないの。何があったか、聞かせてちょうだい」

ブラック・ムーンは、あいたカップにコーヒーを注いで、ボナーに手渡した。

ボナーは、それを一口飲んで、話し始めた。

「思ったとおりだった。捜索隊の連中は、ダッジ・シティに今朝方着いたが、頭目株の三人はサモナサを連れて、昼過ぎに出て行ったらしい」

それを聞いて、胸にぽっと灯がともる。

「つまり、残りの連中はその三人組が雇った、下働きというわけね」

「そんなところだ。三人組は、その連中に助っ人の手間賃を払って、おさらばしたわけさ。雇われたのは十三人で、そのうち七人は三人組と逆方向の、ウィチタへ向かった。あとの三人は町に残って、町で唯一のサルーン〈ロング・ブランチ〉で、豪遊している最中だ。いずれは、二階の淫売宿で女を相手にお楽しみ、という段取りだろう」

ブラック・ムーンは、ハヤトと顔を見合わせた。

「そんな話を、だれに聞いたの」

その問いに、ボナーは肩をすくめた。

「雇われた当の三人が、酒を飲みながら話していた内容を、おれが背中越しに盗み聞きして、短くまとめただけさ」

ハヤトが乗り出す。

「頭目株の三人は別として、雇われた男たちが十三人。そのうち、ウィチタへ行ったのが七人で、ダッジ・シティに残ったのが三人とすると、数が合わないな。あとの三人は、どこへ行ったんだ」

「キャンプ襲撃のとき、コマンチの戦士にやられたそうだ。町に残った三人の、仲間だったらしい」

ボナーの返事に、ブラック・ムーンは急《せ》き込んで尋ねた。

「雇われた連中は、いくら手当をもらったのかしら」

「連中の話によると、一人あたり百ドルだったそうだ」

百ドルといえば、ざっとカウボーイの三カ月分の、給料だ。十三人合わせれば、千三百ドルになる。

「総額千三百ドルなんて、よく持ってたわね。前金が出た、とは思えないし」

「どうせ銀行強盗かなんかを働いて貯めた、あぶく金だろう。いずれは、サモナサを連れて行けば元が取れるだけの、大金をもらえるに違いない」

ブラック・ムーンは、考えを巡らした。

最初に、サモナサを連れ去ったザップ、ソルティらの三人組は、報奨金が千五百ドル、つまり一人あたま五百ドルだ、と言っていた。

だとすれば、今回の捜索隊の頭目株三人の場合、助っ人料を清算したあと手元に残るのは、死んだ三人分を払わずにすんだとしても、たったの五百ドルにしかならない。それを三人で分けると、一人あたり百七十ドル足らず、という勘定になる。こうした大仕事の場合、常識的にはありえないはした金だ。

どう考えても、コマンチを相手に一戦交える仕事に、千五百ドルは安すぎよう。そもそも、ソルティたちを倒してからすでに、一年半が過ぎている。

ブラック・ムーンは言った。

「なかなか、サモナサがつかまらないものだから、父親は報奨金の額を上げたに違いないわ。最初は千五百ドルだったにしても、今はきっと三千ドル、あるいは五千ドルくらいまで、上げたかもしれない。かりに五千ドルだとしたら、今回の捜索隊が下っ端連中に、一人あたま百ドル払ったところで、主力の三人の手元には少なくとも、三千七百ドル残る。きっと、そうよ。父親にすれば、五千ドルや一万ドルなんて、どうということのない金額だし」

ハヤトもボナーも、黙って見返すだけだった。

コーヒーを飲み干して、ボナーがおもむろに口を開く。

「連中のおしゃべりを聞いたあと、おれは帰り道で馬に揺られながら、考えた。このチャンスを逃がす手はない、とね」

「何か、いい考えがあるの」

ブラック・ムーンが乗り出すと、ボナーはいかにも楽しそうな笑みを浮かべ、うなずいてみせた。

三十分後。

ブラック・ムーンはハヤト、ボナーとともにダッジ・シティへ、馬を走らせた。

町の北西側の入り口から、中央の広場を横切る工事中の鉄道まで、一番街と表示された通りは、比較的静かだった。しかし広場に出ると、人声やらピアノの音がやかましい、喧《けん》噪《そう》の渦に巻き込まれた。

前方に見える線路の南側は、ガス灯がところどころついているものの、数が少ないせいで暗かった。

そのかわり、赤やピンクの照明がちらほらと、闇に浮かんでいる。どうやら、いかがわしい商売が行なわれる、特別な地区らしい。

北側の広場に面して、サルーンや酒類販売店、雑貨店、洋品店、銃砲店などが、軒を並べている。

サルーン〈ロング・ブランチ〉は、広場前の通りの左から二番目にあった。

中にはいると、かなり奥行きのある広い店で、右側に大きな鏡を背にした、長いカウンターが延びている。

その前が、広い板張りの床になっており、いろいろな服を来た男たちがビールや、ウイスキーを立ち飲みしながら、大声でおしゃべりをする姿が見える。中には、騎兵隊の軍服を着た者も、何人かいた。

いくらか気後れを覚えながら、ブラック・ムーンはボナーとハヤトに前後を挟まれて、奥へ進んだ。この種の店へはいるのは、初めてだった。コマンチにさらわれる前は、まだおとなになりきっていなかったし、そうでなくともまともな女がはいる場所ではない、とされていたのだ。

突き当たりは、広いテーブル席だった。

フロアは、わりとゆったりした配置だが、壁際にはぎっしりとテーブルと椅子が並び、隅の方では腕カバーをした男が、ピアノを弾いている。

ボナーが奥を指さしながら、喧噪に負けぬ声で言った。

「あの壁際に、テーブルが一つあいている」

「グラスがあるから、だれかがいるらしいわよ」

ブラック・ムーンが言うと、ボナーはかまわず続けた。

「かまうものか。もとは、おれがすわっていた席だ。隣のテーブルにいるのが、さっき話した下働きの三人さ」

三人とも口髭を生やした、四十がらみの男たちだ。頭上の壁の帽子掛けに、テンガロンハットとガンベルトが、掛けてある。

「おれが耳にした限りでは、右側の男がマイク・トムスン、左側がビル・ケッチャムで、真ん中の斜めに背を向けているやつが、ジョー・クルスだ」

人声やピアノの音がうるさく、聞き取るのがやっとだった。ハヤトには、聞こえなかったかもしれない。

ボナーは先に立って、テーブルの上のグラスを床に下ろし、二人に顎をしゃくった。

「カウンターで、ウイスキー一瓶とグラスを三つ、もらって来てくれ」

ブラック・ムーンとハヤトは、黙って言われたとおりにした。

バーテンダーは、ブラック・ムーンを見て女と分かったのか、軽く顎を引いた。

しかし、ハヤトが後ろの料金表を見て、カウンターに一ドル五十セントを置くと、何も言わずにボトルとグラスを出した。

席にもどったとき、ボナーはすでに男たちと親しげに、話をしていた。

さっそく、ハヤトの手からボトルを取り上げ、男たちのグラスに酒を注ぐ。

それから、自分たちのグラスも満たして、景気よく言った。

「さてと、これから取りかかる大仕事の前祝いに、一杯付き合ってくれ」

それを聞くと、マイク・トムスンなる男が笑い出し、二人の仲間にウインクした。

「前祝いだとよ。おもしろいじゃねえか。おれたちは逆に、打ち上げだもんなあ」

ボナーは、おおげさに目を見開いた。

「打ち上げとは、けっこうじゃないか。だいぶ、金回りがよさそうだしな」

「まあな。運もよかったが、たった三週間で一人百ドルがとこ、稼いだのよ」

ボナーがあからさまに、こばかにしたような顔をする。

「ふうん。たった百ドルか」

つぶやくように言うと、今度はビル・ケッチャムなる男がむっとした顔で、ボナーに指を突きつけた。

「でかい口をきくじゃねえか。それとも、おめえたちの仕事はもっとでかい、とでも言いてえのかよ」

ボナーは、わざとらしく帽子のつばを指で押し上げ、おもむろに応じた。

「まあ、少なくともその五倍にはなるな。一人当たりで、だぞ。ただし、おれたちのほかにあと三人ほど、つまり全部で六人くらいいないと、取りかかれないのさ。けっこう、危ない仕事だからな」

男たちは、互いに顔を見合わせた。

ジョー・クルスなる男が、探るような目でボナーを見る。

「あんたのせりふは、おれたちに手を貸せと言ってるように、聞こえるがね」

「そのつもりでいたが、どうやらあんたたちはごく最近、大金を稼いだばかりらしいじゃないか。だとしたら、おれたちに付き合う気はないだろうし、無理にとは言わないよ」

男たちが、また顔を見合わせる。

今度は、トムスンが口を開いた。

「まあ、しばらくは骨休めをするつもりだが、話だけなら聞いてやってもいいぜ」

「聞くだけでは、金にならんがね」

ボナーが応じると、クルスがじれたように身を乗り出す。

「一人当たり五百ドルとなると、かなりやばい仕事だろうな」

「今言ったとおり、ある程度危険を伴うことは確かだ」

「どんな仕事だ。銀行強盗か」

「もうちょっと、やばいかもしれん。コマンチを相手に、戦うことになるからな」

それを聞くと、男たちはまた視線を交わした。

ケッチャムが、目をもどして言う。

「コマンチだと」

「そうだ。コマンチのキャンプから、白人の小僧をかどわかす仕事だ。取っつかまえて、ニューメキシコのさる牧場主のところへ、送り届けるのさ」

ボナーの返事に、男たちはそろって顔をこわばらせ、また目を見交わした。

ケッチャムはボナーを見直し、唇をゆがめて無理に作ったような、あいまいな笑みを浮かべる。

「そいつは、妙な話だな。その仕事は、もう決着がついたんだ。知らなかったのか」

ほかの二人も、そうだそうだと言わぬばかりに、うなずいてみせた。

ボナーが、とぼけた顔をする。

「まさか。そんな話は、聞いてないぞ。デマじゃないのか」

ケッチャムは、おおげさに肩をすくめてみせた。

「デマなんかじゃねえよ」

「みんな、長いあいだその小僧を捜しているが、なかなか見つからないと聞いたぞ。だれかが流した、デマに違いないよ」

ボナーがなおも言いつのると、三人の男は今度こそ気分よさそうに、肩を揺すって笑い合った。

ひとしきり笑ったあと、トムスンが自慢げに言う。

「デマじゃねえよ。その小僧を救い出したのは、おれたちだからな」

クルスが、こくんとうなずいた。

「そうだ、間違いねえ。しかもそれは、ついきのうの日暮れどきのことよ」

ボナーが、わざとらしく真顔にもどり、身を乗り出す。

「おいおい、そいつはほんとか。かついでるんじゃないだろうな」

クルスは、肩をすくめた。

「嘘を言っても始まらねえよ」

「それでその小僧は、今どこにいるんだ」

ボナーが急き込んで聞くと、三人はまた互いの顔をちらちらと見た。

ケッチャムが、口を開く。

「小僧は、おれたちを雇ったやつらが、依頼主の牧場へ送り届けに行ったよ。なんでも、ニューメキシコの南の方にある牧場、と聞いたが」

ボナーは、身を引いた。

「ふうん、そうだったのか」

それだけ言うと、腕を組んで口をつぐんだ。

クルスが、いかにも気が進まぬ様子で、ボナーに聞く。

「ところで、あんたたちはその仕事を、いくらで請け負ったんだ。一人当たり、五百ドルとか言ってたが、ほんとうか」

「ほんとうだ。雇い主は、シルバー・シティの近くの牧場主で、ジョシュア・ブラックマンという男だ。もし、小僧を連れて来てくれたら三千ドル、状況によっては五千ドルまで報奨金を出す、と言われたんだ。あんたたちは、何人雇われたか知らないが、一人百ドルは安すぎるだろう。ずいぶん、値切られたものだな」

ボナーの返事に、トムスンがどんとテーブルを叩いて、憎にくしげに言う。

「くそ、マッキーのやつ、おれたちの足元を見やがったな」

「マッキーって、だれのことだ」

すかさずボナーが聞くと、クルスが代わって答えた。

「なんとかマクナマラ、という野郎の呼び名だ。ほかに仲間のゲインズ、プラマーという野郎がいて、三人でおれたち十三人の手下を、仕切っていたのよ」

ケッチャムが、肘をついて乗り出す。

「もし報奨金が三千ドルなら、生き残った十人の手下に百ドルずつ払っても、二千ドル残る。マッキーが千ドル、ゲインズとプラマーが五百ドルずつ取る、という計算だろう」

トムスンは、もう一度テーブルを叩こうとしたが、途中でやめた。

「黙っていられねえぞ、こりゃ。まったく、汚ねえやつらだ。すぐにもあとを追って、あの三人と話をつけようぜ。出方によっちゃ、片付けてもいい。小僧を取りもどして、ブラックマン牧場とやらへ届けりゃ、ごほうびがたっぷり出るだろう」

そうだそうだ、とあとの二人があいづちを打つ。

ブラック・ムーンははらはらしながら、そのやりとりを黙って見守った。

ボナーが指を立て、三人のあいだに割り込む。

「まあ、待て。そいつらと話をつけるつもりなら、おれたち六人全部でやるべきだ。おれたちと出会わなかったら、あんたたちもマッキーとやらの汚ないやり口に、気がつかなかったわけだからな」

それを聞いて、ブラック・ムーンはボナーが何をたくらんでいるか、おおかた見当がついた。

少し考えていたケッチャムが、二人の仲間を交互に見る。

「マッキーたち三人は、けっこう腕の立つやつらだ。こっちは、一人でも多い方がいいだろう。あいつらに、まるごと金を取られるくらいなら、おれたち六人で山分けした方が、よっぽどすっきりするぜ。話の持っていきようで、一人当たり百ドルどころか、千ドルになるかもしれねえ」

クルスが、大きくうなずく。

「そうともよ。さっそくあしたの朝から、マッキーたちの追跡にかかろうぜ。やつらは子供連れだし、半日早く出たばかりだから、追いつくのはむずかしくあるめえ」

トムスンは、舌なめずりをして言った。

「そうと決まったら、今夜は二階へ上がって、豪儀に遊ぼうじゃねえか」

ブラック・ムーンは、黙ったままハヤトとこっそり視線を交わして、小さく肩をすくめた。

ハヤトが、いかにもうまくやったと言いたげな顔で、ボナーに小さく顎をしゃくりながら、うなずいてみせる。

20

ハリー・プラマーが、砂で食器の汚れを落としながら、独り言のように言う。

「おい、マッキー。このまま、小僧をブラックマン牧場へ連れて行って、じじいにすんなり引き渡すのも、あんまり芸のねえ話だよな」

それに答えず、バート・マクナマラはサモナサの方に、目を向けた。

サモナサは、バファローの毛皮を頭からかぶり、木の幹にもたれたまま、身じろぎもしない。キャンプから連れ出されたあと、自分の名をサモナサと告げたほかは、いっさい口をきかなかった。コマンチの言葉のほか、英語もいくらか分かるようだが、自分からしゃべろうとはしない。

リック・ゲインズが言う。

「それに、マッキーよ。この小僧を、牧場へ送り届けたところで、じじいの孫だという証拠は、どこにもねえだろう。じじいが何も言わずに、約束どおり金を払うと思うか」

マクナマラは、少し考えて応じた。

「じじいは、孫だという証拠を何か持って来い、とは言わなかった。こう言っただけだ。昔、コマンチにさらわれた、ダイアナという自分の娘が、族長の子を産んだ。その小僧を捜し出して、無事に連れ帰ってくれたら、一万ドルの報奨金を払う、とな。額面どおりに受け取れば、それでいいのさ」

雇われたとき、ジョシュア・ブラックマンが言ったとおりのことを、正確に繰り返す。

プラマーは、肩をすくめて言った。

「白人とインディアンの混血は、そんなにたくさんはいねえだろうと、そう思ったに違いねえな」

ゲインズが割り込む。

「実のところ、その母親を一緒に連れて帰りゃ、文句なしに孫だと分かるはずだ。しかしじじいは、母親を一緒に連れもどす必要はない、とぬかしやがった。いや、むしろ連れもどさないでくれと、そういう口ぶりだった。ともかく、襲撃したときあのキャンプにゃ、ダイアナらしい白人女はいなかったんだ。だから、確かめようがねえわけよ」

「だとしても、あの小僧を一目見りゃあ、白人の血が混じってることは、すぐに分かる。それに、どこかに母親の面影があるはずだ。少しでも似てりゃ、十分じゃねえか」

プラマーが言い捨て、マクナマラもうなずいた。

「そのとおりだ。とにかく、孫であろうとなかろうと、報奨金だけは払ってもらうさ。そのために、おれたちが危険を冒したことに、変わりはないからな」

プラマーは口を閉じ、満足げな笑みを浮かべて、焚き火の火をかき起こした。

「もし、金を払わねえなどとぬかしたら、その場でじじいと小僧を始末して、有り金をそっくりいただくまでよ」

ゲインズがそう言って、くっくっと笑う。

牧場には、カウボーイをはじめ雇い人が多く、そう簡単にいくとは思えないが、マクナマラは黙っていた。

ゆっくりと腰を上げ、背筋を伸ばす。

ともかく、先を急いだ方がいい。今いる場所は、サンタフェ本街道を南西にそれた、シマロン・カットオフの途上だ。ニューメキシコ準州の南部に位置する、ジョシュア・ブラックマンの牧場までは、まだ五百マイル近くある。かりに、一日五十マイル稼いだとしても、優に十二、三日はかかる勘定だ。

子供連れのきつい旅だが、考える時間はたっぷりある。ともかく、約束の報奨金だけはきっちりと、取り立ててやる。

馬を連れて来ようと、マクナマラはバファローの毛皮のコートを、体に引き寄せた。

遠い山裾に目をやったとき、一マイル以上離れた手前の平原を、馬でやって来る小さな人影が、視野にはいった。

「見ろ。だれか、こっちへやって来るぞ」

マクナマラが警告すると、プラマーもゲインズもすばやく立ち上がり、木の陰に身を寄せた。

山裾へ目を向けたプラマーが、緊張した声で言った。

「おれたちが雇った、手下のだれかじゃねえのか」

ゲインズが、すぐに応じる。

「だとしたら、トムスンの野郎かもしれねえな」

マクナマラは、首を振った。

「いや。トムスンなら、ケッチャムとクルスが一緒のはずだ。やつらも、おれたちのように組んでいるから、別行動はとるまい」

プラマーも、それに同調する。

「連中はダッジ・シティで、少なくとも三日は居続けで遊ぶ、と言っていた。ほかに雇った七人も、似たりよったりだろう。こんなに早く、追いつくはずはねえ」

ゲインズが口を挟んだ。

「トムスンがそう言ったのは、おれたちを油断させるための、嘘っぱちだったかもしれねえ。別れわかれに、おれたちのあとを追って来た可能性も、なくはねえぞ。トムスンは、何を考えているか分からねえ、いやなやつだったしな」

マクナマラは、うなずいて言った。

「キャンプを襲ったあと、おれが約束の手間賃を払ったとき、トムスンはなんとなく不満そうな、文句を言いたげな顔つきだった。やつらの仲間は六人いたが、そのうち三人はコマンチにやられて、死んでいる。もしかすると、死んだ三人分の分け前もよこせ、と言うかと思ったんだ。さすがに、言わなかったがな」

ゲインズが、すぐにせせら笑う。

「そりゃあ最初に、コマンチとやり合って死んだやつには、金を払わねえと釘を刺しといたからだ」

「しかしトムスンは、それを要求しかねないやつだった。そうなったら、へたにもめるのもめんどうだし、いくらか色をつけてやってもいい、と思っていた。それが、おとなしく引き下がったものだから、拍子抜けしたくらいだ」

マクナマラが言うと、プラマーは指を立てた。

「どっちにせよ、連中は三週間かそこらで、一人あたま百ドルがとこ、稼いだんだ。それで、御の字だろうが。牛追いの仕事なら、ざっと三カ月分の稼ぎだからな。それに、おれたちがこの仕事を、一万ドルで請け負ったことを、連中は知らねえんだ。これからも、知ることはねえだろうよ」

マクナマラは肩をすくめ、しだいに近づいてくる馬影に、目を向けた。

「トムスンだろうとだれだろうと、相手はたった一人だ。何もびびることはない。それより今のうちに、馬を連れて来てくれ。水筒に水を入れるのを、忘れるなよ」

ゲインズとプラマーは、馬をつないだ近くの水場へ、歩いて行った。

マクナマラは、コートの下で拳銃を抜き、平原をゆっくりと近づく馬上の男を、じっと見つめた。

黒いつば広の帽子をかぶり、毛皮の襟がついた短いコートを、体に巻きつけている。速度を変えないまま、馬首をまっすぐこちらに向けて来た。

ほどなくゲインズたちが、マクナマラの馬とサモナサが乗る騾馬《らば》を、一緒に引いてもどった。

馬と騾馬を、近くの木の枝につないで、そばにやって来る。

「こっちへ来るつもりらしい。油断するなよ」

マクナマラが言うと、ゲインズもプラマーも拳銃を引き抜き、コートの陰に隠した。

やがて、黒い帽子の男が街道を左にそれ、三人のいる木立の中にはいって来る。

それは、危惧していたトムスンでも、その仲間でもなく、見知らぬ男だった。

マクナマラは、いくらかほっとしたものの、気は緩めなかった。

男が、二十ヤードほど手前で馬を止め、呼びかけてくる。

「ハウディ（やあ）。おれは、サザン・パシフィック鉄道会社の、開発調査の仕事を手伝っている、ニューカムという者だ。ランディ・ニューカムだ。煙が上がっていたので、立ち寄らせてもらった。おれにも、コーヒーをごちそうしてくれると、ありがたいんだが」

そう言って、焚き火にかけたポットに、うなずきかける。

プラマーもゲインズもそれに答えず、マクナマラの顔を見た。

マクナマラは、愛想よく応じた。

「いいとも。その辺に馬をつないで、焚き火に当たりな」

男に敵意はなさそうだが、気を許すわけにはいかない。

見たところ、男は自分と同じ三十代の半ばくらいで、髭は生やしていない。

ランディ・ニューカム、と名乗った男はそばにやって来ると、左脚を前側から回して馬をおりた。手近の木の枝に、手綱を巻いて留める。

鞍の鞘袋から、ライフルの銃床がのぞいているが、腰にはガンベルトが見えない。コートの前をはだけると、ズボンのベルトにも拳銃を差していなかった。

丸腰と分かって、マクナマラはコートの下で、拳銃をホルスターにもどした。ゲインズとプラマーも、それにならう。

ニューカムに合図し、焚き火を囲んですわり直した。

マクナマラは言った。

「おれは、バート・マクナマラだ。マッキーと呼んでくれ」

次いで、ゲインズとプラマーの名も、教えてやる。ニューカムは、二人に挨拶した。

プラマーが、ブリキのカップにコーヒーをついで、ニューカムに渡す。

ニューカムは、カップを両手で包むようにして持ち、白い息を吐きながら口をつけた。

「いや、まったく、体が温まるよ。それにしても、ひどい寒さだな」

確かに、冬場の平原は身が凍えるほど、温度が低い。雪が降らないのが、せめてもの救いだ。

わずかな沈黙をやり過ごして、マクナマラは口を開いた。

「サザン・パシフィックの調査員が、こんなところで何をしてるんだ」

ニューカムは、カップから口を離して、肩をすくめた。

「正式の調査員じゃないんだ。調査員の下働きで、スカウト（斥候）の仕事をしてるだけさ」

「スカウト」

マクナマラが聞き返すと、ニューカムはカップで小さく弧を描いた。

「三年ほど前、セントラル・パシフィックとユニオン・パシフィックが、アメリカ大陸のど真ん中でつながって、大陸横断鉄道を開通させたのは、知ってるだろう。そのために、ノーザン・パシフィックと、われわれサザン・パシフィックは、後れをとってしまった。それを取りもどそうと、ノーザンとサザンはそれぞれ北と南で、横断鉄道の建設計画を進めているんだ。おれたちは、その路線の敷設経路の下調べを、請け負ってるのさ」

「たった一人でか」

「今のところはな。おれたちスカウトは、用地買収や工事開始のめどがつくまで、一人かせいぜい二人連れで、西部のあちこちを調べて回るんだ。あまり大人数で動くと、インディアンの注意を引きやすい。連中は、白人とアイアン・ホース（汽車）を、ひどく嫌っているからな。見つかれば、かならず襲われる。計画が固まるまで、あまり目立ちたくないわけさ」

確かに、ニューカムの言うとおりだ。

このあたりで、警戒しなければならないのはアパッチ、それに例のコマンチだった。両方とも、好戦的な連中だ。

ことに、クワハディと呼ばれるコマンチの支族は、白人に対する敵対意識が強い。

クワハディの族長、クワナ・パーカーはサモナサ同様、母親が白人であるにもかかわらず、白人を人一倍憎んでいる、といわれている。

ダイアナの息子サモナサも、コマンチの中でそのまま成長したら、そうならないともかぎらない。

そのとき、インディアンの話が耳に届いたのか、サモナサがかぶった毛皮をずらして、顔をのぞかせた。

ひとわたり、マクナマラたちを見回してから、また毛皮をかぶり直す。

ニューカムが不意に、顎をしゃくって言った。

「あの子供は、白人との混血だな。前に、見たことがある」

突然の指摘に、マクナマラはさすがに驚いて、ゲインズとプラマーを見た。

ゲインズもプラマーも、にわかに頬をこわばらせて、マクナマラを見返す。

マクナマラは、ニューカムに目をもどして、軽い口調で尋ねた。

「あの小僧を、知ってるのか」

「ああ。以前、白人の闇商人とコマンチの取引所で、何度か見かけただけだがね。インディアンのなりをした、白人の母親が一緒だった」

ニューカムがあっさり答え、マクナマラは少なからず焦った。

うそではないらしい。まさか、この男がサモナサ母子を見知っていた、とは思わなかった。

「どんな女だった」

ためしに聞くと、ニューカムはこめかみを掻いた。

「まだ若い、赤髪の女だ。二十代の半ばか、せいぜい後半というところだろう。だいぶ日焼けしていたが、なかなかの美人だった。ただ、目がぎらぎらしていて、いかにも気が強そうに見えた。確か、トシタベという族長の女房で、交易所の白人からはブラック・ムーン、と呼ばれていた。仲間内での呼び名は、確か〈トウオムア〉だった。コマンチの言葉で、ブラック・ムーンを意味するらしい」

ニューカムが言い終わると、サモナサのかぶった毛皮が、またもぞもぞと動いた。トウオムア、という名前に反応したようだ。

ゲインズが、押しつけるような口調で、ニューカムに聞く。

「だったら、そこにいる小僧の名前も、知ってるだろうな」

ニューカムは、帽子の前びさしを指でずり上げ、少し考えてから言った。

「確かサモナサ、といったはずだ。英語でいうなら、テン・スターズ（十の星）だと聞いた」

ゲインズは、言葉を失ったように瞬きして、口を閉じた。プラマーも、むっつりと黙ったままだ。

マクナマラは、さりげなく聞いた。

「そのトウオムアという女は、そこにいるサモナサと、よく似た顔をしていたか」

ニューカムはコーヒーを飲み、そのまま目を上に向けた。

「そうだな。目元のきついところなんかは、そっくりだった」

ゲインズもプラマーも、ほっとした顔つきでマクナマラに、うなずいてみせる。

マクナマラは考えを巡らし、思い切ってニューカムに聞いた。

「あんたも、仕事であちこち回っているようだが、ニューメキシコの南部の牧場主が、自分の娘とコマンチのあいだに生まれた、実の孫を捜しているという話を、耳にしたことはないか」

ゲインズとプラマーの顔に、すぐまた緊張の色が浮かぶ。

ニューカムは、あっさりうなずいた。

「ああ、聞いたことはある。ジョシュア・ブラックマン、という牧場主だろう」

いきなりその名を持ち出されて、マクナマラも少したじろいだ。

「あんたも、ずいぶん顔が広いな」

「仕事がらね。実のところ、その孫捜しでブラックマンに雇われた、という連中に出会ったのも、二度や三度じゃない。あんたたちも、その口だろう。小僧を連れているところをみると、うまく捜し当てたようじゃないか」

ニューカムの指摘に、マクナマラはゲインズとプラマーが、自分をじっと見つめるのを意識した。

二人とも、マクナマラがどう答えるか、興味津々という目つきだ。

マクナマラは、すぐに肚を決めた。

ニューカムが、サモナサを見知っていると分かった以上、とぼけても始まらない。

「ああ。少し前に、コマンチのキャンプで小僧を見つけて、助け出したところさ。これから、牧場へ連れて行くつもりだ」

マクナマラが言うと、ゲインズとプラマーは何も言わずに、目を見交わした。

二人のあいだに、不安と不満の色が見えるのに気づいて、あとを続ける。

「ただ、おれたちがもらう報奨金は千ドルずつ、締めて三千ドルでしかない。もう少し、引き出すことはできないかと、考えている最中でね」

報奨金は、三人で総額一万ドルだが、手下たちに支払った分もあるし、あえて額を低く言っておく。

ニューカムの口元に、嘲笑めいた笑みが浮かんだ。

「それはまた、ずいぶん安い報奨金だな。おれが前に出会った捜索者は、二人組で五千ドルというのもいたし、一人だけで三千ドルというのもいた。ここ二、三年のあいだに、どんどん値上がりしているらしいぞ。おれだったら、最低でも一人当たり五千ドルは、引き出してみせるがね」

マクナマラより先に、ゲインズが口を開く。

「おいおい、でかい口をきくじゃねえか。いくらなんでも、そこまでは出さねえだろう。あの牧場の下に、金鉱が眠ってるとでもいうなら、話は別だがな」

ニューカムは、ゲインズを見た。

「そうは言わないよ。ただ、あんたたちも知ってると思うが、ブラックマン牧場はとてつもなく広い。ミズーリ州のセントルイスから、南部を横断して西海岸へ鉄道を引こうとすれば、どこかでかならずブラックマン牧場を、横切ることになる。牧場を避けて迂回しようにも、山や谷を越える大工事が必要になるから、とんでもない金がかかる。サザン・パシフィックとしては、鉄道用地として牧場の一部を買い取る方が、ずっと安上がりだ。おっつけ、その交渉が始まる予定だが、土地の買収にはおそらく二十万ドルから、三十万ドルはかかるだろう。それに比べれば、孫のために支払う報奨金の額など、知れたものさ」

それを聞いて、マクナマラも今度はゲインズたちと、まともに顔を見合わせずには、いられなかった。二人とも、あっけにとられている。

マクナマラは、ニューカムに目をもどした。

「つまり、報奨金についてブラックマンとは、まだ交渉の余地があると言いたいのか」

ニューカムは、肩をすくめた。

「おれだったら、そうすると言っただけさ。勇猛なコマンチとやり合って、一人当たりたったの千ドルじゃ、引き合わんだろう。その十倍取っても、罰は当たらないよ」

ゲインズが乗り出す。

「交渉しだいで、一人当たり一万ドルになると、そう言うのか」

ニューカムは、また肩をすくめた。

「確かにサモナサが、実の孫だという証拠があれば、だがね」

何げない口調だっただけに、マクナマラはむしろぎくりとした。

ゲインズもプラマーも、尻を蹴飛ばされたとでもいうように、背筋を伸ばす。

マクナマラは、動揺を隠そうとして、わざと静かに聞き返した。

「あんたが出会った、二人で五千ドルとか、一人で三千ドルとかいう連中は、何か証拠をつかんでいたのか」

「いや。そもそもブラックマンから、孫だという証拠を一緒に持って来い、とは言われなかったらしい。それを聞いて、ブラックマンがほんとうに払う気があるのかどうか、おれも疑問に思った覚えがある。報奨金を、少しずつ高く吊り上げておいて、証拠がないから半額しか払わないとか、そういう計算をしてるんじゃないか、という気もする」

マクナマラは、口をつぐんだ。

言われてみれば、そういうことも十分にありうる。

なにしろ、ブラックマン牧場は、雇い人が多い。その場になって、文句でも言おうものなら、袋だたきにあってほうり出される恐れがある。

ゲインズが、心配そうに乗り出した。

「どうする、マッキー。今さら証拠を探しに、キャンプへもどるわけにもいくめえ」

すかさず、プラマーも言う。

「おれもごめんだぜ」

マクナマラは、新しいコーヒーをついで、口にふくんだ。

おもむろに、ニューカムを見る。

「あんたの口ぶりだと、自分はサモナサがじじいの実の孫だ、という証拠を持っている、と言いたそうだな」

ニューカムは、肩をすくめた。

「証拠とまではいかないが、まあ、実の孫だと証明する方法はある」

それを聞いて、マクナマラはゲインズとプラマーに、目を向けた。二人とも、どうしたらいいか分からぬ様子で、見返してくる。

マクナマラは肚を決めて、ニューカムに目をもどした。

「その証明方法を教えてくれたら、おれたちが報奨金を手に入れたとき、その十パーセントをあんたに渡す。そういう条件で、どうだ」

ゲインズもプラマーも、それで文句はないという顔つきで、うなずく。

すぐには答えず、ニューカムはマクナマラたちの顔を、順繰りに見た。

「そういう口約束は、しないことにしてるんだ。教えたとたんにずどん、という例を何度も、見てきたからな」

マクナマラは、苦笑した。ニューカムは確かに、ばかではない。

「それなら、おれたちと一緒にブラックマン牧場へ、行くことにしようじゃないか。あんたのおかげで、うまく報奨金が手にはいったら、その場で支払うことにする。正直に言うが、実は報奨金はおれたち三人で、一万ドルだ。嘘を言って、悪かった」

すなおにあやまると、ニューカムもくったくのない笑みを浮かべる。

「そんなことだろう、と思った。おれも、いずれはブラックマン牧場へ、用地買収の下見をしに、行かなければならん。あのじいさんにとって、一万ドルくらいの出費はごみのようなものだ。その倍を吹っかけても、おれの良心が痛むことはないよ」

そう言いながら、片目をつぶってみせた。

21

それから三日目の、二月十一日。

バート・マクナマラの一行は、シマロン・カットオフを南西に進み、インディアン・テリトリーの隅をかすめて、ニューメキシコ準州にはいった。あと百マイル足らずで、ふたたびサンタフェ本街道に、合流するはずだ。

そのあと、ロッキー山脈の南端を迂回して少し北上すれば、サンタフェに行き着く。古くて大きな町だから、久しぶりにゆっくり休めるだろう。

ランディ・ニューカムは、めったに自分から口をきくことがなく、つかみどころのない男だった。

しかし、別にあやしい振る舞いをするわけではないし、リック・ゲインズやハリー・プラマーとも、うまく調子を合わせている。

サモナサが、ジョシュア・ブラックマンの実の孫、と証明する方法がどんなものか、マクナマラにも分からない。ニューカムを銃で威《おど》して、白状させる手も考えてみたが、元も子もなくなる恐れがある。

キャンプを襲撃したあと、雇った手下たちに手間賃としてすでに千ドルほど、払ってしまった。少し前に、ゲインズとプラマーと三人で、駅馬車強盗を働いて稼いだ金だ。その分も取りもどせるなら、それに越したことはない。

ブラックマンに、報奨金を増額して払うように仕向ければ、そうした出費とニューカムの分くらいは、十分に賄えるだろう。

それを考えると、サモナサをまっすぐ牧場へ連れて行くのは、得策ではない。人質としてどこかに待機させ、自分とニューカムだけで牧場に乗り込んで、金の交渉をするのがりこうなやり方だろう。

マクナマラは、ほくそ笑んだ。

とにかく、牧場まではまだ何日もかかる。そのあいだに、いい方法を考えればいい。

ニューカムは子供好きらしく、サモナサと言葉はほとんど通じないようだが、速度を加減しながら騾馬を引くなどして、よくめんどうをみる。

野営するとき、マクナマラはかならずサモナサに、足かせをはめた。

その鎖を、自分の馬の足首につなぎ留めて、鍵はポケットに入れる。どんなときにも、油断は禁物だ。

四日目、二月十二日の夕方。

マクナマラは、ニューカムがサモナサの騾馬を引きながら、ときどき背後に目を配るのに、気がついた。

そのたびに、自分も同じように振り返って見たが、広い平原に岩場が点在するだけで、人の姿はない。ときどき、時期遅れのタンブルウィード（回転草）が、風に転がるくらいだ。

もっとも、岩場は待ち伏せしやすい地形なので、背後よりもむしろ前方を警戒する必要がある。雇った連中が、先回りすることはまずないはずだが、それよりもコマンチの別の部族や、アパッチの待ち伏せが怖い。

当然、ゲインズもプラマーも注意を怠らず、あちこちに目を光らせている。

マクナマラは、ニューカムに声をかけた。

「おい、ニューカム。さっきから、やけに後ろを気にしているようだが、何か心配ごとでもあるのか」

ニューカムは、帽子の前びさしをぐいと引き下げ、眉根を寄せた。

「まあな。どうも、きょうの昼過ぎあたりから、あとをつけられているような、そんな気配がするんだ」

ぎくりとしたが、顔には出さずに応じる。

「しかし、人っ子一人見えないぞ。岩場を別にすれば、これまでずっと見通しのいい、平原だった。あとをつけられれば、すぐに気づくはずだ」

ゲインズもプラマーも、うなずいてそれに同意する。

ニューカムは続けた。

「このところ、いくつか岩場が続いているだろう。岩場伝いにつけて来られたら、見落とすこともあるぞ」

「それはそうだが、こういう岩場の多い場所は尾行よりも、むしろ待ち伏せに気をつけるべきだろう。後ろよりも、前に目を配った方がいい」

たまたま、両側に岩山がせり出した狭い砂地に、差しかかったところだった。

「もし、この岩場を抜けたあたりで、待っていてくれるなら、おれがひとっ走り引き返して、様子を見てこよう」

ニューカムが言い終わるやいなや、ゲインズが口を開いた。

「待てよ、ニューカム。あんたはみんなと一緒に、このまま先に行ってくれ。おれがここの岩場に隠れて、つけて来るやつがいるかどうか、確かめることにする。もしいたら、その場で仕留めてやる」

ニューカムが言い返そうとするのを、マクナマラは手を上げて止めた。

「それはいい考えだ、リック。どこかに馬を隠して、見晴らしのいい岩場へのぼれ。おれたちは止まらずに進んで、岩場を出たところで待っている。そのあいだに、あとをつけて来るやつがいたら、問答無用で弾を食らわせろ。おれたちもすぐ、引き返して来る」

ゲインズはうなずいた。

「分かった。二、三人なら、おれ一人で十分だ。ただし撃ち合いになったら、すぐにもどって援護してくれ」

そう言って砂地におり立ち、馬を岩陰に引いて行く。

最後まで見届けずに、マクナマラはプラマーとニューカムに顎をしゃくって、先に行くように合図した。

ニューカムは、別にこだわる様子も見せずに、サモナサの騸馬を引き立てて、馬を進めた。プラマーも、あとに続く。

百ヤードほど隘路《あいろ》を進むと、そこでいったん岩場が途切れた。

出たところで馬を止め、マクナマラは岩場を振り向いて見た。道が曲がりくねっているため、どのあたりにゲインズが隠れているのか、分からない。

十分もたたぬうちに、奥で乾いた銃声がとどろいた。

はっとして、息を止める。

銃声とほとんど同時に、かすかな悲鳴が聞こえたような気もしたが、さだかではなかった。

マクナマラは手綱を引き締め、鞍の上で膝をまっすぐに立てて、岩場の奥をのぞいた。

プラマーとニューカムも、それにならう。

岩場には、なんの動きもなかった。耳をすましたが、銃声は一発でやんだままだ。

しばらく待ってみたが、ゲインズの姿は岩陰から現れない。

プラマーが、不安げに言う。

「どうしたんだろうな、リックのやつ。一発で仕留めたのか、それとも」

そこで、言葉をのみ込んだ。

さらに二、三分待ってみたが、なんの変化もない。

業を煮やしたように、プラマーはライフルを鞘袋から引き抜いた。

「おれが、様子を見てくる」

マクナマラは、それを止めた。

「待て。おまえ一人じゃ、危ない。おれとニューカムも、一緒に行く」

そう言って、ニューカムの手から騾馬の手綱を、奪い取った。サモナサと、二人きりにはしたくない。一応は、用心する必要がある。

マクナマラは馬をおり、騾馬の手綱を馬の鞍がしらに、縛りつけた。サモナサに足かせをはめ、その鎖を馬の鐙にとおして、固定する。

手綱を、近くの灌木の根元に巻きつけて、鞍の鞘袋からライフルを抜き取った。

馬をおりたニューカムも、同じようにライフルを抜く。

三人は、いつでも発砲できるように、それぞれレバーを操作して、弾倉に新しい弾を送り込んだ。

　プラマー、ニューカムを先に行かせ、マクナマラは最後尾について、岩場をもどり始める。

　まだ日暮れには間があるが、空は雪でも降りそうにどんよりと曇り、しかも風が出てきた。肌が凍りそうなほど、冷たい風だ。

　ニューカムが、肩越しに小声で言う。

「おれが言ったとおり、どうやらつけられていたようだな」

　マクナマラは、唇を引き締めた。

「それはまだ、分からん。ハリー、おまえは前だけ見ていろ。両側と後ろは、おれたちが見張る」

　そう声をかけると、先頭のプラマーが小さく応じる。

「分かった。岩場の上にも、目を配ってくれ」

　もどり始めてから、四十ヤードほどは両側とも切り立った崖で、上から撃ちかけられる心配はない。

　最初の岩角で、足を止める。

　ライフルを構え、ひざまずいて前方をのぞいたプラマーが、緊張した声で言った。

「おい。十ヤードほど先に、だれか倒れてるぞ。砂が血で真っ赤だし、動く気配もない。死んでるみたいだ」

　マクナマラは息を詰め、ニューカムの背中越しに、問い返した。

「だれだ。リックじゃあるまいな」

「ああ、リックじゃねえ。グレイのコートを着たやつだ。脱げた帽子も髪も、リックとは色が違う」

「するど、リックにやられたやつかもな」

「だろうな。とにかく、ここからじゃ顔がよく見えねえ」

少し考えてから、マクナマラはライフルの筒先で、ニューカムの背中を突いた。

「あんたが行け。知った顔かどうか、見てくるんだ」

ニューカムは、背筋を伸ばした。

「おれが知った顔とは、思えないな」

「あんたの、スカウト仲間かもしれないだろう。つべこべ言わずに、見てこい」

「分かった、分かった。あいつの顔をこちらに向けて、よく見えるようにしてやる」

ニューカムはライフルを持ち直し、そろそろと岩角から滑り出た。

マクナマラは、わずかな動きも見逃すまいと、岩場の上に目を向けた。曇った空がのぞくだけで、あたりは静まり返っている。

腰を上げて、うずくまったプラマーの上から、前方をのぞいた。

確かに、十ヤードほど先に男が倒れ、砂地が血に染まっている。

ニューカムが、倒れた男のそばに行って、かがみ込むのが見えた。ライフルをかたわらに置き、男の上半身を抱き起こす。

膝をついたまま、ニューカムは横に体をずらして、マクナマラの方に男の顔を、ねじ向けた。

「どうだ。見覚えがあるか」

ニューカムの問いかけに、マクナマラはうなずいた。予測していたとおりだ。

その男は、サモナサを引きさらうために雇った、十数人の手下の中のジョー・クルス、という男だった。クルスは六人組の仲間の一人で、そのうち三人はキャンプ襲撃の際に、コマンチにやられている。

しかし、仲間のボス格マイク・トムスンと、ビル・ケッチャムの二人がまだ、残っているはずだ。

やはり、襲撃後に支払った手当が不満で、あとを追って来たらしい。

おそらく、死んだ三人の仲間の分を、あらためて要求しに来たのだろう。最初にそう言えば、こころよくくれてやったのに、今となっては一セントも払うつもりはない。

しかし、クルスを撃ち殺したゲインズは、どこにいるのか。相手は死んだのだから、出て来てもいいはずだ。

それとも、トムスンたちの手に落ちたのか。

マクナマラは、プラマーに合図して、岩角を出た。周囲に目を配りつつ、ニューカムのそばに行く。

岩の上方に顔を向け、左手をラッパにして口に当てると、大声でゲインズの名を呼んだ。

「リック、無事か。クルスは死んだぞ。リック。いたら、出て来い」

返事はなかった。

かわりに、左手の岩場の斜面の上から、にわかに砂が流れ落ちる、耳障りな音がした。

次の瞬間、大きく砂煙が舞い上がったと見る間に、岩のふちを越えて何かが砂地へ、勢いよく転げ落ちて来る。

「リック」

プラマーが叫び、落ちて来た男に飛びついた。

マクナマラも、思わず目をむいた。確かにそれは、リック・ゲインズだった。

ゲインズは、バファローの毛皮のコートの、左肩から右脇腹にかけて一直線に、斬り裂かれていた。体一面、砂だらけだ。

噴き出した血がコートを染め、ゲインズはぴくりともしない。絶命していることは、明らかだった。

見開いたままの目が、妙にきらきら光るのに気づいて、マクナマラはぞっとした。

いったい、この傷はだれが、どうやってつけたものか。騎兵隊のサーベルでは、ここまで鮮やかに斬れないはずだ。

マクナマラは身構えて、斜面の上方に銃口を向けた。どこにも、人影はない。

プラマーが、ゲインズの死体を投げ出して、くるりと向き直った。

いきなりライフルを構えて、ニューカムに突きつける。

「てめえも、トムスンの仲間だな。妙な芝居を打って、リックをやりやがったんだ。覚悟しやがれ」

プラマーは、口の端に泡になった唾をためて、引き金に指をかけた。

ニューカムが両手を上げ、困惑した声で言う。

「むちゃはよせ、ハリー。言いがかりも、たいがいにしろ」

マクナマラも、あわててプラマーを止めた。

「待てよ、ハリー。まだ、こいつがトムスンの仲間、と決まったわけじゃない。ニューカムにはまだ、だいじな用がある。それに、向こうはまだ二人、残ってるんだ。そいつらを片付けてから、話をつけても遅くはないぞ」

「こいつが、途中で寝返ったら、どうする気だ」

「おれが後ろから、ニューカムを見張っている。ニューカムが、残ったトムスンかケッチャムの、どちらかを倒せば仲間じゃない、と分かるだろう」

「いや、おれは納得できねえ。こいつは、あの小僧や母親のことを、知っていやがった。トムスンに、入れ知恵されたに違いねえ。いくら言われても、これだけは譲れねえぞ」

そう言いながらプラマーは、あらためて銃口をニューカムに向けた。

そのとたん、プラマーは一声叫んでのけぞり、引き金を引いた。弾は上にそれて、ニューカムの帽子をかすめる。

ニューカムは、すばやく砂地に置いたライフルに、飛びついた。

マクナマラが制する間もなく、目にも留まらぬすばやさで銃を取り上げ、プラマー目がけて発砲する。

プラマーはライフルを投げ出し、背後の岩に後ろざまに吹っ飛んだ。そのまま一回転して、仰向けに砂地に崩れ落ちる。

マクナマラは、すぐさまニューカムに銃口を向けた。

「動くな、ニューカム」

ニューカムも、反射的にレバーを操作したものの、ライフルはそっぽを向いたままだった。

動くに動けぬ様子で、その場に立ちすくむ。

マクナマラは、大きく息をついた。

考えるまでもなく、ゲインズもプラマーも射撃が得意なだけの、血の巡りの悪い連中だった。どっちみち、牧場へ着く前にどこかで、始末するつもりでいたのだ。

しかし、ニューカムはゲインズやプラマーと、頭の働きが違う。用心してかからなければ、後手を引くことになりかねない。できれば、味方につけたい男だ。

マクナマラは言った。

「これでおれたち、二人だけになったわけだな、ニューカム。一緒に、トムスンたちの始末をつけて、ブラックマン牧場へ乗り込むか。それとも、ここでこいつらのように、くたばるか。あんたの肚を、聞こうじゃないか」

ニューカムは、ライフルの銃口を下に向けたまま、肩をすくめた。

「おれを殺したら、ブラックマンと交渉できなくなるぞ」

「あんたさえ裏切らなければ、殺すつもりはない」

ニューカムが、体の力を抜く。

「あんたのじゃまをする気はないよ、マッキー」

マクナマラは、ほっと息をついた。

口を開こうとした、そのとき。

ニューカムの背後の岩棚の上に、二人の男がぬっと姿を現した。

マイク・トムスンと、ビル・ケッチャムだった。二人ともマクナマラに、ライフルの銃口を向けている。

一瞬のことで、後れをとったマクナマラは銃を握ったまま、体を凍りつかせた。

トムスンもケッチャムも、銃床をしっかりと肩口に当てた姿勢で、こちらをねらっている。その体勢では、ねらいをはずす可能性は、まずなかった。

トムスンが言う。

「銃を捨てろ、マッキー。二対一じゃ、勝ち目はねえぞ」

ケッチャムが、あとを続けた。

「おとなしく、あの小僧を引き渡せ。どうせそのあたりに、隠してるんだろう。ここへ連れて来い」

マクナマラは、唇の裏を嚙み締めた。

トムスンもケッチャムも、ねらいは自分一人だけだ。真下にいるニューカムには、二人とも銃口を向けていない。

やはりニューカムは、トムスンの仲間だったのだ。

斬り殺されたケインズと、ニューカムに撃たれたプラマーに気を取られて、つい混乱をきたしたのが、失敗だった。

トムスンが、また口を開く。

「あんたが受け取る報奨金は、千ドルや二千ドルじゃあるめえ。百ドルぽっちで、おれたちに危ねえ橋を渡らせやがるとは、とんでもねえ野郎だ。この礼は、させてもらうぜ」

どうやら、だれかに知恵をつけられたらしい。ニューカムのしわざだろうか。

それにしては、向き合ったニューカムが表情を緩めもせず、銃口をそらしたままでいるのが、不可解だった。トムスンの仲間なら、とうに緊張を解いているはずだ。

やはり、ニューカムはトムスン一味と、関係がないのか。わけが分からなくなる。

そのとき、マクナマラはニューカムの目が二度、三度と上方に動くのを見た。

背後の岩棚の上を、示唆するようなしぐさだった。しかも、下に向けたライフルの銃口を、かすかに前後に動かしている。

それはあたかも、岩棚の上のトムスンとケッチャムを、一緒にかたづけようではないかと、誘っているように見えた。

また、頭が混乱する。

やはりニューカムは、トムスンたちの仲間ではないのか。しかし、二人は相変わらずニューカムに、銃口を向けようとしない。

いったいニューカムは、どちらの味方なのだ。

マクナマラは喉を動かし、必死に考えを巡らした。

思い切って言う。

「サモナサを手に入れても、ブラックマンの実の孫だと証明できなければ、報奨金は受け取れないぞ」

トムスンは、意表をつかれたように瞬きしたが、すぐにせせら笑った。

「そんな心配は、無用ってもんだ。あの小僧を見りゃ、孫だってことは一目瞭然よ」

マクナマラも笑って、余裕のあるところを見せる。

「白人とインディアンの混血は、探せばいくらでもいる。おれはその中で、あの小僧が確実にブラックマンの孫だ、と証明できるものを持ってるんだ。おれと一緒に、牧場へ行けば分かる」

あえて餌をまいたが、トムスンに心を動かされた様子は、見られなかった。

首を振って言う。

「牧場へ行くのは、おれとケッチャムだけで十分よ」

胸の中に、また疑惑が浮かぶ。

いったいニューカムは、トムスンたちと通じているのか、いないのか。

ニューカムの、微妙な目の動きを見れば、だいたいの察しはつく。逆に、トムスンとケッチャムが、ニューカムに目もくれないのは、不可解だった。

迷っていては、望みがなくなる。ここは一か八かで、やってみるしかない。

マクナマラはニューカムを見て、一度視線を背後の岩棚の上に動かし、すぐもとにもどした。

するとニューカムが、すぐさまその意図を察したとみえ、小さく瞬きする。

今やこの男が、トムスンの仲間であろうとなかろうと、二人を始末するつもりでいるのは、明らかに思えた。そこにはなんらかの、損得勘定があるはずだ。

マクナマラは、ゆっくり息をはいて目を上げ、岩棚の左側に立つトムスンを見た。

時間稼ぎに言う。

「それなら、報奨金をみんなで均等に、分けることにしよう。いいか、もう一度言うぞ。一緒に、ブラックマン牧場へ行くんだ。そうすれば、報奨金のごまかしもきかなくなる。それで話をつけようじゃないか」

トムスンは、せせら笑った。

「甘いぜ、マッキー。報奨金はおれたちが、全部いただくつもりよ」

そのせりふが終わらぬうちに、マクナマラはニューカムに向かって、ちらりと左へ横目を遣ってみせた。

自分は、岩棚の左側に立つトムスンを撃つ、という含みだった。通じなければ、それまでだ。

唯一の頼みは、すでにライフルのレバーを操作して、弾倉へ弾を送り込んであることだった。引き金を引くだけで、最初の一発が撃てる。

また、ニューカムもプラマーを撃ったあと、同じようにレバーを操作していたから、すぐに発砲できるはずだ。

トムスンが、また口を開く。

「さっさと、小僧の居場所を」

全部言い終わらぬうちに、ニューカムがいきなり体を回転させ、背後の岩棚目がけて引き金を引いた。

とっさに、マクナマラも体を沈めながら、トムスンに向けて弾を撃ち込む。

トムスンとケッチャムは、同時に声を上げて後ろに吹っ飛び、岩棚の奥に姿を消した。

岩に当たる、ライフルの銃身の金属的な音が、耳に響く。

マクナマラは、すばやくレバーを操作して、別の岩角に飛び込んだ。

ニューカムを見る。

ニューカムも、トムスンたちがいた岩棚の下に張りつき、反撃に備えている。

しかし、トムスンとケッチャムは撃ち返してこず、うめき声も物音も聞こえなかった。

マクナマラは、そっと息を吐いた。どうやら、自分もニューカムも一発で、相手を仕留めたらしい。

マクナマラは、ニューカムの横手の斜面に位置を移し、岩角を伝って慎重に岩棚へのぼった。ニューカムが銃を構え、それを援護する。

岩棚をのぞくと、トムスンとケッチャムはそれぞれ、左胸と喉元をまともに撃ち抜かれて、奥の崖下に仰向けに倒れていた。

自分の腕はともかく、マクナマラはニューカムの射撃のみごとさに、舌を巻いた。あの姿勢で、ケッチャムの喉元に弾を打ち込むのは、至難のわざだからだ。敵に回せば、手ごわい相手になるだろう。

岩棚の端に立って下をのぞくと、ニューカムがライフルを右手に持ち、マクナマラを見上げてきた。

「いい腕をしているな、マッキー」

「それは、お互いさまだ。あんたとなら、いい相棒になれるだろう」

マクナマラはそう応じるなり、すばやくレバーを操作して薬莢《やっきょう》をはじき出すと、弾倉に新しい弾を送りこんだ。

ニューカムも、急いでレバーを操作したが、銃口を上げる余裕はなかった。薬莢をはじき出したものの、そのままの姿勢で体を固まらせる。

マクナマラは、うそぶいた。

「ちょっと遅れたな、ニューカム。あんたが、トムスンの仲間でなかったことは、よく分かった。ただ、ゲインズもプラマーも死んだ以上、おれが二人の分も頂戴することにするよ。あんたには約束どおり、報奨金の総額の十パーセントを払う。それでいいだろうな」

ニューカムは、ライフルの銃口を砂地に突き立てると、銃床に体を預けるような格好をした。

「やむをえないな。それより、一つだけ教えてくれ、マッキー。前にも言ったとおり、サモナサの父親はトシタベという、コマンチの族長だった。あんたたちがキャンプを襲ったとき、トシタベは息子と一緒にいたはずだが、あんたの仲間のだれかにやられた、と聞いた。だれがやったか、心当たりはないか」

マクナマラは、薄笑いを浮かべた。

「父親かどうかは知らんが、小僧をまもろうとしたコマンチがいたのは、確かだ。頭に、鷲の羽根がたくさんついた、ボンネットをかぶっていた」

ニューカムが、眉根をきゅっと寄せる。

「その男が、族長のトシタベだ。だれが、トシタベを殺したか、見ていたか」

マクナマラはつい口元に、笑みを浮かべてしまった。

「見ていたとも。それも、いちばん近くでだ。やったのは、このおれだからな」

そう言ったとたん、隘路を挟んだ向かいの岩山に、突然人影が現れた。

ぎくりとして目を向けると、それは茶色の鹿皮服を身につけた、赤い髪の女だった。

マクナマラは、歯ぎしりをした。ほかにもまだ、仲間がいたのか。

しかも、そのいでたちからして、この女はサモナサの母親だという、ブラック・ムーンに違いない。

ここで、サモナサを取りもどされたら、すべてが水の泡だ。

マクナマラは、あらためてニューカムの胸に、銃口を向け直した。

「あれが、ブラック・ムーンか。おまえの連れか」

「答えは二つとも、イエスだ。いくらあんたの腕がよくても、ブラック・ムーンとおれの両方を、一度には撃てないぞ」

ニューカムの返事に、マクナマラはとっさにニューカムを避けるため、岩棚の奥に飛びすさった。

同時に、赤髪の女が背中から矢を引き抜いて、弓につがえるのが見える。

マクナマラはすばやく銃口を上げ、赤髪の女にねらいをつけた。

発砲するより一瞬早く、銀色に輝く鋭い稲妻が宙を走り、自分に向かって飛んでくるのが、視野の中に広がる。

引き金を絞ると同時に、マクナマラは額に恐ろしい衝撃を受けて、よろめいた。その反動で、ライフルが手の中から吹っ飛び、岩棚に音を立てて落ちる。

マクナマラは、倒れまいとしてたたらを踏み、口にあふれてくる血にむせながら、奥へ逃げようと体を回した。

そこにもまた、鹿皮服の男が一人、立っていた。

男の手の中にあるものが、目に見えぬ風のように宙をひるがえり、胴をなぎはらってくる。

マクナマラは、体が二つに割れるような衝撃を受け、岩棚の上でくるりと舞った。

必殺の矢が、自分の頭蓋骨《ずがいこつ》をつらぬいたことも、鋭い剣が自分のはらわたを斬り裂いたことも、知らなかった。

崩れ落ちるより前に、マクナマラは息が絶えていた。

ブラック・ムーンは、右手をそろそろと上げた。

向かいの岩棚に立つ、ハヤトに向かってゆっくりと、振ってみせる。

クリント・ボナーが、岩棚に上がってハヤトの隣に立ち、向き直った。

ボナーも同じように、手を振り返してくる。

ブラック・ムーンは同じ右手で、わずかに銃弾がかすめた左肩の傷を、強く押さえた。

これで、死んだトシタベの妻として、夫への義理を果たすことができた。今から自分は、ダイアナ・ブラックマンにもどって、サモナサと新しい道を歩むことになるのだ。

左手の力を緩めて、強く握ったコマンチの弓を、岩の上に落とす。

これで、その弓を手にすることは、二度とないだろう。

22

一八七二年、三月一日、金曜日。

小高い丘に、百人近い喪服の人びとが、集まっていた。

ダイアナ・ブラックマンは、バトラー（執事）のジム・デイヴィスに付き添われて、すでに墓穴に下ろされた棺桶の上へ、手にした土をまいた。

サモナサも、それにならう。

祖父と孫は結局、一度も会えずに終わった。結果的にダイアナも、コマンチにさらわれてから、父親と生きて会うことはなかった。

意外にも父親は、まだ見ぬ孫の成長に合わせるように、年ごとに、そして季節ごとに、東部から子供用の衣服を、取り寄せていた。それらがきちんと、クロゼットに保管してあった。

孫に会いたい、引き取って跡継ぎにしたい、との気持ちに偽りはなかったようだ。

葬儀に当たって、ダイアナは取り寄せられた多くの衣服の中から、黒いズボンと厚手のチェックのコートを選んで、サモナサに着せた。

あれほど憎んでいた父親なのに、ダイアナはあふれる涙を止めることができなかった。

ジョシュア・ブラックマンは前々日、一八七二年二月二十八日の早朝に、急死した。数年前からわずらっていた、狭心症の発作に見舞われたのだった。

医師を呼び寄せる間もなく、父親はそのまま息を引き取ったそうだ。五十七歳の誕生日を迎える、一カ月前のことだった。

死んだとき、ブラックマンの手には長年愛用した、金側《きんがわ》の懐中時計が握られていた。

デイヴィスが、何げなくそれを開いてみると、ロケットになった蓋《ふた》の裏側に、死んだ妻アンの写真が、はめ込んであった。

早逝したアンの生前、ブラックマンが妻に手ひどく当たったことを、デイヴィスはよく承知していた。アンの死の二年後、ダイアナがコマンチにさらわれてからも、主人の口から妻の名が出ることは、絶えてなかったようだ。

したがって、そこにアンの写真を見つけたことに、ひどく驚いたという。

どちらにせよ、そのことがいったい何を意味しているのか、デイヴィスには分からなかった。

それを聞いたダイアナも、分かりたいとは思わなかった。

しかし、デイヴィスはその事実を善意に解釈して、ブラックマンを両親が眠る丘の上の墓地の、妻アンのすぐ隣に葬ることに決めた。

それでも、今ダイアナは形見の懐中時計を、しっかりと左手に握り締めている。つい先日まで、その左手はコマンチの強い弓を、固く握っていたのだ。

「お父さまのご葬儀の朝に、お嬢さまがお孫さまを連れてご帰還になるとは、きっと神さまのお導きでございましょう」

敬虔《けいけん》なプロテスタントであり、若いころからブラックマンに仕えてきたデイヴィスは、そう言ってダイアナ母子を歓迎した。すでに七十歳を越えているが、頭も体もしっかりしたままだ。

狷介《けんかい》な性格のブラックマンが、広大な牧場をつつがなく経営してこられたのは、このデイヴィスともう一人、牧童頭《ぼくどうがしら》のエル・ゴルド（太っちょ）と呼ばれる、エンリケ・ブラソスのおかげだった。それは、母が死ぬ前からのことでもあり、ダイアナもよく承知していた。

エル・ゴルドは、生粋《きっすい》のメキシコ人だ。

メキシコ系や穏健なインディアン、元奴隷だった黒人、そして少数の白人の若者など、百人近い牧童をその統率下に置いている。

ダイアナが拉致《らち》されたとき、エル・ゴルドはまだ二十代半ばの、若い牧童だった。今はもう、三十代の後半だろう。

会葬者には、周辺に土地を持つ牧場主や農場主、シルバー・シティの町長や法の執行官、銀行家、それにサルーン、レストラン、大商店の経営者など、多くの要人や有力者が含まれていた。

さらに、準州内にある砦の騎兵隊、歩兵隊の幹部、それに鉄道関係者の姿も、あったようだ。その数や多様な職種、顔触れを見ただけでも、ブラックマンの影響力が、広範囲に及んでいたことが分かる。

葬儀が終わると、会葬者の輪の外に控えていたハヤト、クリント・ボナーとともに、ダイアナは石造りのりっぱな邸宅にもどった。

サモナサを連れ、思い切って一度牧場へもどると決めたとき、ダイアナはハヤトとボナーに、同行を求めた。サモナサを、父親に引き渡すつもりはなかったが、せめて孫の顔くらいは見せてやろう、と考えたのだ。

ハヤトとボナーは、万が一のときの護衛だった。

何よりも父親には、今後報奨金をかけて孫を追い回すのを、やめるように言おうと思っていた。

そのかわり、東部できちんと教育を受けさせたあとなら、息子に牧場の跡を継がせることに同意する、と申し出るつもりだった。

しかし、父親の急死でそうしたもくろみは、すべて無用のものとなったのだ。

父親の執務室は、昔の記憶と少しも変わっていなかった。

暖炉や書棚、食器棚、ホームバーなどが、すべて壁への埋め込みになっており、デスクはその上で牛に焼き印が押せるくらい、大きかった。

デイヴィスが、これも埋め込み式の大型金庫をあけて、一通の封書を取り出した。

「生前お父さまから、死後にこれをお嬢さまにお渡しするよう、言われておりました」

受け取りながら、ダイアナは尋ねた。

「これが、遺言書なのかしら。ずいぶん、軽いけれど」

「牛と土地関係、その他の動産に関する遺産の詳細については、シルバー・シティのチャールズ・ハリス弁護士が、承知しておられます。ハリス氏は、あいにく東部へ出張中でございますが、あらためて詳しい内容をお嬢さまに、ご説明するはずでございます」

デイヴィスは、それだけ言って、口を引き結んだ。

ダイアナは封を切り、手書きでしるされた一枚の書付に、目を通した。

ブラックマン牧場の全資産を、ブラックマン家の正しい血統を受け継ぐ孫に、遺贈するものとする。なお、その孫が満二十歳に達するまでのあいだ、ジョシュア・ブラックマンの実の娘、ダイアナ・ブラックマンを孫の後見人に、指定する。

ジョシュア・ブラックマン

すべてが片付いたあと、サモナサ奪回のための尽力に対して、ダイアナはハヤトとボナーに、それぞれ謝礼五千ドルを用意した。

最初固辞した二人が、最終的に受け取ることに同意したのは、十分の一の五百ドルにすぎなかった。

しかも、二人でそれを半分ずつに分けるという、信じられぬ結果に終わった。

＊

四週間後の三月二十九日、金曜日。

ピンキーこと、ヘンリー・トマス・ピンクマンは、レストランの夜の開店に向けて、準備を始めようとした。

フロアから、キッチンへ向かおうと腰を上げたとき、入り口のガラスドアを叩く音が聞こえた。

ガラスは、レースのカーテンでおおわれているため、顔は見えなかった。

ドアの外には、〈午後五時半開店〉の札が掛けてあり、まだ四時二十分になったばかりだった。いくら気の早い客でも、ドアを叩いたりはしないだろう。

ピンキーは入り口に行き、カーテンを寄せて外をのぞいた。

そこに、テンガロンハットをかぶった、クリント・ボナーの顔を発見して、のけぞるほど驚く。

ピンキーは、急いで内鍵をはずし、ドアを大きく開いた。

ボナーが、帽子の前びさしを指で押し上げて、白い歯を見せる。

「やあ、ピンキー。なかなか、いい店じゃないか」

ピンキーは、夢中でボナーの手をつかみ、上下に振り立てた。

「いやはや、びっくりした。いきなりやって来るなんて、どういう風の吹き回しだい、ボナー。いかにもあんたらしいけど、よくここが分かったもんだね」

ボナーは、ピンキーに合わせて手を上下させながら、眉を動かした。

「十日ほど前、シャイアンから大陸横断鉄道に乗るとき、ユラに教えられた例の下宿屋の女主人、そう、テンプル夫人にあんたのことを、電報で問い合わせたんだ。そうしたら、この店の場所を知らせてくれたのさ」

ピンキーは手を握ったまま、腕を振り立てるのをやめた。

「シャイアンというと、ワイオミング準州のシャイアンかい」

名前を知っているだけで、むろん行ったことはない。

「そうだ。ニューメキシコの南部から、真北のシャイアンまでの八百マイルほどは、馬で行った。それから、アイアン・ホースに乗り換えて、サンフランシスコへ来たわけさ」

「ニューメキシコね。それはまた、たいへんな旅だったたな」

ピンキーはやっと手を離し、ボナーの背後に目をやった。ほかに、だれもいない。

「あんた一人のようだね。旅の途中で、ハヤトやダニエル・ティルマンと、巡り合わなかったのかい」

「ダニエルとは出会わなかったが、ハヤトについてはいろいろと、いきさつがある。中にはいっても、かまわんかね」

ピンキーは手を離し、あわてて戸口からどいた。

「すまない、気がつかなくて。そこの階段を上がって、二階へ行こう。奥に、おれの私室があるんだ」

二階の部屋に落ち着くと、グラスを二つ出してウイスキーをつぎ、再会を祝って乾杯する。

二年ほど前、一八七〇年の七月半ばのことだが、ネヴァダ州のビーティの町で別れて以来、ボナーとは一度も会っていない。ボナーはあのとき、賞金稼ぎの仕事にもどると言い残し、町を出て行ったきりだった。

ボナーの話では、それから一年半ほどのあいだに、高値のついたお尋ね者を何人かつかまえ、そこそこの金を稼いだらしい。

そうした話は早々に切り上げて、ピンキーは本題にもどった。

「それじゃ、さっそくハヤトの話を、聞かせてくれよ」

ボナーは、グラスを一口であおり、新たに自分でもう一杯ついだ。

おもむろに話し始める。

「ハヤトと巡り合ったのは、二カ月ほど前の二月初めのことだった。お尋ね者を追って、カンザス州のアビリーンに行ったとき、偶然行き合ったんだ」

そのときハヤトは、少女のころコマンチにさらわれた白人の女、ブラック・ムーンことダイアナ・ブラックマンと、一緒だったそうだ。

それは一昨年の夏、ハヤトがビーティの町に連れて来て、ドク・ワイマンに銃創の手当てをさせた、という例の女に違いなかった。

ボナーによると、ダイアナは父親の雇った捜索隊が捜している、族長とのあいだにできた息子を守ろうと、コマンチのキャンプを追っている最中だった。

どんないきさつがあったか知らないが、ハヤトはその手助けをするためにダイアナと、行動をともにしていたらしい。

そしてその直後、捜索隊がコマンチのキャンプを襲い、父親の族長を殺して息子を連れ去った。

久しぶりに会ったハヤトは、ユラやピンキーの消息を聞くよりも先に、その息子を取り返す手伝いをするように、ボナーに迫ったという。

「いやも応もない。おれは二人と一緒に、アビリーンからダッジ・シティへ行き、さらに息子を拉致した三人の男を追って、ニューメキシコに向かったわけだ」

そのあとボナーは、鉄道の調査員のスカウトになりすまして、その三人組の中にもぐり込み、言葉たくみに取り入った。

そして、ひそかにあとを追って来たハヤト、ダイアナと力を合わせ、三人組を倒して息子を取りもどした、というのだ。

ボナーの話は、いかにもおおざっぱに過ぎたが、実際にはかなりの修羅場があったに違いない。

そのあとピンキーは、ボナーとハヤトがダイアナ母子とともに、ブラックマン牧場へ行ったいきさつを、詳しく聞かされた。

牧場主の父親ジョシュアはおりあしく、ダイアナたちが到着する二日前の朝、急死したということだった。

「そんなことより、ハヤトはそのあとどうしたんだ。なぜあんたと一緒に、サンフランシスコへ来なかったんだ」

先を急ぐピンキーの問いに、ボナーはすぐには答えなかった。

グラスに、軽く口をつけてから言う。

「ハヤトとは、シャイアンで別れた」

「シャイアンでか。ハヤトはそれから、どこへ行くと言っていた」

「それについて、おれは何も聞かなかった。ただハヤトは、あんたやユラに行く先を聞かれたら、ダイアナ母子と一緒に東部へ向かった、と言ってほしいと頼まれた。実際、ダイアナは遺産の整理がつきしだい、息子と東部へ行くと言っていた。牧場の経営は当面、死んだブラックマンの執事と、牧童頭に任せるそうだ。息子に、高等教育を受けさせるというのが、ダイアナの夢らしい」

予想外の返事に、ピンキーはとまどった。

「つまり、ハヤトはユラとおれに、ダイアナと一緒になると思わせたかった、ということかな。まあ、それがハヤトの本心かどうかは、別としてだけど」

「なんとも言えないな。ハヤトにはユラが少々、重荷になっていたのかもしれない。おれには、よく分からんがね」

ピンキーは肩を落とし、ソファに背を預けた。

ハヤトが何を考えているか、さっぱり分からない。高い崖から転落して、ますます頭の具合がおかしくなったのか。

思い切って、話を変える。

「この一月半ばに、日本の外交使節団が、アメリカにやって来た。もしかして、新聞で読まなかったかい」

「読まなかった。おれが読むのは、お尋ね者の手配書だけさ」

その返事に、つい苦笑した。

「外交団と同じ船で、シニチロウ（新一郎）というユラの実の兄が、サンフランシスコにやって来たんだ。ここに本社のある、メイスン&ヒルという貿易商社の、日本支社で働いている、と言っていた。例の、ショウサク・タカワキもその本社に、籍を置いてるんだ」

「シニチロウとやらは、今どうしているのかね」

「ディック・ペイジ、という日本支社の支社長と一緒に、外交団に同行して東部へ向かった。東部でも、日本からの輸入品を扱う支社を、開くつもりらしい。きょうあたり、ワシントンに着くころだよ」

ボナーが、グラスをぐいとあけてから、しびれを切らしたように言う。

「あんたやほかの話も、少しは聞かせてくれ」

ピンキーは、すわり直した。

「見てのとおり、おれは今やレストラン〈ピンキー〉の、オーナー・シェフさ。開店してから、まる一年になる。おやじとおふくろが、隣で肉屋をやってるんだ」

「なるほど。では、タカワキはどうした。怪我をした足は、治ったのか」

「歩くのに支障はないけど、まだ少し引きずってるよ。完全には、治らないだろうね」

ボナーが、またグラスに酒をつぐ。

軽くなめて言った。

「さてと、肝腎のユラはどうしてるんだ。テンプル夫人の電報では、この店で働いているとしか、書いてなかったが」

その問いに、ピンキーはまたすわり直した。

「ユラのことだけど、もうここでは働いていないんだ。電報では、テンプル夫人も詳しい事情を、伝えられなかったんだろう」

「それじゃユラは今、どこで何をしてるんだ」

ピンキーは深く息をつき、気の進まない口調で言った。

「今ごろは、海の上さ。実はユラは、日本へ帰ることになったんだ」

ボナーは唇を引き締め、両手の人差し指をそろえて、口元にあてた。

「なんとね。兄と入れ違いに、帰国するのか。それも、ハヤトを置いて」

ピンキーは目を伏せ、ついてもいない袖のごみを、払うふりをした。

「実はこの一月、日本の外交使節団が入港した日の夜に、ハヤトからユラに電報がきたんだ。当分、サンフランシスコにはもどれないという、そっけない電報だった。たぶん、ダイアナとその息子の一件で、忙しくなったころだろう」

それを聞くと、ボナーは天井に目を向けて、少し考えるしぐさをした。

「その電報はたぶん、おれがハヤトやダイアナとアビリーンで遭遇する、二週間ほど前のものだな」

独り言のような口ぶりだった。

ピンキーは首を振り、ため息をついた。

「実を言えば、ユラが出港したのは五時間ほど前、今日の正午のことなんだ。五年前に就航した、パシフィック・メール蒸気船会社の定期便、コロラド号に乗って行ったのさ。行く先はホンコンだが、ユラは日本のヨコハマ、とかいう港でおりる」

それを聞いて、ボナーも同じように、ため息をつく。

しばらく考えたあと、一人でうなずきながら言った。

「そうか。それで、よかったのかもしれん。今、おれが話したようなことを、ユラに聞かせなくてすんだからな」

返す言葉が見つからず、ピンキーは口をつぐんだ。

二人はそれぞれ、自分のグラスをからにした。

しばらく沈黙したあと、ピンキーはまた口を開いた。

「ところで、あんたはまだ賞金稼ぎの仕事に、未練があるのか。ピーター・シモンズにもどって、この町に落ち着くのも、悪くないんじゃないか。射撃の腕は、あまり役に立たないけどね」

ピーター・シモンズは、ボナーの本名だった。

シモンズは、以前ピンキーが乗っていた商船、セント・ポール号の船上看護師だった、クレア・シモンズの実の弟だ。

ただ、南北戦争の末期に殺人と強盗を繰り返した、悪名高いウィリアム・クワントリルのゲリラ部隊に、加わっていた暗い過去がある。

そのため、戦後姿をくらまさなければならず、いまだに正体がばれれば死刑をまぬがれない、という話だった。

その後も名前を変え、過激派の人種差別団体ＱＱＱに加わって、無法のかぎりを尽くした。

しかし、最後には考えをあらためて、ハヤトやユラ、ピンキーの命を救ったことから、互いにつかず離れずの妙な関係になっている。

ともかくピンキーには、ボナーにそんな過去があったなど、信じられぬことだった。

そのシモンズが、今では逆に悪党を追う賞金稼ぎになったのだから、皮肉なものだ。

階下で、ウエートレスやコックの見習いたちが、開店の準備を始める物音がする。

ボナーが、ゆっくりと腰を上げた。ピンキーも、それにならう。

二人は握手した。

ボナーが言う。

「おれはしばらく、この町にいるつもりだ。船に乗っている、姉の消息を尋ねてみたい。このことは、だれにも言わないでくれ」

「分かってるさ。くれぐれも、気をつけるんだぞ、ボナー。危なくなったら、遠慮なくここへ来てくれ。あんたには、だいぶ借りがあるからね」

「友だち同士に、貸し借りはないさ」

ボナーは向きを変え、ゆっくりと戸口に向かった。

ピンキーはその背中を、じっと見送った。

エピローグ

時枝ゆらはデッキに立って、遠く霞む東の海を眺め続けた。

サンフランシスコを出港して、すでに数時間がたっている。

少し前まで、視界にアメリカ大陸の影が、残っていたような気がした。

しかし、今や視野にはいるのは、大海原だけだ。

あの岩棚の上での決闘の日、一八七〇年の六月二十六日以来、内藤隼人こと土方歳三とは一度も、出会っていない。

その二日後、歳三がビーティの町の診療所に、銃で撃たれた女を連れて来たことは、分かっている。連れは、インディアンのようにも見える、若い白人の女だったという。

治療が終わったあと、歳三は急いで女と町を出て行ったそうだが、そのまま消息を絶ってしまった。

それから一年半ほどして、日本の外交使節団がサンフランシスコに着いた夜、突然歳三が電報をよこした。

〈CAN'T COME BACK SF FOR THE TIME BEING. HAYATO〉

当分SFにはもどれず。隼人

三下り半どころか、わずか一行のそっけない文面に、足をすくわれたようなショックを受けた。

歳三とは、別に夫婦《めおと》の約束を、したわけではない。

また、自分の気持ちを正直に伝えたことも、絶えてなかった。言わないでも分かっている、と思った。いくら時代が変わったとはいえ、そんなことを女の方から、言い出すものではない。

ただ、歳三がサンフランシスコを脱出する直前、あれは一八六九年八月二十七日のことだが、別れ際に夢中で飛びついてキスをした、それだけが唯一の思い出だった。

そして今、兄新一郎に日本へ帰るように言われれば、そうするしかなかった。

自分はもともと、意識を失った歳三のめんどうをみるため、付き添いとしてアメリカに密航しただけなのだ。

その歳三は、記憶こそなくしてしまったものの、とにかく箱館以来の健康を取りもどして、動き回れるようになった。

もう、自分がいなくても、だいじょうぶだ。

そう思うと、ゆらは体中の力がいちどきに抜け、海へ落ちていくような気分になる。

ただ歳三が、官憲につかまって密航の事実が露見した場合、日本へ強制的に送還されることは、間違いない。

新政府にとって、元新選組副長の歳三は許しがたい逆賊ゆえ、帰国すれば死罪は免れない。榎本武揚、大鳥圭介のように罪を許され、新政府に迎え入れられることは、万に一つもないのだ。

そうした強制送還にならぬよう、ゆらはピンキーと日本領事館の事務官塚原太郎に、内藤隼人名義の旅行印章（パスポート）を、いつなんどきでも発行できるように、準備しておいてほしいと固く頼んでおいた。

いつの間にか、海面が暗くなりつつあった。憎らしいほど、波の穏やかな日だった。

いっそこの海に飛び込んで、サンフランシスコへ泳ぎもどろうか。

そう考えたとき、背後から声がかかった。

「ゆらさん」

振り向くと、高脇正作が立っていた。

正作は、山高帽にフロックコートという、洋装だった。

穏やかな口調で言う。

「そろそろ、夕餉の時間だ。こんなところに立っていると、風邪を引くぞ。そろそろ、下へもどった方がいいと思う」

ゆらは、目を伏せた。

「はい。すぐにもどります。あと四半時、そう、三十分ほど、時間をいただけませんか」

正作の口元に、軽い笑みが浮かぶ。

「分かった。三十分後に、食堂の入り口で、落ち合うことにしよう」

そう言い残すと、わずかに足を引きずりながら、デッキを昇降口の方へ向かった。

その姿が消えると、ゆらはあらためて暗い海原に、目をもどした。

思わず、ため息を漏らす。

歳三のいるアメリカは、闇の中に沈んだままだった。


〈了〉

『ブラック・ムーン』関連年表

年	月	米国	日本
1860	3		井伊直弼暗殺。桜田門外の変。
	11	アメリカ大統領選挙でリンカーンが当選。	
1861	4	南北戦争勃発。	
1863	1	奴隷解放宣言が発布される。	
	3		近藤勇、土方歳三ら、新選組を結成。
1864	6		池田屋事件発生。
1865	4	南北戦争終結。リンカーン大統領暗殺。	
1867	10		坂本龍馬暗殺される。大政奉還。
1868	12		戊辰戦争。榎本武揚、土方歳三ら箱館政府樹立。
1869	5	ジェニファを養育していたスー族の集落が合衆国第二騎兵隊に襲われ、全滅。ジェニファ、ラクスマンに拾われる（「アリゾナ無宿」）。	
	6		箱館戦争、明治政府が勝利。土方頭部に被弾（「果てしなき追跡」）。
1870	3	憲法修正第十五条発効。黒人の選挙権承認。	
	5	土方、アリゾナの地でマット・ティルマンを討つ（「最果ての決闘者」）。	
	6	土方、高脇正作とともに崖から転落（『ブラック・ムーン』）。	
1872	1		岩倉使節団、サンフランシスコに到着（『ブラック・ムーン』）。
1873	10		征韓論争。征韓派の西郷隆盛、板垣退助、江藤新平ら下野。
1875	8	アリゾナ準州ベンスンで、ジェニファ、ストーン、サグワロと出会う。ストーンをリーダーに賞金稼ぎのチームを結成（「アリゾナ無宿」）。	
1876	2	プロ野球ナショナル・リーグ発足。	
	3	グラハム・ベル、電話実験成功。	
	4	ストーン、ジェニファ、サグワロ、依頼を受けコマンチ族追跡の旅へ（「逆襲の地平線」）。	
	6	リトルビックホーンの戦い。カスター中佐の第七騎兵隊全滅（「逆襲の地平線」）。	
1877	2		西郷隆盛ら不平士族の叛乱。西南戦争。
	12	エジソン、蓄音機を発明。	
1878	5		大久保利通暗殺。

書き下ろし短篇　死者の手札

1

一八七六年三月一日、水曜日、午後一時。

ワイオミング準州の州都、シャイアン。

クリント・ボナーは列車をおり、ホームを横切って駅の外へ出た。とうに雪は降りやんでいたが、風が身を切るように冷たく、頰を打ってくる。

荷物は手にさげたバッグと、肩に掛けた革鞘《かわざや》入りのライフルだけだ。三年前に売り出された、最新型の連発銃、ウィンチェスターM73。

このライフルは、同時期に発売された単発銃、スプリングフィールドM73より、銃身が短いうえに、弾丸の火薬量が少ない。そのため、射程距離も殺傷力も単発銃に劣る、という弱点がある。

したがって、ウィンチェスターはバファロー狩りには、適していない。

また、インディアンと戦う騎兵隊の軍用銃にも、採用されなかった。軍の制式銃には、単発ながら射程距離も殺傷力も上回る、スプリングフィールドが選定された。

とはいえウィンチェスターは、装弾数十四発という大容量を誇るうえ、レバーを立て続けに操作することによって、空薬莢《やっきょう》の排出と新しい弾丸の装填を、連続的に行なえる利点がある。

その結果、慣れれば十五秒以内に全弾速射できるのが、最大の強みだった。

ボナーは、駅から延びる広い通りを、北に向かって歩いた。通りの先は開けた荒野で、さらに遠くに雪をかぶった山が、霞んで見える。

解けた雪で、ぬかるみになった馬車道に、轍《わだち》が複雑な跡を残している。歩きにくく、ブーツが泥だらけになるのには、閉口した。

デッドウッドへ向かう拠点でもあるので、かなりにぎやかな町だと思っていたが、人通りはさほどでもなかった。ただ酒場だけは、ほかの町と同じように繁盛しており、にぎやかなピアノの音や嬌声が、馬車道に流れ出ている。

目につく建物は、賭博場兼業のサルーン、ホテル、簡易宿泊所、入浴場兼理髪店、ゼネラル・ストア（雑貨店）、鉱物分析事務所、それにレストラン、バーといったところだ。

いちばん手前の建物に近づき、踏み段をのぼって板張り歩道に移る。

ワイオミング準州の南端は、中西部に隣り合うコロラド準州とユタ準州の、北側に接している。

その中で、シャイアンは準州南東部の隅に位置する、大陸横断鉄道の停車駅だ。はるばる、テキサスから延伸してきた牛の輸送ルートの、重要な拠点の一つでもある。

牛はここから、列車で北西部や北東部の各地へ、送り出される。もっとも、カンザス州のアビリーンやダッジ・シティ、ウィチタなどに比べれば、規模はだいぶ小さい。

ただこの町から、東隣のネブラスカ州との州境に沿って、北側に位置するダコタ準州との州境までのぼると、ブラックヒルズにできた新しい町、デッドウッドに到達する。

二年前の夏、ジョージ・A・カスター中佐の率いる第七騎兵隊が、たまたまブラックヒルズを行軍中、豊かな金の鉱脈を発見した。

それが知れ渡るなり、一八四九年に起きたカリフォルニアでの、あのゴールドラッシュ以来の、大騒ぎになった。

もともと、ブラックヒルズ一帯は一八六八年に結ばれた、インディアンとのララミー協定によって、スー族の居住地域と定められている。そこへ、新たに発見された金鉱を目がけて、白人たちがどっとなだれ込んだ。当然、白人とスー族とのあいだに、深刻な衝突や紛争が発生して、収拾がつかなくなった。

スー族側の強い抗議によって、連邦政府はインディアン居住地域への、白人の侵入を禁止した。

しかし、金鉱を目当てに殺到する白人たちに、協定を守らせることはできなかった。国内ばかりか、国外からも一獲千金を夢見る採掘者が、ブラックヒルズに押し寄せた。

その結果、ほどなくブラックヒルズの谷あいに、白人のキャンプ地が自然発生的に、形成された。それがたちまち成長して、いつの間にかデッドウッド・ガルチ（峡谷）と呼ばれる、ブームタウンになってしまったのだ。むろん、準州から正式に認知された、行政権を持つ町ではない。

そうした状況の変化から、連邦政府とインディアンとのあいだに、不穏な空気が流れ始めた。それが急速に進んで、今や放置すれば一触即発の事態を招きかねない、危険な様相を呈しつつある。

かといって、今さら金鉱目当ての白人たちの、ブラックヒルズへの侵入を阻止することは、不可能だった。

こうした混乱に、収拾がつかなくなった連邦政府は、やむなく方向転換をはかった。すなわちもっとも安易な手段、この地域から逆にスー族を退去させるという、正反対の方針を打ち出したのだ。

これに対して、スー族はもちろんシャイアン族も反発し、ともに連邦政府に対して抗議の声を上げた。二つの部族は、戦いも辞せずという姿勢で大集団となり、ワイオミングからモンタナへと、しだいに北上しつつある。

そうした状況は、ボナーもよく承知している。しかし、デッドウッドを目指すのは、最初からの方針であり、やめるわけにはいかない。

むろん、金鉱探しのためではない。

こうした、新興の町には無法者や、お尋ね者が集まるものと、相場が決まっている。賞金稼ぎにとっては、格好の獲物探しの場所なのだ。

四年前の一八七二年三月、ボナーはここシャイアンでハヤトと別れ、大陸横断鉄道でサンフランシスコへ向かった。そのときハヤトは、逆方向の東部行きの列車に乗ったようだ。

ブラック・ムーンこと、ダイアナ・ブラックマンは息子のサモナサに、東部で学校教育を受けさせるらしい。それから、死んだ自分の父親ジョシュアに代わって、サモナサに牧場を継がせる考え、と思われる。そのためには、白人社会になじませなければならず、大都市で寄宿舎生活を送らせる、という方針に違いない。

サモナサは、そこそこに英語を理解するようだし、白人ふうに名前を変えさえすれば、すぐになじむだろう。むろん、最初のうちはいじめや差別にあうだろうが、それを乗り越えなければならない。そのためには、手助けが必要だ。

ハヤトの東部行きは、そのことと関わりがあるのかもしれない。

ハヤトとダイアナのあいだに、特別な関係があるのかどうか知らないし、知りたくもない。ただ、サンフランシスコにはユラという、ハヤトと親しい日本人の女が、いるはずだった。

しかし、ハヤトは駅でボナーと別れるとき、ユラへの言づてを頼むどころか、ひとことも その名を口にしなかった。もともと寡黙な男だし、自分とは関わりがないことなので、ボナーは何も聞かなかった。

サンフランシスコで、ボナーは久しぶりにヘンリー・ピンクマンこと、ピンキーと再会した。

ピンキーはその地で、無事に両親や弟と再会を果たしたばかりか、繁華街に小さいながらレストランを開き、オーナー・シェフになっていた。

ピンキーによれば、ボナーが店を訪ねたのとまさに同じ日の昼に、ユラはショウサク・タカワキとともに船に乗り、帰国の途に就いたという。

ボナーも、このわずかな時間差のすれ違いを、さすがに残念に思った。せめてユラに、ハヤトが無事でいることを、伝えてやりたかった。

それにしても、ユラがハヤトの消息を突きとめぬまま、あのタカワキと日本へ帰ってしまうとは、意外だった。

ボナーの知るかぎり、タカワキとハヤトはカタナ（刀）で優劣を争う、ライバル同士のはずだ。そしてユラは、タカワキに好意を寄せるどころか、むしろうとましがっていたのではなかったか。

自分とは関わりのないことだが、なんとなく釈然としないものを感じた。

どう考えても、ユラがハヤトとの再会を果たさぬまま、あのタカワキと日本へ帰ってしまう、とは思えなかった。

きっとユラは、あらためてハヤトを捜すために、いずれまたこのアメリカに、もどって来るのではないか。

そんな気がした。

＊

ピンキーと別れたあと、ボナーは船上看護師として働くという、姉のクレア・シモンズの所在を尋ねた。クレアの消息は、ユラに教えられたのだ。

契約した船会社によると、クレアはそのときヨーロッパ方面へ向かう、定期便の客船に乗務している、ということだった。

そうなると、当分は会うことができない。

ちなみにボナーは、ザ・シビル・ウォー（内戦＝南北戦争）のさなか、本名のピーター・シモンズ（Peter Simmons）として、悪名高い南軍のクワントリル・ゲリラに加わり、北軍支配の町の焼き打ちや掃討作戦に、たずさわっていた。

クワントリルの一団は、情け容赦のない略奪、殺戮《さつりく》を繰り返したため、北部では蛇蝎《だかつ》のように嫌われ、恐れられる存在だった。

さらに終戦後は、ゲリラの残党で組織した白人至上主義の秘密結社、ＱＱＱ（クワド・クワグ・クワン）の結成に加わり、官憲の追及をかわしながら、地下活動を続けた。

ただ、正体を隠すためにボナーは、本名をアナグラムで綴《つづ》り直して、ピーミス・モンスター（Pemis Monster）という変名を使った。

しかし時がたつにつれ、そうした不法行為や悪事にまみれた生き方に、いやけが差してきた。

戦争のさなかには、襲撃や略奪を正当な戦闘行為だと割り切り、ほとんど罪悪感を覚えなかった。ただ戦争が終わってみると、それはただの犯罪にすぎないことが、身にしみて分かった。しだいに罪の意識に、さいなまれるようになった。

ＱＱＱの頭目が殺されて、やむなく指導者の地位を引き継いだあと、たまたまユラやハヤト、ピンキーと出会った。

そのとき、ユラからクレアの消息を聞かされ、姉が会いたがっていることを知った。

それをきっかけに、ボナーは組織を解体する肚《はら》を決めた。団員が各自独立して、自由に生きることにしたのだ。

もっとも、残党の多くはまともな職に就かず、相変わらずもとの連中と徒党を組んで、無法の生活を続けているらしい。

独りになったボナーは、逆に悪党をつかまえる賞金稼ぎに、転身を図った。前歴を消すため、名前もそれまでのアナグラムを捨てて、ごくふつうの〈クリント・ボナー〉に、変えた。

手配された悪党を捕らえ、場合によっては始末することで、過去の悪業をつぐなえる、と考えたわけではない。罪滅ぼしにもならないのは、よく承知している。

ときには、お尋ね者になった元ＱＱの同志と、対決することもなくはなかった。

そうしたときも含めて、この仕事はおおむね命がけの銃撃戦に発展する。常にそうなるとは限らないが、いつ殺されても不思議はない仕事だ。返り討ちにあえば、それでおしまいになる。

そもそも自分自身が、賞金稼ぎの対象になりうる存在で、むしろ手配書が出回っていないのが、不思議なくらいだった。回っていたとしても、戦争が終わってからだいぶたっており、忘れられてしまったのかもしれない。

どちらにせよ、たとえ死んでも過去の罪が、消えるわけではない。ただ、命はもとからないものと覚悟を決め、どんな危険もいとわないつもりだ。

その結果、名うての悪党とまともに対峙《たいじ》しても、あまり恐怖を覚えなくなった。賞金稼ぎの仕事が、これほど長続きしているのは、そのせいに違いない。

ハヤトと再会して、一緒にいたブラック・ムーンこと、ダイアナ・ブラックマンに頼まれ、息子を救い出す手助けをしたのも、その流れといってよかった。金のためではなく、ひとのために働いたことによって、いくらか気持ちがすっきりしたのは、確かだった。

ともかくダイアナや、ハヤトともとを分かったばかりか、姉とも当分会えないとなれば、賞金稼ぎの仕事を続けるしかない。

ボナーはこの四年というもの、カリフォルニアを出てネヴァダ、アリゾナ、ニューメキシコ、コロラドを巡歴し、そのあいだに十九人のお尋ね者を捕らえて、総額二千五百ドル近い賞金を稼いだ。大金には違いないが、生活費や必要経費を勘定に入れれば、それほどの額ではない。

＊

そのあいだ、ボナーはハヤトらしき男の消息を一度だけ、耳にする機会があった。

半年かそこら前、つまり一八七五年八月のことだ。

手配書が出てから、十年以上も逮捕を免れて足跡を絶ったままの、フランク・ローガンという強盗殺人犯を目当てに、アリゾナのベンスンなる田舎町に行った。その近くに、小広い農場を買った前歴不明の男がいる、との噂を聞きつけたからだ。

町で調べたところによると、その男はジェイク・ラクスマン、という名だった。

ラクスマンは、大金を払って広い土地を買いながら、娘か姪《めい》か分からぬ若い女と二人きりで、男手を雇わずに農場経営をしている、という。町へ買い出しに来る以外、町民との付き合いはないそうだ。

そうした、素性の知れぬ人付き合いの悪い男は、何かあやしい過去を持つ場合が、少なくない。賞金稼ぎの勘、といってもいいだろう。ラクスマンが、当のお尋ね者ではないにせよ、何か手掛かりがつかめるかもしれない、と思った。

結果的に、その勘は的中した。

ラクスマンは、お尋ね者のローガン本人ではなかったが、ローガンを殺して大金を奪っていたことが、死後に判明した。ラクスマンとローガンは、幼なじみだったらしい。

ともかく、ボナーがベンスンに着いたときには、三週間ほど前に別の賞金稼ぎが、ラクスマンの過去を暴き出し、正当防衛で射殺したあとだった。

その賞金稼ぎは、トム・B・ストーン（Tom B. Stone=Tombstone／墓石）と自称する、ボナーと同年配の男だったらしい。

出会ったことはないが、ボナーもその男の評判だけは、耳にしていた。腕のいい賞金稼ぎは、悪党ばかりか同業者のあいだでも、すぐに名が売れるのだ。ストーンは、その一人だった。

ベンスンの町で聞いた話によれば、ストーンはラクスマンを始末したあと、肩越しにサーベルを背負った、インディアンかメキシカンらしい男と、ラクスマンに養われていた娘の三人で、どこかへ姿を消したという。

それを聞いたとき、ボナーはストーンと一緒にいた男が、そのいでたちや風体からハヤトに違いない、と直感した。カタナを背負った、インディアンかメキシカンらしい男、というのが何人もいるはずはない。

例のタカワキは、ユラと日本へ帰ってしまったし、ハヤト以外には考えられない。

ハヤトがなぜ、ストーンと行動をともにしていたかは、分からない。

町の人びとの話によると、二人ともベンスンには別々にやって来た、という。

また、なぜそこにラクスマンと暮らしていた、マニータとかいう娘が加わって、三人で町を出て行ったのか、知る者はいなかった。

町の、治安判事や保安官によれば、三人が組んで賞金稼ぎをするつもりではないか、ということだった。

しかし、町を出たあとのストーンたちの消息は、聞こえてこなかった。少しのあいだ、足跡をたどってみたが、途中であきらめざるをえなかった。なんといっても西部は広く、ボナーにもお尋ね者を探す仕事があるので、時間をむだにするわけにはいかない。

ハヤト、あるいはハヤトらしき男のことを耳にしたのは、それが最初で最後になった。

＊

その後もボナーは、三カ月に一度くらい船会社に電信を打ち、クレアの消息を問い合わせた。しかし、いつもまだ帰国していないという、つれない返事ばかりだった。

そして半年前、最後に届いた船会社からの知らせによると、クレアはヨーロッパでスペイン人の船医と結婚して、バルセロナに住み着いたというのだった。

考えてみれば、クレアもすでに四十歳を過ぎており、身を固めても不思議はなかった。いつかはアメリカへ、里帰りすることがあるかもしれないが、あてもなくそれを待つわけにもいかない。

そんなわけでボナーは、また一稼ぎしなければならない状況になり、それまであまり足を踏み入れなかった中西部の北へ、やって来た次第だった。

シャイアンの、簡易宿泊所は立て込んでおり、部屋を見つけることができなかった。

何軒か当たったあげく、結局は町いちばんというパレス・ホテルの、最上級の部屋しかあいていないことが、判明した。

やむをえず、並のホテルの十日分の部屋代を払って、二日間借りることにした。おりを見て安いホテルに、宿替えするつもりだった。

食堂で遅い昼食をとったあと、ボナーはフロントの男に賭博場を聞き、〈ボウルビー〉という酒場へ行った。

バーのカウンターと、カード賭博にさいころ賭博、ルーレットの賭博コーナーに分かれた、かなり広い店だった。

バーでジョッキのビールを買い、奥のカード賭博のコーナーに足を運ぶ。

テーブルはおおむねふさがっていたが、いちばん奥の壁際のテーブルだけ、ひときわ人だかりができていた。

ボナーはそばに行き、ビールを一口飲んで中をのぞいた。四人の男が円卓を囲んで、カード賭博の最中だった。

そのやりとりから見て、お決まりのポーカーと分かる。

壁を背にして、カードを胸元に引きつけた男には、見覚えがあった。

四年前、アビリーンで出会ったワイルド・ビルこと、ジェームス・バトラー・ヒコックだった。

あのときボナーは、指名手配中のジェリー・バウマンを追って、アビリーンに行ったのだ。バウマンには、テキサス州から五百ドルの賞金がかかっており、それをもう少しで手に入れるところだった。

しかし、酔ったバウマンは無謀にも、ヒコックに決闘を挑んだ。

その場へ、たまたまハヤトとダイアナが、来合わせた。二人は、ボナーと反対側の板張り歩道から、バウマンとヒコックの対決を見ていた。

撃ち合いの寸前、抜いた拳銃を隠し持つバウマンが、ひそかに銃口を上げようとした。それをハヤトが、とっさの吹き針で目つぶしを食らわせ、たじろがせた。

次の瞬間、ヒコックが電光石火の抜き撃ちで、バウマンを撃ち倒したのだ。その早わざからすれば、ハヤトの助勢は不要だったかもしれない。

ともかく、ボナーはバウマンを捕らえそこない、賞金を棒に振るはめになった。もっとも、相手がかの有名なヒコックでは、文句のつけようがない。

今、壁を背にすわったそのヒコックも、この四年のあいだに少しばかり、ふけた感があった。相変わらず口髭をたくわえ、長く伸ばした髪を肩口まで垂らしている。肩と袖に、白い房飾りのついた上着を着込んだ姿は、以前と変わらぬしゃれたいでたちだ。拳銃は見えないが、ベルトにでも差してあるに違いない。

背後の壁には、真っ白なステットソンの帽子が、掛けてあった。

ヒコックは、サルーンのテーブルに着くとき、かならず壁を背にしてすわる、といわれている。常に、店の戸口を見渡すことができて、背後を人が通らない場所を選ぶ。それだけ、用心深いということだろう。

いでたちはさておいて、ヒコックの顔や姿勢に出た疲れの色は、隠せない。そろそろ四十歳になるはずだが、もっと年をとっているように見える。

ガンマンの平均寿命は、長くてもせいぜい三十代半ば、といわれている。どれほど腕が立とうと、年とともに反射神経や集中力が、衰える。その結果、伸び盛りの若いガンマンに後れをとって、早死にすることになるのだ。

ボナー自身も、ヒコックと同じような年齢だから、いつまでも今の仕事を続けてはいられないだろう。腕と度胸だけではだめで、場合によっては汚ない手を使う道も、避けては通れない。

そんなことを考えているとき、ボナーの肩に手を置いた者がいる。

「久しぶりだね、ボナー」

驚いて振り向くと、幅広の帽子をかぶった若い男が、笑いかけてきた。

2

不意をつかれて、一瞬絶句する。

男ではなかった。

それは、六年前の一八七〇年六月下旬、ネヴァダ州のビーティの町で別れたきりの、ダニエル・ティルマンだった。ハヤトに、カタナで仕留められた連邦保安官、マット・ティルマンの娘だ。

当時、ダニエルは父親の仇を討つために、ハヤトを追い回していたのではなかったか。

クリント・ボナーは、形ばかり帽子のひさしに、手をやった。

「これはこれは、ダニエル。まったく、久しぶりじゃないか」

ダニエルは、狐の毛皮らしい襟がついた、ロングコートを着ている。ボタンを留めておらず、コートのあいだから腰につけたガンベルトが、ちらりとのぞいた。

髭こそ生やしていないが、背丈もあるためすぐには男か女か、判断がつかない。

ただ、整った美しい顔立ちと、テンガロンハットに収まりきらずに、少しばかりはみ出した長い金髪が、さすがに女を感じさせた。

ダニエルが聞いてくる。

「こんなところで、何をしてるの」

だいぶ年下のくせに、相変わらず対等の口をきく。

ボナーは、肩をすくめた。

「前と同じ、賞金稼ぎさ。悪党はいつでも、どこにでもいるからな。それより、あんたこそこんな物騒な町で、何をしてるんだ」

ダニエルも、同じように肩をすくめる。

「デピュティ・シェリフ（保安官補）よ。食べていかなきゃならないしね。あんたと、同じようなものさ」

そう言って、コートと鹿皮服の襟をずらした。

ふくらんだ胸の、白いシャツにつけられた銀バッジが、ちらりとのぞく。それはただの星形の、保安官補のバッジだった。

ダニエルは以前、父親の形見の連邦保安官バッジを流用し、その役職を詐称していたはずだが、さすがにここでは控えたようだ。

あのころ、連邦政府とアリゾナ準州政府に、連邦保安官任命の申請書を出した、と言っていたが、それもかなわなかったとみえる。

ビールをぐいと飲んで、ボナーは聞いた。

「ハヤトと決着をつけるのは、あきらめたのか」

ダニエルが、唇を引き締める。

「あきらめてはいないわ。あんた、ハヤトと一緒じゃないの」

「ハヤトとは、もう四年も会ってない。たまたま、このシャイアンの駅頭で、別れたきりさ。おれはそのあと、サンフランシスコへ行った。ハヤトは、東部へ行くと言っていた」

眉がぴくり、と動いた。

「東部。そんなとこへ、何しに行ったの、ハヤトは」

「それは、聞かなかった」

ボナーが言うと、ダニエルは親指の爪を嚙《か》んだ。

「ふうん。少なくとも、ハヤトはまだこの国にいる、ということね」

「たぶんね。それより、あんたの手下のなんとかいうやつは、どうした。一緒じゃなかったのか」

話を変えると、ダニエルは瞳をくるりと回し、唇をなめた。

「ああ、マーフィね。ビル・マーフィは、死んだわ。デンバーで、あたしがごろつきと撃ち合っているとき、流れ弾をくらってね。三カ月ほど前のことだけど」

そう言いながら、目を軽くしばたたいた。

当時ダニエルは、ビル・マーフィを顎で使い回していたが、その反応からすれば、いくらか情が移ったのかもしれない。

今度は、ダニエルが聞いてくる。

「六年前、ハヤトはインディアンらしき女と、マーフィとあたしより一日早く、ビーティの町を出て行ったのよね。あんたは、あたしたちより何日か、町に長居したはずだわ。そのあと、ハヤトといつ、どこで巡り合ったの」

「それから二年後、つまり四年前のことだが、おれは賞金のかかったお尋ね者を追って、カンザス州のアビリーンに行った。そのときに、ハヤトと出会った」

「アビリーン。ハヤトは、一人だったの」

「いや。コマンチ族から追い出された、白人の女を連れていた。ビーティで一緒だった、ダイアナ・ブラックマンという女だ。当時は、コマンチの名でトウオムア、と呼ばれていたがね」

興味を引かれた様子で、ダニエルが顔をのぞき込んでくる。

「それで二人は、どうしたの」

ボナーは少し迷ったが、結局肩をすくめて言った。

「そのあといろいろあったが、話せば長くなるからやめておく。とにかく、ハヤトとは四年前、ここシャイアンの駅頭で別れたのが、最後だった。以後は会ってない。ただ、それらしき男の消息を、一度だけ耳にした」

ダニエルの目に、好奇の色が浮かぶ。

「どういう消息」

「去年の八月、アリゾナのベンスンという町に、立ち寄ったときの話だ。ストーンと呼ばれる、おれと同業の賞金稼ぎが、カタナを背負ったハヤトらしい男と、もう一人の若い娘と三人連れで、町を出て行ったそうだ。おれが立ち寄る、三週間ほど前のことらしい」

「そんなところで、ハヤトは何をしていたの。ほんとに、ハヤトだったの」

「分からない。念のため、しばらくあとを追ってみたが、見つけられなかった。たぶん、ハヤトに違いあるまい。そんな格好をするやつは、めったにいないからな。ピンキーによると、タカワキはユラと一緒に日本へ帰った、という話だったし」

いずれにせよ、シャイアンでたもとを分かって以来、ハヤトとは一度も顔を合わせていない。

ダニエルが、話を変える。

「アビリーンでは、賞金を稼ぐことができたの」

「いや。ワイルド・ビルに先を越されて、稼ぎそこなった。あの男は四年前、アビリーンでシェリフをしていたんだ」

ワイルド・ビルと聞くと、ダニエルは奥のテーブルに首を回して、ジェームス・バトラー・ヒコックに、ちらりと目をくれた。保安官補という仕事がら、ヒコックのことはむろん、承知しているのだ。

ダニエルは目をもどし、口調を変えて言った。

「あのテーブルは、もめるかもしれないわよ」

「どうして分かる」

「ワイルド・ビルが相手をしている、三人のうちの二人はロビン・サザランドと、ジャック・マコール。名字が違うけど、二人は兄弟だと称してるわ。ほんとかどうかは、あたしも知らない」

「剣呑《けんのん》なやつらなのか」

「ロビンは血の気が多くて、怖いもの知らずの無頼漢だわ。兄のジャックは、ロビンをすごくかわいがっていて、間違いが起こらないように見張る、なだめ役兼用心棒ね。ロビンは負けず嫌いだから、たとえ相手がワイルド・ビルでも、ひどく負けが込んできたら、何をするか分からない。あたしが、ここに控えているのは、そのためもあるのよ。シェリフのグレグ・モーガンが、デッドウッドに出張中なのでね」

ボナーは言った。

「いくら血の気の多いやつでも、カードで負けたくらいでワイルド・ビルに、挑んだりしないだろう」

ダニエルが、小さく肩をすくめる。

「それなら、いいけど。ただワイルド・ビルは、この店でずっと負け続けなの。しかも、四日後の日曜日に結婚式を控えていて、その挙式費用を稼がなきゃならない。きっと、勝つまでやるに違いないわ。たぶん気が立ってるから、もめたらただではすまないと思う。ロビンが、おとなしくしていればいいけどね」

ボナーは、耳の後ろを搔《か》いた。

まさか、いつ死ぬかわからないヒコックが、結婚するとは思わなかった。あるいは、自分の腕がいつまでも衰えず、長生きできると信じているのだろうか。

試しに、言ってみる。

「ワイルド・ビルは、カラミティ・ジェーンと仲がいい、とあちこちで聞いた。結婚相手は、彼女なのかね」

カラミティ・ジェーンは、男勝りの女丈夫だと聞いているが、実際の名前は知らない。ミズーリ生まれで、少女のころ相次いで両親を失ったため、男がやる荒っぽい仕事を引き受け、幼かった五人の弟妹を育て上げた、という噂《うわさ》を聞いたことがある。

ヒコックもジェーンも、ときどき騎兵隊の斥候をしており、その仕事を通じて親しくなった、とのことだ。

数年前、騎兵隊がインディアンの急襲を受けたとき、斥候を務めていたジェーンは急いで駆けもどり、敵を蹴散らして劣勢の隊を救った、という。

それを機に隊員たちは、急場（カラミティ）を救ってくれたジェーンに、その肩書をたてまつった、と伝えられている。

しかしダニエルは、首を振った。

「違うわ。結婚相手は、ジェーンじゃない。ワイルド・ビルがアビリーンで知り合った、アグネス・サッチャー・レイクという女よ。もと曲馬団の団長で、馬を乗りこなしていたらしいわ」

曲馬団の女にヒコックとは、ずいぶん変わった取り合わせだ。

「カラミティ・ジェーンより、若いのか。ジェーンは確か、まだ二十代と聞いたが」

「アグネスは二十代どころか、ワイルド・ビルより十歳以上も年上だわ。それに確か、まだミセスのはずよ」

これには驚く。

「人妻とは、結婚できないだろう」

ダニエルは、また肩をすくめた。

「旦那はだいぶ前に、殺されたと聞いたわ」

それを聞いて、ボナーは首を振った。

「わざわざ、年上の未亡人と結婚するとは、ワイルド・ビルも物好きだな」

そう言ったとき、だれかがヒコックのテーブルで、大声を上げた。

「そりゃねえだろう、ヒコック。この店の賭け金は、二十五ドルが上限だ。おれはもう、二十五ドル賭けたんだ。どんないい手か知らねえが、そのうえ百ドルまで吊り上げるなんて、ルール違反もいいとこだぜ」

その激した口調に、フロアの喧噪《けんそう》がいちどきにしりぞいて、あたりがしんと静まった。

ピアノ弾きだけが、少しのあいだ弾き続けていたが、それも五秒としないうちに、ぷつんと途切れる。

ボナーもダニエルも静寂の中、人垣のあいだからのぞくようにして、テーブルの様子をうかがった。

壁を背に、こちらに顔を向けたヒコックは、両手に持ったカードを胸元に引きつけ、向かいにすわるずんぐりした男を、無感動に見返している。

「わたしのカード賭博に、上限などというものはない。コールするかおりるか、好きなようにすればいい」

静かな、低い声で応じたヒコックの返事は、フロア中に伝わったようだった。ぴん、と張り詰めた空気が、あたりを支配する。

ダニエルが、口を動かさずにささやいた。

「案の定だわ。こちらに、背を向けているのが、ロビン・サザランドよ。左隣りにいるのが、ジャック・マコール」

そのジャック・マコールが、カードを持つロビンの左手を、軽く叩く。

「落ち着くんだ、ロビン。ミスタ・ヒコックと遊ぶときは、やっこさんのルールに従うのが、この店のしきたりなんだ」

「口を出さねえでくれ、ジャック。店のしきたりじゃ、賭け金の上限は二十五ドルのはずだ。人によって変わる、なんてことがあってたまるか」

ヒコックの口元に、あざけるような笑みが浮かぶ。

「わたしのテーブルでは、わたしのルールに従ってもらう。百ドルに値しない手なら、おりるしかないだろう」

マコールともう一人は、すでにおりてしまった。ヒコックとロビンの、差しの勝負になっている。

ボナーは、すぐそばのテーブルにジョッキを置き、右手を自由にした。何が起こるか、分からないからだ。

ロビンは歯を食いしばり、少しのあいだ未練がましく、手札を見つめていた。

それから、いかにも悔しそうにカードを、テーブルに叩きつけた。

「くそ、あんたの勝ちだ。おりるしかねえ」

ロビンが、自分の手札を表にする。クィーンが三枚の、スリーカードだった。

ヒコックは眉《まゆ》ひとつ動かさず、その場に手札を伏せて置き、テーブルの中央に散った金を、掻き寄せようとした。

ロビンが指を立て、かん高い声で言う。

「待ちな、ヒコック。あんたの手札を、見せてもらおうじゃねえか」

ヒコックは、金を集める手を止めて、ロビンを見返した。

そっけなく応じる。

「おりた相手に、手札を見せるルールはない」

ロビンは、それにかまわず中腰になり、ヒコックの手を強引に押しのけて、手札を開いた。

ヒコックの手は、キングのワンペアだった。

ロビンの後ろ肩が、みるみるいかった。

大声でどなる。

「くそ、はったりをかましやがったな、ヒコック。おれの勝ちじゃねえか」

ヒコックは、じっとロビンを見返した。

「それなら、百ドル賭ければよかったんだ」

「汚ねえぞ、ヒコック。足元を見やがって」

ののしるロビンにかまわず、ヒコックは手元に金を掻き集めると、おもむろに腕をテーブルの陰に下ろした。

「それがポーカーというものさ」

その一言を聞くなり、ロビンは椅子を鳴らして立ち上がった。

一歩下がると、腰の拳銃の上に開いた手を、引きつける。

「ひとをばかにするのも、いいかげんにしやがれ」

ロビンの背後にいた連中が、撃ち合いのとばっちりを受けまいと、あわてて左右に分かれた。

ボナーとダニエルだけが、その場に取り残される。巻き込まれる恐れがあるが、二人とも動かなかった。ただし、ヒコックの銃の射線からは、はずれている。

ダニエルが、背後からロビンに呼びかけた。

「待ちなさいよ、ロビン・サザランド。屋内で、拳銃をぶっ放すのは、ご法度だ。だいいち、ポーカーにはったりは、つきものじゃないか。騒ぎを起こすのは、やめてもらうよ」

穏やかながら、断固としたその口調に、ボナーは内心驚いた。

六年のあいだに、ダニエルはただ鼻っ柱が強いだけの娘から、すっかりおとなの女になったようだ。

それを聞いたマコールが、ロビンの左手をつかんだ。

「そのとおりだ、ロビン。やめた方がいい。たとえ、ミスタ・ヒコックを撃っても、牢屋にぶち込まれるだけだぞ」

ヒコックが、口を開く。

「わたしは、そう簡単に撃たれはしないよ」

言い終わるか終わらぬうちに、ロビンの右手がガラガラ蛇のようにひるがえり、腰の拳銃を抜き放った。

そのとたん、くぐもった銃声が響きわたって、ロビンは後ろざまに吹っ飛び、床に仰向けに倒れた。

ボナーもダニエルも、さすがに一歩後ろへさがった。ロビンの、革のベストの胸元に焼け焦げができ、そこからかすかに硝煙が立ちのぼる。

みるみる、体の下の床に血が広がった。

「ロビン」

マコールが呼びかけ、椅子を蹴ってロビンに飛びつく。

肩に手を置き、激しく揺すり立てたが、ロビンは動かない。

床に膝をついたまま、マコールが呆然とした様子で、倒れたロビンを見下ろす。

ロビンは、心臓をまともに撃ち抜かれ、すでに死んでいた。

馬にでも蹴られたような、横向きに歪んだマコールの鼻から、鼻水が垂れ落ちる。

ヒコックが、ゆっくりと立ち上がった。右手に握った、36口径のコルト・ネイビーの銃口を、おもむろにふっと吹く。

それから、腰に巻いたサッシュの側に、拳銃を差しもどした。

肩越しに振り向き、それを目にしたマコールが、怒りのこもった口調で言う。

「汚ねえぞ、ヒコック。あんた、テーブルの下で、先に銃を抜いていたな。そうでなけりゃ、あんなに早くは撃てなかったはずだ」

ヒコックは、マコールに目を向けた。

「それなら、あんたがもう一度、試してみるか」

マコールは、ロビンの肩から手を離して、すっくと立ち上がった。店の中は、ずっと静まり返ったきり、しわぶき一つ聞こえない。

その背中に、ダニエルが声をかける。

「やめておきなさいよ、ジャック・マコール。たとえ、ミスタ・ヒコックが先に抜いていたとしても、ロビンが拳銃に手をかけさえしなければ、撃たれずにすんだはずだわ。ミスタ・ヒコックも、あの態勢ではそうするしかなかった、ということよ」

マコールはぐっと詰まり、そのまま口をつぐんでしまった。

掻き集めた金を、上着のポケットに突っ込むヒコックに、ダニエルが呼びかける。

「ミスタ・ヒコック。保安官事務所まで、同行してもらいましょう。供述書を、取りたいのでね」

ヒコックは肩をすくめたものの、何も言わなかった。

それをきっかけに、店内にざわめきがもどる。

マコールが、硬い表情のまま店の者や、周囲の客に手を貸すように、声をかけた。それから、ヒコックにもダニエルにも目をくれず、ロビンの遺体を運び出して行った。

すぐに、エプロンを着けた給仕が出て来て、床の血痕をモップでふき清める。まるで、毎日やっているとでもいいたげな、慣れた動きだった。

さっそく、何ごともなかったように、あちこちのテーブルで、ゲームが再開される。

同時に、調子の狂ったピアノの演奏が、また始まった。

そばに来たヒコックが、さりげなくボナーに声をかける。

「あんたとは、以前カンザスのアビリーンで、会ったことがあるな」

こんなときでも、周囲に目を配っていたヒコックに、少し驚く。

ボナーはうなずいた。

「よく覚えてましたね、ミスタ・ヒコック」

ていねいに応じると、ヒコックは表情を緩めた。

「今度もまた、あんたの仕事をふいにしてしまった、というわけじゃないだろうね」

これには、苦笑する。

ジェリー・バウマンが、ヒコックにあっさり射殺されたあと、冗談まじりに賞金を稼ぎそこなったことを、ぼやいてみせたのだ。

そのことを、ヒコックは覚えていたらしい。

「ご心配なく。マコール兄弟の手配書は、まだ目にしてないのでね」

ヒコックは、少し考えて言った。

「稼ぎたければ、デッドウッドへ行ってみることだな。金になるお尋ね者が、わんさといるはずだ」

「そのつもりでいますよ、ミスタ・ヒコック」

ヒコックの眉が開く。

「それは、よかった。わたしも結婚式が終わったら、いずれ行ってみるつもりでいる。あの町には、金がうなっているらしいから、ポーカーで一財産作れるだろう。あんたのじゃまは、しないようにしよう」

そう言って、愛想よく笑った。

ダニエルが、顎をしゃくる。

「行きましょう、ミスタ・ヒコック」

3

一八七六年、八月二日、水曜日。

クリント・ボナーは、七月の末にダニエル・ティルマンと連れ立って、デッドウッドにやって来た。

それまでの五カ月足らずを、ずっとシャイアンで過ごしていた。

シャイアンの保安官事務所には、賞金のかかったお尋ね者の手配書が、月に三通か四通は届いた。その中には、賞金五百ドルに達する大物も、含まれていた。

ふつうお尋ね者は、大きな町にはめったに立ち寄らないが、シャイアンはデッドウッドへの、重要な中継地点だ。

そのうえ、専門の鉱物分析事務所が、いくつか存在する。デッドウッドで掘り出した、金や銀を含んでいそうな鉱石を持ち込んで、含有量の分析を依頼する山師の数も、半端ではない。

それだけに、お尋ね者がそうした山師たちをねらって、町へもぐり込んで来るのだ。

現に、シャイアンにいるあいだにボナーは、お尋ね者を三人生きたまま捕らえ、手取りで四百五十ドルの賞金を稼いだ。

総額は九百ドルだが、手配書の出た州、準州の町から為替《かわせ》で届いた賞金は、保安官事務所と折半になる。それは、念のため相手をつかまえるとき、ダニエルに周囲の警戒を頼んだり、賞金を送ってもらう手配を、任せたりしたからだ。

ダニエルは、正規の保安官のグレグ・モーガンに、ボナーと折半した賞金の五分の三を渡し、残りを自分の取り分にしたという。保安官補の給料は、身の危険度に比べてかなり安いし、賞金の分け前は臨時収入として、悪くない方だろう。

そんなこともあって、ボナーがデッドウッドへ向かうと聞いたとき、ダニエルは助っ人として一緒に行く、と言いだした。

ボナーも、デッドウッドでの仕事の危険度を考慮して、その申し出を受け入れたのだった。別に、相棒にするつもりはなかったので、取り分は七対三にすると宣言し、ダニエルも納得した。

二人はそのデッドウッドで、また例のジェームス・バトラー・ヒコックと、顔を合わせることになった。

ヒコックは三月初旬、シャイアンの町で例の年上の女と結婚し、そのあとどこかへ新婚旅行に行った。

しばらくは、旅行先に腰を落ち着けていたようだが、それほど長居はしなかったとみえる。結局ヒコックは、新妻のために金を稼ぐ必要に迫られ、デッドウッドの賭博場にやって来た、という話だ。

偶然のように、例のカラミティ・ジェーンもまた、この町に姿を見せていた。

ちなみに、ヒコックがデッドウッドにやってくる直前、六月二十五日の日曜日のことだが、モンタナ準州のリトル・ビック・ホーン川の流域で、大事件が発生した。

ブラックヒルズでの金鉱発見に始まる、スー族と白人の対立が日増しに激化して、ついに騎兵隊とインディアンのあいだに、本格的な衝突が始まったのだ。

その日、リトル・ビック・ホーン川近辺で、キャンプを張っていたインディアンの部隊に、ジョージ・A・カスター中佐率いる第七騎兵隊が、奇襲をかけた。

インディアン側は、スー族を中心にシャイアン、アラパホ等の部族を含む、一大連合部隊だった。

漏れ聞いた話によると、第七騎兵隊の戦力は二百名強だったといい、インディアン側はそれをはるかに上回る、大集団だったらしい。第七騎兵隊が、なぜそんな無謀な戦いを挑んだのかは、分かっていない。

ともかく、この戦闘によって第七騎兵隊は全滅し、インディアン側の指揮をとっていた大酋長、シッティングブルは一族を引き連れて、カナダへ逃走したという。

その衝突の、そもそもの原因がブラックヒルズの、ゴールドラッシュにあったことは、公然の事実だった。

しかし、金に目のくらんだ採掘者たちの中に、それを協定違反と認識する者は、ほとんどいなかった。単なる、騎兵隊とインディアンの衝突としか、見ていないようだった。少なくとも、ボナーの目にはそう映った。

この日、ボナーはダニエルと一緒に、前日手配書が回ってきたお尋ね者、ビル・サリヴァンを探しに、ホテルを出た。午後三時半のことだった。サリヴァンは、賭博のトラブルにからんで、すでに三人の男を殺している。

サリヴァンがいるとすれば、どこかのサルーンの賭博場に違いなく、一軒ずつ回って確かめるのだ。

デッドウッドには、賭博場を兼ねた多くのサルーンがある。とりあえず大きな方から、順に回って行くことにした。

四軒目にはいった〈ナンバー・テン〉で、ボナーとダニエルはヒコックを見かけた。時計の針は、四時半に近かった。

ボナーとダニエルは、少し離れた席でビールを飲みながら、それを見守ることにした。

類は友を呼ぶというから、サリヴァンもヒコックがいると聞けば、店にやって来るかもしれない。

ヒコックは、三人の男たちとテーブルを囲み、ポーカーの勝負の最中だった。帽子はかぶっておらず、長い金髪を肩口に垂らしたままだ。

ダニエルが言う。

「あたし、ヒコックの真向かいにいる男を、知ってるわ。ミズーリ川で、リバーボートの船長をしている、フランク・マシーという男よ」

ボナーはうなずいたが、別のことに気をとられていた。

「それより、妙なことがあるものだ。ヒコックは、酒場では背後に回られないように、いつも壁を背にしてすわる、といわれている。しかしきょうは、それを守っていない」

ダニエルが、眉を寄せる。

「そう言われれば、そうね。ヒコックを目にしたとき、何か違和感があったもの」

ヒコックの席は、背後にバーのカウンターの角を控えた、空間のある場所に位置していた。だれにしろ、後ろに回ることができそうだ。

左隣りの、壁を背にしたヒコックの定席には、口髭を生やした賭博師らしい若い男が、すわっていた。

ヒコックの様子は、どことなく落ち着きがなく、居心地が悪そうにみえた。

その席からは、直接入り口が見えないものの、店にはいった客が奥へやって来れば、すすぐに目につくはずだ。

ダニエルは、言葉を継いだ。

「まあ、たまにはそういうことも、あるでしょうね。ポーカーの相手の一人は、この店のオーナーのカール・マンだし、だれにも妙なまねはさせないわ」

ヒコックは、例によって手にしたカードを、胸元に引きつけたままだ。むずかしい顔をしているが、それがいい手札なのか悪い手札なのか、その表情からは分からなかった。

ダニエルが、急に首を巡らして、ボナーの肘をつついた。

「現れたわよ」

見ると、戸口からはいって来た髭づらの大男が、ヒコックのテーブルに向かって、歩を進めるところだった。

ヒコックが、カードから目を上げて、男を見る。

ダニエルが、手にした手配書の似顔絵を示し、早口でささやいた。

「あれが、ビル・サリヴァンよ」

「そのようだな」

ボナーは、ヒコックがカードから右手を離し、テーブルの陰に下ろすのを見た。

サリヴァンは、ヒコックと目が合うと右手を挙げ、薄笑いを浮かべた。挙げた手を軽く振って、帽子の縁を押し上げる。敵意がないことを、示したつもりらしい。

するとヒコックは右手をカードにもどし、サリヴァンにうなずいてみせた。どうやら二人は、顔見知りと思われた。

同時にボナーは、ほとんど間をおかずにはいって来た男が、サリヴァンの背後に隠れるようにして、左回りにバーのカウンターへ向かうのを、見逃さなかった。

その男の、大きく横にゆがんだ鼻には、見覚えがある。

「ダニエル。たった今、バーのカウンターの方に回った男を、見てみろ」

ボナーの言葉に、ダニエルはその視線をたどって、鼻のゆがんだ男を見た。

緊張した声で言う。

「あれは、ジャック・マコールよ。シャイアンで、ヒコックに弟のロビンを殺された、マコールだわ」

ボナーは、黙ってうなずいた。

そのとおりだ。あの鼻のゆがんだ男は、ジャック・マコールに違いない。

ヒコックは、サリヴァンに気を取られていて、マコールに気がつかなかったようだ。

マコールは足を止めず、ヒコックの横手に立つ客のあいだを、すばやくすり抜けた。

ボナーは、マコールの動きに、目をこらした。

マコールが、バーのカウンターに近づく。

カウンターの端には、蝶ネクタイのバーテンダーが立ち、そのそばで長い口髭を生やした男が、天秤で砂金の分量をはかっていた。

カウンターの手前で、マコールがいきなりくるりと、向き直った。

すばやく、腰に差した拳銃を引き抜き、大声でわめく。

「このやろう、これでも食らいやがれ」

ボナーは反射的に、腰の拳銃に手を伸ばした。しかし、間に合わなかった。

マコールは、一ヤードと離れていない至近距離から、すわったヒコックの後頭部を目がけて、躊躇なく発砲した。

驚くほど大きな銃声が、店中に鳴り響く。

ヒコックの体が、ぐらりと前に傾いた。

そのとたん、向かいにすわっていた船長のマシーが、悲鳴を上げて椅子から飛び上がった。

「くそ、どういうつもりだ、ヒコック。おれを撃ちやがって」

そうわめくなり、血が噴き出した左腕を押さえながら、出口に向かって駆け出した。尻に火がついたような、すごい勢いだった。

ボナーは、さすがに驚いてその場に立ち尽くし、テーブルに突っ伏したヒコックに、目を向けた。

ヒコックの右の頬に、小さな赤い穴があいており、そこから血が噴き出している。一瞬ののち、ヒコックの体はずるずるとテーブルをすべり、椅子から転げ落ちた。

そのまま、床に倒れ伏して、動かなくなる。

ざわめいていたサルーンの中から、潮が引くようにあらゆる人声と物音が、消えた。恐ろしい静寂が、あたりを包んだ。

ヒコックは目を見開き、床の一部をじっと見つめたまま、ぴくりともしない。少なくとも、生きているようには、見えなかった。

マコールの銃弾は、ヒコックの後頭部を撃ち抜いて右頰へ抜け、向かいにいたマシーの左腕に、命中したようだ。マシーは動転して、ヒコックが自分を撃ったもの、と勘違いしたらしい。

ダニエルが、ボナーの腕にしがみついた。

うわずった声で言う。

「まあ、なんてことを。ワイルド・ビルを、後ろから撃つなんて」

ヒコックは、明らかに死んでいた。それも、即死だったに違いない。

血溜まりの中で、ヒコックが差し伸べた手の中に、手札がまだ握り締められていた。

スペードのAと10、クラブのAと10が見える。

黒同士の、ツーペアだった。

十秒としないうちに、静まり返った店内がたちまち、蜂の巣をつついたような混乱に、おちいった。

マコールが、周囲に拳銃を向けて牽制《けんせい》しながら、後ずさりする。

「動くんじゃねえ。動くと、ぶっ放すぞ」

ヒコックの暗殺、という大椿事《だいちんじ》を目の当たりにして、その場にいた者すべてが、呆然自失したままだった。マコールを止める者は、一人もいない。

ボナーも、動くに動けなかった。

自分は、少なくともデッドウッドでは、よそ者だ。率先して、この一大事に対処するのに、いささかの躊躇を覚えた。ダニエルも、おそらく同じ思いだろう。

それにしても、ヒコックがこれほどあっさりと、それもマコールのようなちんぴらに、背後から撃ち殺されるとは、想像もしていなかった。

信じがたい光景だった。

あの不死身のガンファイター、ワイルド・ビル・ヒコックが、こんな死に方をするなど と、だれが予想しただろうか。

マコールは、バーのカウンターにぶつかるまで、後ろへさがった。

血走った目であたりを見回し、銃口をあちこちに向けて脅しながら、カウンターに沿ってさらに後ろへ、移動して行く。

「みんな、じっとしていろ。追って来るやつは、遠慮なく撃つぞ」

そうわめいて、すばやく身をひるがえすなり、裏口に向かって駆け出した。

だれもそれを、止められなかった。

ほとんど同時に、入り口のドアが勢いよく押し開かれる、激しい音がした。

人だかりを掻き分けて、鹿皮服を着た大柄な人影が、賭博場に駆け込んで来る。

ボナーはそれが、この町の通りで一度だけ目にした、カラミティ・ジェーンだと気づいた。だれかがこの事件を、急報したらしい。

ジェーンは、床に倒れ伏したヒコックを見るなり、一瞬呆然と立ちすくんだ。

しかしすぐに、大声でどなった。

「だれがやったんだ」

カウンターの中から、バーテンダーが裏口を指しながら、かん高い声で言う。

「あいつだ。たった今、あそこから逃げた」

そのときすでに、マコールは裏の戸口から、姿を消していた。

ジェーンは、周囲の人びとを突きのけながら、裏口に向かって走り出した。ライフルはもちろん、拳銃もナイフも身につけていない、まったくの丸腰だった。

とっさにボナーは、ジェーンのあとを追った。場合によっては、助勢しなければならない、と判断したのだ。

ダニエルが、後ろについて来る気配がする。

裏口を抜けると、そこは表のメインストリートに平行した、寂しい裏通りだった。

少し先に、肉屋の裏口がある。通りに面した貯蔵所に、大きな牛肉の塊がいくつか、ぶら下がっているのが見える。

その塊のあいだから、マコールの汚ないブーツの先が、のぞいていた。追っ手の目をくらまそうと、とりあえずそこに身を隠したのだろう。

ジェーンも、それに気づいたようだ。

躊躇なく貯蔵所に駆けつけると、外の金具に掛けてあった大きな鉤《かぎ》を、手に取った。それで対抗しよう、というつもりらしい。

マコールが身をかがめて、ジェーンに銃口を向ける。

とっさに、ボナーは自分の拳銃を引き抜き、マコール目がけて発砲した。ねらいが定まらず、弾ははずれて肉の塊に当たった。

マコールの銃口が動き、ジェーンからボナーに向け直される。ボナーもダニエルも、急いでぬかるみに身を伏せた。

しかし、聞こえてきたのはかちゃり、かちゃりと引き金をから撃ちする、むなしい音だけだった。

どうやら、ヒコックを撃った一発のあとは、弾が装塡されていないか、火薬が湿っているかで、不発になったらしい。

そのすきに、貯蔵所に飛び込んだジェーンが、マコールを鉤で殴り倒した。

ボナーとダニエルは、気を失ったマコールを殴り続けるジェーンを、必死に引きはがさなければならなかった。

＊

逮捕された直後、ジャック・マコールはリンチの危険に、さらされた。

ジェームズ・バトラー・ヒコックは、周囲に争いごとが起こらぬかぎり、穏やかな人物だと認められていた。そして当然、西部中に知られた名士でもある。

鉱夫たちが、ヒコックを後ろから撃ったマコールを、すぐさまリンチにかけようとしたのは、無理もないことだった。

しかし、たまたまそこで別の騒ぎが持ち上がり、事情が一変した。メキシコ人の男が、インディアンの死体を肩にかついで、町に姿を現わしたのだ。

町の人びとにとって、インディアンは白人を襲って容赦なく殺す、悪鬼のような存在だった。自分たちが、インディアンの権利を侵害しているのだ、という意識はまるでなかった。

群衆はたちまち、メキシコ人の蛮勇に興奮するあまり、周囲に群がって歓声を上げる騒ぎになった。

そのため、当面マコールをリンチにかけよう、という気合は吹っ飛んでしまった。

翌朝マコールは、準州政府による正式の裁判ではない、いわゆるマイナーズ・コート（鉱夫法廷）に、かけられることになった。

法廷にあてられた町の劇場で、マコールはヒコックの殺害を認めたものの、それは弟ロビンを殺された復讐《ふくしゅう》のため、と主張した。ヒコックは、ロビンよりも先に拳銃を抜いており、正当防衛ではなく純然たる殺人だ、と言いつのった。

判決は、翌朝新たに法廷として指定された、事件現場の〈ナンバー・テン〉で、行なわれた。

十二人の陪審員は、なぜかマコールに無罪の判定を、くだした。

ロビン・サザランドが、シャイアンでヒコックに撃ち殺されたことは、すでにデッドウッドでも知れ渡っていた。

そのかたき討ち、というマコールの動機を是とする者が、多数を占めたようだ。

陪審員たちは、そうした主張に押し流されたもの、と思われる。

ともかく、法にのっとった正式の裁判でないとはいえ、鉱夫法廷で無罪の判決が出たことは、間違いなかった。

釈放されたマコールは、即刻馬に飛び乗って町から遁走《とんそう》した。

しかし、八月の末シャイアンの町で、新たに連邦保安官補のボールカムに、再逮捕される。

マコールは、ダコタ準州の州都ヤンクトンに送られ、今度は正式の裁判にかけられた。

その結果、マコールは最終的に有罪判決を受け、翌一八七七年の三月一日に、絞首刑に処せられた。

＊

この事件をきっかけに、Aと10のツーペアは〈死者の手札〉として、忌み嫌われるようになった。

ちなみに、ヒコックの頭部を突き抜けたあと、フランク・マシーの左腕にめり込んだ弾丸は、およそ七年ものあいだ摘出されず、同じ場所にとどまっていた。

そのあいだ、マシーはだれかと握手するとき、いつもこんなふうに話を持ち出した、と伝えられる。

「あんたは今、ワイルド・ビル・ヒコックを殺した、由緒ある弾丸とお近づきになったわけだ」


〈了〉

『ブラック・ムーン』　二〇二三年二月　中央公論新社刊
「死者の手札」は書き下ろしです。

中公文庫

ブラック・ムーン

2025年2月25日　初版発行

著　者　逢《おう》坂《さか》剛《ごう》

発行者　安部順一

発行所　中央公論新社
〒100-8152　東京都千代田区大手町1-7-1
電話　販売 03-5299-1730　編集 03-5299-1890
URL https://www.chuko.co.jp/

ＤＴＰ　ハンズ・ミケ
印　刷　大日本印刷
製　本　大日本印刷

Published by CHUOKORON-SHINSHA, INC.
Printed in Japan　ISBN978-4-12-207616-7 C1193

定価はカバーに表示してあります。落丁本・乱丁本はお手数ですが小社販売部宛お送り下さい。送料小社負担にてお取り替えいたします。

中公文庫既刊より

各書目の下段の数字はISBNコードです。978－4－12が省略してあります。

お-87-1
アリゾナ無宿
逢坂　剛
時は一八七五年。合衆国アリゾナ。身寄りのない一六歳の少女は、凄腕の賞金稼ぎ、謎のサムライと賞金稼ぎのチームを組むことに⁉〈解説〉堂場瞬一
206329-7

お-87-2
逆襲の地平線
逢坂　剛
〝賞金稼ぎ〟の三人組に舞い込んだ依頼。それは十年前にコマンチ族にさらわれた娘を奪還してほしいというものだった……。〈解説〉川本三郎
206330-3

お-87-3
果てしなき追跡（上）
逢坂　剛
土方歳三は箱館で銃弾に斃れた――はずだった。一命を取り留めた土方は密航船で米国へ。友を、そして記憶を失ったサムライは果たしてどこへ向かうのか？
206779-0

お-87-4
果てしなき追跡（下）
逢坂　剛
西部の大地で離別した土方とゆら。人の命が銃弾一発より軽いこの地で、二人は生きて巡り会うことができるのか？　巻末に逢坂剛×月村了衛対談を掲載。
206780-6

お-87-5
最果ての決闘者
逢坂　剛
記憶を失い、アメリカ西部へと渡った土方歳三を狙うのは、女保安官と元・新選組隊士。大切な者を守り抜き、失った記憶を取り戻せ！〈解説〉西上心太
207245-9

た-81-5
テミスの求刑
大門剛明
監視カメラがとらえた敏腕検事の姿。手には大型ナイフ、血まみれの着衣。無実を訴えて口を閉ざした彼に下る審判とは？　傑作法廷ミステリーついに文庫化。
206441-6

た-81-6
両刃《りょうじん》の斧《おの》
大門剛明
未解決殺人事件の犯人が殺された。容疑者は十五年前に娘を殺された元刑事。事件の裏に隠されたあまりに悲しい真実とは。慟哭のミステリー。文庫書き下ろし。
206697-7